U0497460

高凉大地

“高凉文学”优秀作品选

梁柏文　主编

中国国际广播出版社

图书在版编目（CIP）数据

高凉大地：“高凉文学”优秀作品选 / 梁柏文主编. — 北京：中国国际广播出版社，2023.6

ISBN 978-7-5078-5353-7

Ⅰ.①高… Ⅱ.①梁… Ⅲ.①中国文学-当代文学-作品综合集 Ⅳ.①I217.1

中国国家版本馆 CIP 数据核字（2023）第 111155 号

高凉大地：“高凉文学”优秀作品选

主　　编	梁柏文
责任编辑	万晓文
责任校对	张　露
设　　计	书香力扬
出版发行	中国国际广播出版社有限公司［010-89508207（传真）］
社　　址	北京市丰台区榴乡路 88 号石榴中心 2 号楼 1701 邮编：100079
印　　刷	成都兴怡包装装潢有限公司
开　　本	170mm×250mm　1/16
字　　数	380 千
印　　张	23.25
版　　次	2023 年 6 月北京第一版
印　　次	2023 年 6 月第一次印刷
定　　价	72.00 元

序

“高凉文学”公众号，几乎每天都进入我的朋友圈。在茂名，文学类的公众号，高州市作家协会主办的“高凉文学”公众号是最活跃的一个。里面的作者有我熟悉的如梁柏文、梁兵、庄家银、黎丹、赖松万、钟日娟、吴冲、廖洪玉、车红梅等，梁居壬、黎志强等一批作者是比较陌生的。不管怎么说，这个活跃于茂名文坛的文学群体，是地方上的文学生力军，在这个喧嚣的文学被边缘化的时代背景下，他们仍然坚持创作，以手中的笔，以心中的爱，写出自己喜欢并且被更多人接受的文字，这也算是“甜蜜的事业”。这种文学现象，对文学的不懈追求精神，是值得我们学习和借鉴的。

这本文集向读者呈现的，是从“高凉文学”公众号发表的大量文字中遴选出来的优秀作品，有小说、散文、诗歌，这是高州文学工作者在这个金色秋天收获的沉甸甸的创作成果。近些年，在我的印象中，高州作协每段时间都将会员作品结集出书，这是件多么不容易的事情！尤其是在这样一个“三无”（无经费、无编制、无办公场地）作协体制下，要展开工作，开展活动，将作品结集出版，简直是不敢想象的事情。然而，高州作协做到了，不仅有自己的办公场地，正常开展活动，而且还筹资为会员们出作品集，这样的基层作协，如果作协系统评劳模，他们是应该上榜的。

我虽未全读，但大体都浏览过一遍，觉得这个集与以往的比较，又有了新的飞跃，成熟、有分量的作品多起来了，总体水平大大提升，说明“高凉文学”公众号起到了输血提质的作用。这个公众号，我比较关注，无论选文、版式还是对作者的推介，都做得十分用心，达到图文并茂的效果，而且坚持每天推送3至5篇会员作品，至今已推送了3660篇。这对作者的激励，起到了关键性的作用。

依然要提到梁柏文、梁兵、梁居壬的小说，庄家银、黎丹、赖松万等人的诗歌，钟日娟、谢志、吴冲、黎志强、车红梅等人的散文和散文诗。梁柏文的小小说，不仅在高州，在茂名，乃至广东小小说作家中，都有一定的地位和影响力。在《羊城晚报》《南方日报》等报刊发表过60多篇小说，20多篇小说被转载、获奖及入选年度选本，出版短篇小说集2部、纪实散文1部，可见这些年梁柏文在小说创作上的热情高度和丰硕成果。他的作品能引起共鸣，文字里处处见人间烟火，写的都是凡人小事，但常常是以小见大，有洞见力，有深度，故事中的人物刻画个性鲜明，谋篇布局自成一体。梁兵的小说是在讲故事，而不是编故事，他有着丰富的生活阅历、深厚的文学底蕴，他小说中的人物和故事，随手拈来，极少见刀斧之痕迹。在描写景物上，他常常以散文化的手法融入诗意，入情入境，清新可人。他的文学成就在高州也是数一数二的，著有长篇小说2部、中篇小说1部、电视连续剧剧本1部，短篇小说《群山回响》收入作家出版社出版的2018年精品文集《大地上的灯盏》。梁兵是文坛宿将，可谓多面手。

高州这块文学土壤里孕育出不少散文和诗歌创作人才，他们的活跃程度非常高，总有新作频频亮相，在《茂名日报》《茂名晚报》《南方日报》《羊城晚报》，以及一些省级文学刊物都能偶尔见到他们的作品。庄家银，日常之事均可入诗，他的视野宽阔，涉及面广，在最没诗意的地方发现诗，在诗意里看到鲜活的生活和细节，这需要具备发现的慧眼和纯朴的诗心。赖松万的诗多是写乡土亲情，一片稻子，一方水田，一缕炊烟，一棵树，一口井，夜晚亮在窗口的灯火，狗吠，鸡啼，牛哞，蛙鸣，都是他借以寄托思念和承载乡愁的对象，淡和中见真情，留白处有余韵。他的诗，总是以真情打动人，他一直是我喜欢的一位“80后”诗人。黎丹的诗有质感，手法相对现代些，他与高州另一位作者林巧虹的诗风有异曲同工之处，超脱、跳跃、含蓄，注重诗歌意象和内力的蓄意营造，有时会让人看到从金属内部发出的内敛的光。吴冲、钟日娟、谢志、黎志强等人的散文，写得很扎实，生活气息浓郁，他们写乡土、游历、旧忆，少有空泛之词，质朴而自然。在这个文集里，新人作品占比较大，这也是高州作协扶持新人、培育新生力量的举措。

这本“高凉文学”公众号遴选出来的优秀作品集，对整个茂名地区的文学创作，是可以借鉴和推广的范例。如今，各地作协都有公众号，但似乎还没有见到类似的文集。高州作协善于发现人才，团结广大文学爱好者，为他们实实在在做些有益的事情，这种精神十分难能可贵。在高州，文学不但没有边缘化，而且越来越繁荣，大放异彩，彰显出更加诱人的魅力。

张慧谋

2022年9月27日于小舍南窗下

（张慧谋，茂名市作家协会主席，中国作家协会会员，广东省作家协会理事。出版诗集3部、人物传记2部，主笔撰写十集纪录片（文本）《岭南》在央视播放。曾参加《诗刊》社青春回眸诗会，获广东省鲁迅文学奖、《中国作家》鄂尔多斯文学奖。）

目录 Contents

小说

散文

诗 歌

chapter

小　说

作者简介：梁柏文，男，中国作家协会会员，高州市作家协会主席。在省级报刊发表小说散文60余篇，有20篇小说被转载、获奖及入选年度选本。著有中篇小说《俘虏》，短小说集《第二次相会》《三棵树》，纪实散文《古荔贡园》。主编《高州作家新世纪作品选》《高州作家作品选（2015—2019）》。

良　心

梁柏文

朋友来访，我陪他去龙眼基地走走。

一位大婶挑着两半筐龙眼从路旁经过。我示意朋友靠边停车。这年纪的女人比较厚道，我顺便摸摸行情。

“龙眼怎么卖呢？”待大婶走近，我问。

大婶的眼神带着期待，放下担子抹汗：“收购价5元。这是剩果。”她果然实在，一般人不会轻易露底。大婶硬朗清瘦，头发白多黑少，有一只眼睛好像不那么利索。“你要吗？价钱好说。”大婶挺诚恳。

龙眼不错，果大，褐色，鸡肾形。“你怎么不挑去收购呢？”我好奇地问。大婶说，这些龙眼熟透了不耐放，又是硬枝果不怎么好看，所以老板挑出来说不收。可我知道，这些正是本地的龙眼极品。

“施农家肥的，又不打药，清甜脆口。”大婶做起广告，“你先吃几颗。”我拿一小串给朋友品尝后，都惊叹不已。

“这些有多少？”我指着两半筐龙眼。“刚收购了50斤，现剩40斤了。”大婶说。“我全买，按收购价吧。”我实在不忍心压价。

“这是剩果，怎能卖你收购价呢？”大婶虽这样说，但脸上还是荡起欢喜的神情，“你真是好人呀！谢谢了，我正为这些果发愁呢。”

听大婶夸赞，我也蛮开心，放好龙眼，掏钱给大婶。幸亏早上出门时，我还从家里写字台上的那叠钱中挑了几张新簇簇的50元纸钞带上，平时多用微信支付，到乡下还是带点现金。

大婶拿着钱很开心，但好像又有点迟疑。“大婶，要不我微信付钱?”我想打消她的顾虑。

“算了，我没微信。”大婶说。我则说：“这是新版的，不会骗你。”“你是好人，我信!”大婶说着，叠好钱放入裤袋，又用手轻轻按了两下，满意地走了。

送别朋友，我回到家已晚上八点多钟。一进门，老婆就埋怨，说她早上到市场买东西，被骂用假币，太难为情了。

我一听，心里猛地惊了一下，“你拿的是写字台上的钱吗?”

“是呀，就拿了两张 50 元的。”

“不好！我也拿了几张去买龙眼了。”这钱是前两天店家给的货款。我让他微信转账，他说户头没那么多钱，说不定这家伙早有“想法”。

“不行，我要去看看。”想到心地善良的大婶，还有她那信任的眼神。如果我骗了她，就算不是故意的，也没法原谅自己啊。

“这么晚了，明天再说吧，况且你那几张未必就是假的。”老婆安慰道。可我想到大婶那句“你是好人，我信”，实在坐不住，还是抓起车匙往外走。

我边开车边辨认，终于找到了白天买龙眼的地方，估计大婶家应该离这儿不远。好不容易有一位后生开摩托车路过，我说找一位眼睛不太利索的大婶。后生一听，笑了：“那是我的邻居单盲婶，我爸正要我去找她，你跟我来吧。”

带到地方，大婶正在家门口给摘下的龙眼剪枝，再整齐地码在筐里。见我走近，她抬起头看看，一脸茫然。我说，是我上午买了你的龙眼。

大婶借着屋里射出的灯光，盯着我又看一眼，有点惊喜：“还要买龙眼吗?这么晚才来。”我刚想说不买，又不忍心让她失望，只好改口：“是呀，想再买点。不过，你先拿上午的钱来，让我看看。”

“算错数了?”大婶说着，进屋拿出一个小布包，层层打开，把上面折叠的 4 张 50 元钱递给我。我边摸着钱，边凑近灯光细看，又用力抖动几下，我终于松了一口气，又叫后生证实。他细心看后也说，是真的，不错。

“这回我放心了。”我把钱递回给大婶。大婶听我解释来意，连声说：“你真是好人呀。”又不停地请我吃果。

“那我买你这两筐，也按收购价可以吗?”我想再帮帮大婶。“好呀！不过，我要优惠你。”大婶真诚地说。

我知道，种龙眼赚点钱不易，从树上摘下，又要卖出去才是钱。我不想贪便宜：“低过收购价我就不买了。”

大婶嘀咕：“怎会有这样的人？我怎能收这么高的价呢！”

还在犹豫中，没想到一旁的后生开声了：“你在城里有门路吧？我家还有100斤，也按这价卖给你吧？”原来，他心里也有个小九九……

100斤？我迟疑了，大婶见我为难，说：“那你买他的吧，能买多少算多少。”

“阿九，搞什么鬼！我是要你看看盲婶要帮什么忙，你怎么……”一声猛喝，一位老人家不知从哪儿钻出来。

“爸，我是想搭好心人这个顺风车，我们家的果不是也堆起来了吗？”后生怯怯地笑，也不好意思了。“你真是，自己有气有力，不会拉去收购吗？”老伯教训他，“怎么还跟盲婶抢生意，没出息！”

老人转脸望着我，神情变得和善。然后，帮忙将大婶的两大筐龙眼过秤装车。他悄声告诉我，大婶家的男人前年走了，孩子去了外地打工……我按6元一斤算好钱，递给大婶，她还是推辞，最后老伯一把夺过钱塞到大婶手里。

看见大婶的那只好眼闪着泪花，我赶紧转身去了趟洗手间，然后钻进车里，按下窗玻璃跟大婶他们道别。“真是好人呀！”车子马达轰鸣，我隐约听到大婶还在说。

回家打开车门，我愕然了，车上竟又多出了半蛇皮袋龙眼，足足有10公斤。

点　灯

梁柏文

阿宗生了个女儿。本想二胎再生个儿子，怎知老婆一直怀不上。夫妇俩慢慢年纪大了，也就认命放弃了。

村里有个习俗，生了男孩，要到祠堂点亮一盏煤油灯数日，再把灯取回家中，寓意继承香灯。又摆上祭品拜祭，祈福儿子快点长大成龙。阿宗因生了女儿，清明拜祭本房祖先也不让参与。族老说，怎能让女孩把风水好运带走呢？阿宗这些年心里真不好受。

但阿宗的女儿惠争气，读书勤奋，是村里第一个考上重点院校的大学生。这让阿宗感到一些安慰。有人提出让阿宗“点灯”，认为是族里的荣光，并要把惠写入族谱。但族老嗤之以鼻，说女孩子有多大本事，始终要外嫁的。因此，阿宗仍旧改变不了地位。

谁也没有想到，惠大学毕业后放弃城里的好工作，偏偏回村创业了。阿宗又气又恨，本想让女儿成凤出人头地，也好扬眉吐气。“你读坏书，吃坏米了？”阿宗无奈，“去哪儿不行，偏要回村丢人现眼。”但惠不这么看，说：“老爸，回村既可照顾家，还能和村人一起致富，我学的农科才有价值。”“坐着不知站着的腰腿疼，白日做梦。”阿宗粗气地骂道。惠不管别人怎么说，只按自己的想法去做。

村里有种植柑橘的传统，可不知为什么，种出的果子带酸味，有点像柠檬，只能低价贱卖，况且销路也有限。惠请来专家确认是水土问题。怎么办？就算毁掉另种其他，万一又“水土不服”呢？

有一天，惠看见父亲冲茶时放入两瓣柑橘，她饮了，口感好，味道佳，瞬间有了灵感。惠想，何不弄个橘茶呢？惠请专家论证后，开始试验。先取出橘瓣烘干壳，再放入茶叶……

接着，惠引进设备，办起青柑加工厂。产品投放市场，试销对路，价钱可观。于是，惠以合作社的模式发动村人扩大柑橘种植面积，收购、加工所产的柑橘。几年工夫，村人靠这个富了起来。

这时，又有人提出要让惠“点灯”。族老说，祖宗的规矩怎能随便改，虽然惠的能干谁都看在眼里，只可惜是个女的。但还是有人鸣不平：“女的又怎样？惠领我们致富呢！”

这一年，德高望重的族老收获了 2 万斤柑橘。有别的商家出高价，族老于是舍近求远……谁知，到后来商家压价买卖不成，一来一回柑橘几乎烂掉。最后，还是惠冒着亏本的风险全收了。

那晚大雨倾盆。惠接到工厂人员急报，说上游山洪暴发，洪水快要漫过江堤了，要赶快转移物资。工厂在低地上，又临江，江堤一旦缺口，损失巨大……但此刻，惠要先顾村人的安危。她让员工立即弃厂回村组织村民转移，他们挨家挨户敲门，惊醒的村民吓出一身大汗，赶紧转移到高处的几户人家中。拂晓时分，决堤的洪水像脱缰的野马冲击村庄……村人得救了，惠的工厂却几乎被洪水冲毁，损失惨重。

这事，让族老很感动。族老召集几位长者，说改改“点灯”规矩吧。有长者听出了弦外之音：“老祖宗的规矩怎能说改就改。”“人活规死。”族老立马板起面孔，用手指着在座的各位，“这次要不是阿惠，你我这条老命说不定就搭上了。”几位长者想想也是，纷纷点头默许。族老见机说：“那就从惠开始吧，以后生女孩也可以‘点灯’，祈福成凤有何不好？”

那晚，阿宗说要为惠去宗祠“点灯”，祈求平安多福。惠淡淡一笑：“这不是男孩的事吗？”“从你开始，以后生女孩也可以‘点灯’。”阿宗掩饰不住兴奋，“我清明也可参与拜祭本房祖先了……”他感到腰杆直了，在村里有了平等地位。

惠却说，要“点灯”，就点建设美丽乡村之灯。这建议立刻得到了村人的响应。她去邀集几位在外发展有所成的村民，一起出资改建宗祠，设立图书室、电视室、棋牌室等文化活动场所和柑橘技术培训中心，大门口还搞了舞台与灯光球场……从此，宗祠晚晚“点灯”，灯火通明，好不热闹。那个加工厂，也在乡亲们的集资后开始升级、重建了。

放田水

梁柏文

村四里外的数百亩田地只宜种水稻。风调雨顺之年，两造插秧收割没有问题，如遇干旱缺水年头，村人就疲于奔命了，为放田水常有纠纷。

上游供水的是个小山塘。到田地中间，成一条60厘米宽的土水渠，穿流引水灌溉。

这年春，久旱不雨，农事逼人，村人唯望小渠引水。阿风夜里来到田头，发现水渠让上游的人堵上了，便挖开口子，让水往下流入自家田里。望望紧连的梅嫂家的责任田，明显还滴水未进，阿风心里有些酸楚。他不敢离开半步，守候了近3个小时，待自家的田终于放满水，阿风便堵上缺口，接着把水往梅嫂的田里引去。他想，天亮之前梅嫂的田就能放满水。阿风守候一阵子，觉得乏了，回家歇息。

阿风惦记着梅嫂的田水，一早又来到田头，怎知梅嫂的田仅仅湿润而已，根本无法耙田插秧，原来放水的缺口不知什么时候又让人堵上了，水渠已没有水流。梅嫂已约人今天插秧，没水怎行呢？想到这，阿风挥锄打开缺口，将自己田里的水放了些到她田里。

阿风回到家，老婆催他赶紧去耙田插秧。阿风坐着不动弹，嘴里支支吾吾。老婆耍起脾气，说："想做老爷，我看你是犁头命。"

"田里水不够。"阿风嚅嚅地说。

"没水？你昨夜去哪儿？"老婆气愤地问。

"梅嫂今天插秧，水放她田了。"阿风不敢隐瞒。

"她插秧？我不插吗？"老婆越想越气。

阿风不敢顶撞，只好息事宁人："我今晚守着放水，明天再插秧。"

这年夏旱，放水的人多，阿风一连三夜都没有放到田水。第四夜，阿风半夜来到田里，庆幸有水流过。这次，他先截流，堵上自己田地的进水口，再在梅嫂的田基开缺引水。阿风怕老婆知道后又埋怨，还是装作没水放田的样子回家，打算天亮前再来放自己的。谁知，阿风睡到天亮仍未醒来。

梅嫂来到田头，见到自己的田水放满了，心里感激。她知道肯定是阿风。这些年，阿风一直明着暗着帮助自己。

这时，风婶扛着锄头走过来。因为觉得阿风接连几夜都没放到田水有些奇怪，她想看个究竟。她看到位居下方的梅嫂田里放满了水，而自家的田滴水未进，缺口又被牢牢堵死。风婶对老公平日“关照”梅嫂本就满是妒意，这会心头的怒火喷射而出：“你吃了豹胆，敢堵我的入水口？”

“不，不是我。”梅嫂有些尴尬，又连忙解释。“不是你！难道是我家阿风？”风婶质问。

“风婶，对不住！今天要插秧，先灌了。”梅嫂赶紧掩饰，她不想伤害阿风。梅嫂说着，挥锄为风婶开缺放水，并把自己的缺口堵上。“谁家不插秧？总有个顺序吧，一点儿规矩都不懂！”风婶见有水流入田里，才转身悻悻离去。

回到家，在老婆的质问下，阿风还是坦白了，是自己主动帮梅嫂的。

“你这样为她，到底为什么？”风婶忍不住追问，心想难道有见不得人的事？“我只想帮帮她。”阿风平静而坦然。

“看上寡妇了吧？”老婆以为抓住了把柄。“不知好歹！”阿风忍不住扬起声调。“我不知好歹？要么你跟她过！”老婆骂，又呜呜地哭起来。

“寡妇本来是你……”阿风愤怒地拍了几下桌子。老婆猛地一惊，一下子止住哭声，抬起头，迟疑地等着答案。

阿风悲伤又歉意地说出埋在心里多年的秘密。那年村里采石修桥，阿风负责排哑炮。那天，有两炮没炸响，本来该阿风去处理的，但他突然腹痛难忍，是一旁的阿云主动替他去。谁知，阿云靠近时，其中一个“哑炮”突然炸响，瞬间，乱石飞溅，一块飞石击中了阿云头部。当他冲过去扶起阿云时，只听到一句“帮我照顾梅……”话未说完，人就断气了。

阿风慢慢吐出一句：“我们雷垌村祖先冼夫人讲的什么，‘惟用一好心’！阿云不就是‘好心’替了我吗？我留这么一点点‘好心’帮梅嫂怎么不应该呢？”

“你怎不早说呢！”老婆暗自惶恐，抹了一把泪。阿风说，阿云是替我死的呀，这事能说吗？

“以后梅嫂家的农活，有我一份。”凤婶真诚道。

“哪家的田水都不够啊。再不下雨，就真无法插秧了。”阿风探头望着屋外漆黑的夜空，无奈又遗憾。“没事的，大不了种番薯。”

当夜，雷鸣电闪，大雨倾盆。

作者简介：梁兵，著有长篇小说2部、中篇小说1部、短篇小说8篇、电视连续剧剧本1部、散文和诗歌数十篇（首）。短篇小说《群山回响》被收入作家出版社出版的2018年精品文集《大地上的灯盏》。

答错题

梁　兵

相互温暖是我们战胜困难的法宝。

——题记

喧嚣的都市渐归寂静，只有街灯高高地坚守在那儿，放射着白色的光，警惕地照着长长的、宽宽的街道。尾班的地铁早已收车，地铁出入口处空空落落，没有一个人影儿。

ANW 公司办公大楼的各个窗口还亮着光，远近的高楼里，它是亮灯最多的一幢。

2031 的房间里，她们都放下了自己的工作，正伸着懒腰说着话。

“江，现在你可以贡献出一个带刺激的点子来玩玩吗，让我们放松放松，我快要趴下了。”张兰对着江水说，疲惫的眼睛无光地望着她。

李婷在一旁揉着腰，一连串的呵欠打出来后，附和道：“嗯，江，我们三个，就你点子多，来一个啵！”

江水一笑，扮个鬼脸，随口道：“要得，我嘛，给你们找一位帅哥来，让你们精神精神，怎么样？”说着，眼珠子往右上角斜去，那小嘴嘟起来，作思考状。

“找帅哥，好呀，我们正需要，江，马上去找来！”李婷亮着眼睛，堂堂正正地表白。说完，扑哧一笑，瞟一眼张兰。她知道，江水开的是玩笑。

张兰一听，却来了精神，鞋都不要了，赤着脚跑向江水，把她从电脑桌旁拽起来，抱着她，一脸急切的样子：

“马上找来，马上找来。找到一个，我的。找到两个，我和李一人一个！”随后，咯咯咯地笑起来。

江水用食指抬着张兰的下巴，盯着张兰的眼睛说：“此话当真！”

张兰收起了咯咯咯，眼珠子飞快地转了一圈，嘴里认认真真地吐出两字：“当真！”

她们都是ANW公司的高层员工，研究生毕业，为公司做市场推广研发。江水来自广东，张兰是南京的，李婷是川妹子，她们同一年进入公司，今年是第三个年头了。现在，疫情已过，公司复工，她们也连轴转地加夜班多天了，疲惫袭击了她们。

江水把张兰轻轻地推开，在房间里踱起步来。玩笑归玩笑，可眼下，也真想找个乐子乐它一下，减减压，缓解身心的疲劳。

可是，找帅哥？现在哪去找，都快凌晨了呀，江水想。突然间，她想起了送外卖的小哥。这个时候，只有这小哥可找。再说，疫情期间，她们足不出户，整整两个多月，全都是这些小哥们给她们送吃的和用的，送外卖的小哥，早已留在她的脑海里了。

给她们找送外卖的小哥，乐她们一乐。主意拿定，江水一转身，对着张兰和李婷说：

“我可真要找了呀，找来后可不要不认账！”

李婷与张兰一对眼睛，笑着异口同声说：“你有本事找来，我们认账，半夜里说话，天亮里打雷我们都认！”

好，江水见她们钻套了，心里面装着了稳操胜券，便盯着她们，眼角上挂起了意味深长的笑意：“听好了呀，姑奶奶我点一份糖水，把帅哥给你们请来！”

“吓，外卖小哥？”张兰、李婷同时尖叫起来。

“外卖小哥咋啦，别高看自己，告诉你们，送外卖的小哥夺得了全国诗词大赛的总冠军，嗯！”

“呵，那是别的城市的小哥。”李婷说。

“你们还没发现，告诉你，我们这里的小哥可能比他还要强！”江水说。

“那好，送来吧，我们验货，合格的收。”张兰将手放在胸前往下一压，思考了片刻，佯装一本正经，但脸上却藏不住笑。

江水得意地扫了她们一眼，突然，把手指竖在嘴边，改变了主意道："打住，你们想得美，这小哥我先要。"

"不行，我说了，找到一个，我的；找到两个，我，李，一人一个！"张兰笑意浓浓，去把江水的手指强弯回去。

江水不屈不挠。

在张兰与江水的相持中，李婷亮出一个主意来，说："竞争吧，优胜者得！"

"怎竞争法？"张兰问。

"我们点单，专门送一份小蛋糕给接单的这位小哥，我们呢，现在就猜这位小哥拿到蛋糕后的那个反应，谁猜对了，谁是优胜者。"

好主意，江水和张兰同时把李婷拥抱起来，分别在她的左脸右脸吻着。

突然，江水很感触地说："我们也应该好好感谢这些送外卖的小哥们了，过去的这段时间里，是他们为我们穿越在生与死之间呀。今晚，让这位幸运的小哥代表他们接受我们的谢意吧！"

"那么，我们还竞争不？"李婷问。

"当然竞争，也许结果会给我们带来天大的惊喜呢！"江水话虽不挑明，但眼睛分明告诉了她们，她要表达的内容。

张兰转身，把三张纸片找出来，分别递给江水和李婷，说："好吧，我们现在就写下这小哥拿到小蛋糕后的反应吧，也许，真的会有一个奇特而神秘的缘分伴随而来。"

江水先接过纸片，同时笑意盈盈地对她们说："请不要忘掉了我们定下来的原则哈！"

张兰对她一笑："写吧，拿实力出来说话！"

三个研究生，果真埋头在各自的桌子上认真地做着这有趣的答题。

很快，答题做出来了，一对照，全都一样：外卖小哥感动极了，拿着小蛋糕边哭着边吃。

江水问，怎么会一致的呢？

张兰说，心里有很多苦的人，一丝甜就填满了，所以他拿到小蛋糕，就哭了，边吃边哭。

李婷说，说得不全面，还有一种人，心存善良，懂得感恩，给他一丝甜，就满足了，所以，外卖小哥必然会边吃边哭。

“嗯，还有，外卖小哥从没想到会有人专门为他点单，这太突然了，太感动了，幸福得他边吃边哭！”

江水说完，举起双手，眼睛示意着她们：击掌。

“耶！”掌声随之响起。

响亮的掌声过后，江水指着对面楼下的非常1+1咖啡馆说：“走，验证我们的答题去。”

张兰说：“答案都一致了，还验什么？”

李婷想想，说：“那我们就去看小哥吧！”

她们到了咖啡馆里，找到了一个视线开阔的位置坐下，由江水下单，然后凝神屏气，专等那接单的外卖小哥。

接单的外卖小哥进来了，提起已打包好的小蛋糕转身往外走去。不一会儿，外卖小哥又急急地折了进来，拿出单子跟柜台的服务员核对。服务员看过单子，告诉他，经确认无误。一下子，外卖小哥怔住了，然后，抹着眼泪走出了咖啡馆。

她们跟到门外去，只见外卖小哥边抹眼泪边打电话，并没有吃那小蛋糕。不一会儿，不同的方向，奔骑来了两位外卖小哥。这小哥，抹着眼泪，打着招呼，把那两个外卖小哥引导到路旁供人休息的石桌上，把小蛋糕的盒子打开，里面装着六个金灿灿的小蛋糕，全部呈现在三个送外卖的小哥面前。接单的小哥，极小心地拿起蛋糕分给他们，一人两个。

一直盯向那里的六只眼睛，什么都看见了，她们感动了，呆呆的。一会儿，张兰慢慢地低下了头，李婷的眼睛里好像眶了一圈水。片刻后，江水叹息般唤出一口气来，拉起她们俩的手，弱弱嚅嚅地说：“我们，这道题，答错了。”

作者简介：赖松万，广东省作家协会会员、茂名市作家协会主席团成员、高州市作家协会副主席兼秘书长，出版个人文学、新闻作品集6本。

阿傻奖肉

赖松万

在村里，阿傻是个名人。

在村里小学读书时，学校厕所堵塞了，他二话没说就回家挑来粪桶、粪勺清理化粪池，个子小小，忙活半天，弄得一身臭烘烘的，疏通了就默默挑起粪桶回家。刚好，校长碰见了。于是，在周一的校会上，校长大为表扬了阿傻，号召同学们向他学习。谁料，事情并没有朝着好的方向发展，同学们私下传开了：清理化粪池又脏又臭，只有傻仔才主动做这种事。从此，大家给他起了个绰号：阿傻。

其实，阿傻并不傻。

读小学时，他的成绩始终保持第一，遥遥领先其他同学。到中学，在全县最好的中学里，他还能够保持全级前三名，学习标兵榜里从没缺过他的名字。阿傻家里穷，家里住的还是泥砖瓦房，但厅里的奖状墙总是村里最闪耀人眼的地方。这种闪耀，让邻居五叔的心里不大舒服。五叔喜欢手持一条水烟筒，站在自家的三层楼房面前，看着阿傻家低矮的泥砖瓦房，点着黄烟丝，用力吸几口，水烟筒"咕噜咕噜"作响。五叔悠然张开嘴，吐出一片氤氲，还伴随着几声"嘿嘿"。

阿傻考上重点大学了。

那年，阿傻考上了重点大学，县里给阿傻奖励了三万元。村民们议论开了："这可是村里第一位大学生，还是重点大学，阿傻真给家里争光了，啧啧。""生仔就要生阿傻这样的仔，虽然三爹辛苦，但睡醒了想想儿子读书成绩，都是笑的。"村民们的议论自然也传到了五叔的耳里，五叔手持水烟筒，回到自家楼房偌大的屋厅里，看着光秃秃的墙，用力把水烟筒吸得“咕噜咕噜”响。

阿傻上大学去了。上级政府修高速公路，从村子边上经过，征了村里的地，如何分征地款成了一个问题。村民大会上，阿傻的父亲三爹提出，村里人人有份，普天同庆最好。五叔眼珠一转，提出反对：“户口转出去了的不算咱村的人，他们在外面做大世界，不要回来摊薄咱们的份儿。”大家心里都明白，五叔所说的“他们”，就是指阿傻。心知肚明还心知肚明，五叔“摊薄”二字大家可是听得清清楚楚。刹那间，大伙儿都没了声息，只有五叔的水烟筒在“咕噜咕噜”地响。三爹无助地看了一眼五叔头顶的氤氲，艰涩地咽了一口口水。

“阿傻要给村里的读书娃奖肉，啧啧。”四年后，阿傻又一次成了村民们议论的主角。

大学毕业后，阿傻在省城找到了工作。九月，拿到第一个月的工资，他回到了村里，宰了一头猪，说要给村里读书成绩好的孩子奖励猪肉，每人五斤。大伙头一回听说读书好的孩子有肉奖，孩子们更是欢欣鼓舞——“家里人吃的这顿肉是我挣回来的!”那股骄傲劲，全都写在脸上。五叔的儿子阿明也领到了五斤猪肉。阿明读书不算拔尖，怎么有肉领？校长给出了解释：阿明上学期学习认真，进步了十多名。阿傻说了，进步大的孩子也奖肉！五叔看着阿明提着五斤猪肉走进厨房，怔住了，捏在指尖的黄烟丝忘了塞进烟嘴。

此后每年，阿傻都回村里给孩子们奖肉，村里的学生哥们拿到奖状时，胸脯挺得特直，这里面，阿明的身影逐渐多了起来。每次领回猪肉，阿明都亲自下厨做一道父亲五叔最爱吃的菜生爆腩肉，那味道，啧啧，特香！

村口那棵老龙眼树不但长出了新枝，还年年开花挂果。老树结的果个儿大，还特别清甜。龙眼花开了果实又爬上枝头，知了鼓噪了整整一个盛夏的炎热，这一年，阿明和村里的三位小伙伴一同参加了高考，考上了本科院校。这一年，有公司来村里投资开发旅游，又征了村里的地。村里还是开村民大会讨论如何分征地款。这一回，三爹坐在人群角落的小板凳上，默然不语。五叔还是手持一条水烟筒，站在人群中央，他用力吸了一口，水烟筒“咕噜咕噜”地响。一片氤氲中，五叔开口了：“我看啊，要富得长久，还得娃儿们读好书。咱村以后的希望，就看这班读书哥了。他们是咱村的骄傲啊，征地款不能少了他们的。就当是对他们勤奋读书的奖励吧。”村民们闻言觉得诧异，但转念一想，阿明不是刚考上大学了吗？大家眼神又变得有点复杂。

五叔也察觉到大家眼神的变化。“咳咳，咳咳，咱家阿明说了，今年九月的奖猪肉，他出钱再买一头猪奖给大伙的娃儿。这次征地款，我也跟阿明商量好了，咱家拿出两万元，成立咱村的奖教奖学基金，以后读书好的娃儿有肉奖，还有奖金领。嘿嘿，嘿嘿……”

刹那间，大伙儿都没了声息。

过了一会儿，人群里传出了掌声，带头鼓掌的是三爹，逐渐地，掌声热烈了起来。五叔略带腼腆，拿着水烟筒走到三爹跟前一递：“三爹，来，整一口。”三爹推却不开，只好吸了一口，被呛得咳嗽不止，咳出了眼泪。氤氲中，三爹泪花闪动，人们都笑开了。

作者简介：钟日娟，笔名紫陌幻，曾用笔名高曼芸，广东省作家协会会员，茂名市作家协会会员，高州市作家协会副主席，《高州文艺》编辑，中学高级语文教师。利用业余时间坚持不懈地写作，曾出版长篇小说《我在婚姻里等情人》《岁月轻狂》。

每片叶子都会开花

钟日娟

周六晚上九点，叶梅独自坐在沙发上生气，耳边还响着儿子的话语：我的学习就是这样差的，再努力也是徒劳无功！不要期望太大，你们以前也只是考上普通大学啊！叶梅抬头看着儿子那满不在乎的神态，火气噌噌上飙，不过还是不断地暗念：亲生的！亲生的……

也难怪她生气，离高考不到一个月了，可是儿子的模拟考试成绩一次不如一次。看着这样糟糕的分数，叶梅忍不住唠叨几句，没想到儿子却毫不客气地顶撞她。十八年的含辛茹苦啊，眼看就要高考冲刺了，她怎能不着急？丈夫工作忙，长期不在家，根本无法兼顾儿子的教育。叶梅任教二十多年，桃李满天下，但却无法教育好自己的儿子，一种无力感涌上心头。

阵阵幽香飘进客厅，叶梅精神一振，快步走到阳台，低头一瞧，六朵昙花在月色下悄然绽开。粉红的花萼、洁白的花瓣、淡黄的花蕊，像一个个小喇叭，无声地散发出清香。心中的火气顿时消散，她激动地唤来儿子，母子俩并排站在阳台上，安静地看着盛开的昙花。忽然，儿子拿出手机，对着昙花连续拍照，边拍边说："妈妈，这普通的叶子真能开出美丽的昙花哟！"

叶梅开心笑了，这株昙花，在旧房子那边种了很多年，却一直不开花，遭到家人的鄙弃。有一次，叶梅下班回家。发现昙花的叶子全被剪掉了，只剩下光秃秃的根部。她非常生气，问谁剪掉了叶子。儿子大声说是爷爷，爷爷说它不会开花！

叶梅看着光秃秃的花盆，非常难受，说了一句："每片叶子都会开花！"

后来，昙花重新抽芽，但生长缓慢，一直不开花。搬家时，叶梅舍不得它，将它搬到新房子的阳台上。阳台在南面，阳光充足，昙花苗不断地抽芽，长得郁郁葱葱。前些日子，叶梅发现叶子长出几朵花蕾，就期待着昙花盛开。

“每片叶子都会开花，这句话是我的老师说的。”叶梅笑着说。

“这里面有故事？”儿子好奇地问道。

叶梅沉思着，思绪飘回到那久远的年代。那一年夏天，太阳天天发出炽热的光芒，大地如蒸笼般闷热。叶梅高考落榜了，她像跌入冰窖中，浑身凉透。她麻木地收拾行李，去到深圳，找到在那里打工的姐姐。恰好工厂招人，叶梅由一个高中生变成一个流水线的工人。一天至少上班十个小时，每个小时都在机械地重复着相同的动作。一天工作下来，叶梅累得连话都不想说了。曾经年少轻狂、心高气盛，以为天大地大，大把机会等着自己。可是，残酷的现实，粉碎了一切理想，令她后悔不已。

在工厂苦苦熬了一个多月，叶梅忽然接到小学六年级班主任吕老师的电话，他告诉叶梅，家乡的小学招聘代课教师，希望她能回去考试应聘。姐姐鼓励叶梅回去，她说打工那么辛苦又没前途，做老师比打工好多了。

叶梅回来了，到镇教办报了名，然后到吕老师家。吕老师家的阳台上，一盆特别的花引人注目。长条形的、碧绿的叶子上，挂着几朵红白相间的花蕾，像一个个小灯笼。她惊喜地问，这是昙花吗，几时盛开啊？吕老师开心一笑，说是晚上开的，只开几个钟头，天亮时就合拢了。

“果然是昙花一现啊！”叶梅叹息着。

“有人说过，存在就是合理！昙花努力积蓄力量，只为那几小时的盛开。这就是它们的追求。人生之路，免不了坎坎坷坷，但努力向前，总会追求到自己想要的东西。”

叶梅多日以来的烦闷消散了，她安心复习，然后考试，居然考了第一名，然后在一间小学做了一名普通的代课教师。备课上课批改作业，每天循环着相同的工作，时间长了，就变得乏味，叶梅觉得自己的生活又像一潭死水了。有时为了一些教学上的问题，还会和同事争执，年少气盛，不懂得妥协。渐渐地，同事们疏远了她。

她觉得自己是一只孤单的大雁，找不到方向。国庆节，全镇教师运动会，不知谁人帮她报了1500米长跑。她在运动场上一圈又一圈麻木地跑着，跑着跑着，泪水模糊了双眼。但她依然踉踉跄跄往前冲，终于到终点了，听着裁判说第一名，她软绵绵地倒下去。

那晚，全校同事一起在镇上的饭店聚餐，庆祝她获得第一名。大家七嘴八舌地说叶老师真牛，我们要轮流敬她一杯。一杯杯白酒顺着喉咙滑下，叶梅觉得喉咙灼痛，全身热辣辣的。后来，她晕乎乎地去到吕老师家。师母见她一身酒气，心疼她，赶紧给她泡蜂蜜水。喝了一大杯蜂蜜水，她渐渐清醒过来。这时，吕老师在阳台上叫她过去。她走出去，顺着吕老师的目光，看到一朵朵硕大的、白色的花儿在皎洁的月光下盛开，空气中弥漫着缕缕清香，沁人心脾。

“昙花开了？”她一阵惊喜，完全清醒过来。

“你数数有多少朵？”吕老师说。

“一二三……哇哇，共有十二朵，好多啊！”她痴痴笑着，低着头靠近花儿，贪婪地闻着幽幽花香。

“再看看花儿在哪里开的？”吕老师又问。

她一愣，再细细瞧瞧，发现每朵花都是在叶子边缝上盛开的，有的一片叶子盛开一朵，有的盛开三两朵。

“只要积蓄足够的力量，每片叶子都会开花！”吕老师平静地说，“没有开花之前，它们都是普普通通的叶子。但无论多普通，只要不放弃，终会开花！”

叶梅看着那十几朵昙花，粉红的花萼，洁白的花瓣，在月光下如梦如幻，美得令人窒息。是的，无论多普通的叶子，只要不放弃，终会开花。

自那以后，叶梅不再彷徨，也不理会同事们疏离的目光。她一边努力做好本职工作，一边继续复习。第二年，她再次步入高考考场，终于心想事成，考上一间师范大学。

叶梅忽然停下来，儿子问，说完了吗？后来呢？

后来啊，后来她成了一位正式的中学教师，又遇到一些像当年的她那样迷惘的学生。叶梅眼前忽然显现出一双忽闪忽闪的、漆黑的大眼睛。那双大眼睛，目光却是那样的茫然，找不到焦距。小女孩常追问：我的爸爸妈妈为什么要去外面打工？学习真的那么重要吗？为什么城里的孩子可以在父母身边？那次考试之后，小女孩居然拿着小刀割着手腕。叶梅看着那道红红的伤口，看着小女孩那痛苦又迷茫的眼神，心如刀割。

那天晚上，叶梅叫那个小女孩到她的宿舍。小女孩看到阳台上盛开的朵朵的昙花，忍不住惊叫起来。然后，叶梅像吕老师那样，告诉小女孩，只要积蓄足够的力量，每片普通的叶子都会开出美丽的花儿。小女孩看着花儿，泪流满脸，哽咽着说谢谢！后来，那个小女孩的学习成绩突飞猛进，然后考上重点高中、重点大学。女孩结婚那天，邀请叶梅参加她的婚礼。穿着婚纱的、美丽的新娘子，郑重地鞠躬感谢叶梅。她说，若不是当年叶老师的悉心开导，绝对不会有今天幸福的她。那一刻，满满的幸福感涌上叶梅的心腔。

听到这里，儿子也陷入了沉思。高中三年，他确实不够努力拼搏，高考将近，甚至有点自暴自弃的念头。

“儿子啊，无论身处何地，只要坚持不懈，就会像昙花那样，终有一天会实现自己的愿望。”

儿子不再辩驳，只是点点头，然后在朋友圈发几张昙花盛开的图片，下面写着：只要积蓄足够的力量，每片叶子都会开花！

那晚，叶梅看着儿子的朋友圈，心中像卸下一块巨石，安然入梦。

作者简介：黎丹，教育工作者。广东省茂名市作家协会监事，高州市文联委员，高州市作家协会副主席，茂名《校园文学》《高州文艺》编委。出版有个人诗集《燃烧的河》，先后发表作品五百余篇（首）。

阿木的爱情

黎　丹

阿木是市@中的校长。在当校长之前是老师，在当老师之前在师范学院读书。

阿木就是在师范学院读书时认识现在已属于他的老婆青杏的。

那时，青杏是师范学院里公认的校花。她好似上帝遗漏在人间的一块美玉，清纯无尘，淡素雅致，每天就在校园里宿舍—教室—食堂—图书馆来回穿梭，不问世事，不理旁人，成绩却如同颜值，都是说不出的好。

阿木就这样毫无征兆地爱上了她。

可是青杏依然我行我素。她不知道阿木的心思呀，即使知道，她也会不屑一顾的。

你问阿木是谁？他当时还不是@中的校长。他是我的室友，是师范里的刺头一个，成天游走于网吧、影院，无心向学，可身边总少不了左拥右抱的学生妹子。

谁让他老爸是局长呢？

明年就要毕业了，说实在的，见到我们为了前程而整天都在应付着学分、论文、复习、应聘，阿木总是不屑一顾。他依然到处拈花惹草，四处留情，依然有一大群女孩子想尽法子往阿木身上靠，有的假装扭伤了脚，有的朝球场里的阿木尖叫，有的又拾到了遗漏的课本……

可阿木已经发疯地爱上了青杏。

他把以前用在其他女孩身上的本事，全部用在了青杏身上。

青杏终于察觉到了阿木的心思，可她依然故我，每天不是往图书馆、教室跑，就是匆匆行走在赶回宿舍的路上。

被堵得急了，青杏便皱起了眉头：

“你爸是你爸，你是你，若没有老爸，你屁都不是！”

“我是铁定要回家乡任教的了，那里离城一百多公里，你肯跟我去？”

这些话听得多了，阿木就有些怏了，他过惯了灯红酒绿的生活。让他去山区教书？阿木可从未想过。

可是，他爱青杏呀，都爱得走火入魔了！

阿木甚至开始怀疑起了以前的人生！他不想再这样浑浑噩噩了，他要跟以前的阿木说再见，他要洗心革面，浪子回头。

为了爱情，阿木也开始每天往图书馆、教室里跑，遨游于书山题海之中，他不想给青杏看扁。

到底是出于书香世家，到了水稻拔节时分，阿木的成绩一下子就蹿到了全级前几名。

6 月，夏蝉鸣了，荔枝红了，同窗四年的大伙，在抛过了学士帽，又在 KTV 里干号了一通宵之后，便卷起铺盖，各自西东。

青杏依旧是清纯无尘，淡素雅致。她回到了家乡学校任教。

令人意外的是，阿木竟然不接受老爸的安排，竟然不理会老妈的万般挽留，竟然报名去了 XZ 支教！

……

三年后，风尘仆仆的阿木出现在了青杏的面前，一同带回的，还有全省的援藏先进个人证书，和一坨高原红的脸蛋，只不过脸上少了份痞气而多了份沉实。

而更加令人意外的是，阿木调入了青杏所在的乡镇中学，还当上了政教处主任，而且，阿木完全脱胎换骨，十足的工作狂，很快就成了学校的业务骨干和教学精英！

而且，阿木依旧是老鼠爱大米一般爱着青杏。

青杏看在眼里，表面不动声色，暗地里却较起了劲，她不想输给阿木。还有，青杏发现自己对阿想的心思，慢慢地变了，对阿木工作上的帮助和生活上的呵护，也就慢慢地接受并且依赖了。

又两年，青杏靠着自己的扎实知识和优秀业绩，通过考试选调回到了城区任教。

同一年，阿木同样靠着自己的扎实知识和骄人业绩，通过竞争当上了城区@中的校长。

今年同学聚会，在同学们的轮番轰炸下，阿木和挺着个大肚子的青杏姗姗来迟——青杏现在已成了阿木的老婆。

望着男才女貌的他俩，同学们自然又是一番惊羡、一番感叹。

咋就能这么事业爱情双丰收呢？望着那仍残留有小半坨高原红却平静沉实的阿木，我狠狠地灌下了一罐啤酒。

作者简介：梁居壬，曾在《羊城晚报》《小小说选刊》《中国农垦》等报刊发表小说故事数十篇。小说《豆腐王》曾获《中国农垦》杂志三等奖。

陈酒香

梁居壬

“陈酒——香!”

陈酒香，确实是香。在座如有说“陈酒香”不香，不用说陈酒香和你急，竹坑村的酒神们都会和你急：啥！不香？润一口试试！保你隔天打个“呃”都香香的!

“陈酒香”既是一种酒的品名，又是一个人的大号。竹坑村便有一人叫陈酒香。

据说，陈酒香的老爹喜欢饮老酒，整天喝得晕乎乎。老妈生产陈酒香的时候，迷迷糊糊的老爸被老婆那杀猪般的喊叫吓得有了几分清楚，听接生婆说生了个带“把”的，高兴得直哆嗦，硬是愣了好一会儿，才把那口老气缓过来，打嘴巴里嘣出仨字——“陈酒香”。

得！人名和酒粘在一起了。

陈酒香是酿酒的。他酿制的米酒特醇香。竹坑村的酒神们便把陈酒香与香喷喷的陈年老酒连在一起了，打招呼时变变调儿，先是把“陈酒”俩字叫亮了，然后略为吸进半口气儿，把酒的香味儿压进肚子里，稍许才将“香”字急促呼出，随即立马把尾声音调儿打住，“香”字叫得更亮，那味儿便出来了：陈酒——香！嘿！把人名酒号一齐叫响!

说来，陈酒香家族是酿酒世家，祖上数辈都以酿酒为生，生意火红火红的。到他老爸这一代便给毁了。想想看，整天醉乎乎的，蒸酒的缸坛子里能淌出香喷喷的酒水吗？到了陈酒香会干事时，陈酒香老爹饮老酒把家都“饮”光了，泥砖块叠起的房子里没一件像样的家具。单看那床子是用四根木条条就着地板竖起来搭造的，唯一看去有点顺眼的家当便是摆放在屋角那口祖辈传下来蒸酒用的酒缸坛子了。

在老婆怀着儿子快要生产那段日子，陈酒香急得整天个嘴唇直冒泡泡儿。按乡下习俗，妇女坐月子是用酒水“泡”的，酒水煲汤，酒水冲凉，酒水洗头，连洗手都要用酒水的。坐月子的妇女嘛事儿不用酒水呀！眼看着老婆一天天地追着坐月子，陈酒香摸摸清爽爽的口袋，那个急呀！整天个头都是胀胀的。

忽一日，陈酒香无意间看到置放在屋角的蒸酒缸坛子，脑中倏忽“蹦”出个念头来。自个儿为嘛不蒸酿酒给老婆坐月子用呢？怎么说自己也算是酿酒世家呀！这么想着，便找寻了酿酒师傅拜师学艺，并在柴火屋里加砌个蒸酒灶台，做起了酿蒸米酒的事儿来了。

乡下人酿酒自用并不是件复杂的事儿。配酒饼，煲酒米饭（即用糙米煲为半生半熟的米饭），发酒糟。日把后，挨鼻子闻着酒糟缸子里的酒米饭飘着酒饼的香味儿了，便把酒米饭倒进酿酒的缸坛子里，添加适量的清水，先是急烧猛火，把蒸酒缸坛子内的温度迅速提升。待蒸酒缸坛子内到了一定的温度后，便是细火慢蒸。稍许，但见有清爽爽的水儿冒着热气从蒸酒缸坛子底部的沟槽慢慢淌出。叭，叭，叭，随着沉沉的水滴声响起，酒水一滴滴地掉进盛酒的瓦坛子里。瞬即，满屋子飘着酒香味儿。这便是乡下人自蒸自用的酒水了。

陈酒香硬是用乡下人简单的酿酒招儿度过了老婆的月子关，用酒水把老婆“浸泡”得白白胖胖。老婆的“月子”过后，看看重新放置在屋角的蒸酒缸坛子，陈酒香萌生出酿酒卖的念头。改革开放了，人人都朝“钱”奔跑着。再说，儿子出生后，家里添了口，单靠那一亩三分田地过日子是不滋润的。但他自己心里明白，自个儿酿蒸的酒只能给老婆受用，市面上拿不出手的。他记得，在拜师时，师傅曾经讲过，蒸酿米酒的味道既与所用的酒饼品质、发酒糟的功夫、蒸酿火候等有关联，也与蒸酿米酒的用水有很大关系的。用清爽没有污染的山泉水蒸酿出来的米酒味儿更香醇。

想想，屋后便是大山了。大山里会有山泉水的。于是日常里，陈酒香闲着便在大山里转着，寻找山泉水。说来也巧的，那天，陈酒香在山里转，转得累了，便坐在一块大石头上休息。偶然间听到有丝儿水流声。朝水流声去，看到坐着的大石头底部边上有汪婴儿澡盆般大小的山泉水。泉水从石头底下一小洞里潺潺淌出，在小石坑中汇聚成一汪清爽的泉水，再顺一小沟沟淌流去。嗬！这是纯纯的山泉水呀！陈酒香手捧着山泉水猛然喝了一大口，嘿！真清爽！对！就用这山泉水蒸酿酒！

陈酒香嘴里说着，便急急回家找来木水桶到山里挑泉水。这石坑泉水也挺灵怪的，用勺子一勺勺地勺到坑底都是清爽爽的，一点儿杂质都没有，刚好满满两桶。哈，你也别说，用这山泉水配酒饼，发酒糟酿蒸出来的米酒飘着一种醇香的味儿，入得口来顺溜溜的，乐得陈酒香一屁股坐在地上好半天都在傻傻地笑。

陈酒香卖酒是用瓦罐坛子装的。他说塑料桶装酒会掉味儿。俩瓦罐坛子一肩挑，稳稳地走，亮亮地叫：陈酒——香——！

陈酒香把酒神们打招呼的话语承传十足，只是在呼出“香”字后没有立马把尾声音调儿打住，而是把调儿拉得老长老长，酒香味随一路叫来一路飘着，把竹坑村酒神们的心窝儿呼叫得醉乎乎的。

亮叫间，见有买者挨拢来，陈酒香便轻轻地放稳酒坛子了，伸手拿掉酒罐坛子盖儿，鼻子顺酒罐坛子口飘出来的香味儿深深地吸了一大口，瞬即，便是紧紧地闭着嘴眯着眼，似在要把酒的香味儿全压进肚子底里。良久，才张口一呼，酒香味儿一咕噜从口中呼出：嗬！陈酒香！真香哪！

这话儿一出，陈酒香才张开眼，拿酒勺子伸进酒罐坛子里，手腕子一提一反转，咕噜噜！随着一阵子水声响起，满满的一酒勺香喷喷的米酒成了一注水柱，不偏不歪直冲来者手里拿着的瓶子口。围观者看得直瞪眼，嘴巴久久合不上来。

把瓶子拿稳了，别晃动。酒洒了，不值的！陈酒香见来者手抖抖的，笑笑说。

陈酒香卖酒亮出了名声。竹坑村的酒神们以饮陈酒香的酒为乐。但陈酒香每天只能从石坑中挑两桶泉水回来蒸酿酒，蒸出来的酒不洒不泼一滴，刚好满满两罐坛子，一坛子二十斤，两坛子刚好四十斤。每天卖完即打转回家，把酒神们的酒兴“钓”得咕噜咕噜直响。

陈酒香蒸酿酒卖酒，日子过得也挺为有滋有味的。

忽一日，日头沉西了。宁静的竹坑村忽地响起了阵阵的吵闹声。人们细细听来，吵闹声是从村东头陈酒香家传出来的。陈酒香两口子闹吵架？这不是大笑话吗？想想，陈酒香两口子何时吵架了？人们围团团聚在一起，好奇奇的。

这当儿，一老者晃晃脑袋子说，是不是今早的事儿闹来的？

是呀！众人纷纷顿悟。早上的事儿是挺怪的。

早上，日子似往常那般样子。眼看着陈酒香开盖卖酒了，当他猛然深深吸了一口酒香后，好一会儿也不见把酒香呼出，而是见他重重地把酒坛子重新盖好，脸儿沉沉的、凝凝的，似在想着些什么。良久，听得他长叹口气：唉——！

众人们听得陈酒香嘴中这么一声叹气全都愣住了，纷纷瞪大双眼朝陈酒香望去。

这当儿，见着陈酒香用双手撑着膝盖颤抖抖地站起来，望望众人满是不解的目光，淡淡地说了声：回吧，大家回吧！今天的酒不卖了。

陈酒香说罢，便挑着酒坛子一颤一颤地离开了。但刚走了几步被什么东西绊了，身子向前跌跌撞撞走了几步才站稳。陈酒香自己虽站稳了，但随着“叭”“叭”二声闷响，两瓦罐坛子跌地摔破了，酒水洒了一地，飘着阵阵酒香。

有眼尖的人看到，陈酒香是自个儿把自己腿脚绊的。

隔天，竹坑村有话语传出。说的是早天前，陈酒香病了，山泉水是老婆挑的。老婆是就近从山边水沟挑的水。或许，事儿出在“水”身上？不同的水蒸酿出来的酒味儿便不同？人们甚为不解。

不几日，陈酒香又蒸酿酒卖了。依旧是两瓦罐坛子一肩挑，稳稳地走，亮亮地叫：陈酒——香——！

那声调子依旧有那么一股香味儿，把竹坑村酒神们的心窝儿拨拉得似有无数谗虫在蠕动……

视频通话连线中

梁居壬

晚上快九点的时候，搁在茶几上的手机忽然间响了起来，打眼望去见是视频通话。多弟？屏幕显示出这么个微信昵称。什么时候添加了这个微信好友？看着手机屏幕，脑袋里一个劲地翻过来覆过去转着，好一阵子也没有理出个头绪来。愣了一会儿，我还是拿起手机点击了连接键，手机屏幕即时闪出了一个老婆婆的头像来。老婆婆脸颊皱巴巴的，许是嘴中没有多少颗牙齿了，嘴唇深深地瘪了进去，一双眼睛眯成弯弯的月牙状，苍老的嘴角显露出满满的慈祥，看去有八十多岁的样子了。这老婆婆微信名号为“多弟”？见着手机屏幕中的像儿，我不觉地张开嘴“嗤”地笑了。

“狗弟吗？在做什么呢？这么久才接电话。”

狗弟？这老婆婆也是的，怎么开口便骂人呢？我面向着手机屏幕默默地不作任何话语，内心里挺为纳闷的。

“狗弟，我系舅母哟，看不出来了？”

“哎哟！舅母。看我这老花眼的，连舅母都认不来了。”我连忙大声说着。

嗬！说实在的，是我大意了。“狗弟”这个小名除了老妈便是舅母叫的多了，舅母把我从小叫到……老了。今儿个，头发都白了，还是“狗弟”“狗弟”地叫着。哦，想起来了，“多弟”这微信好友是一年多前添加的。添加“多弟”为好友的时候没有太在意，见着有求添加为好友的，便是那么随手点击“接受”了。“多弟”不便是表哥的小名吗？哟哟，表哥竟然用小名作为微信名。表哥家处在六云山的半腰中，手机信号是挺差的。表哥先前用的是“老人机”，打电话要走到村口那块大石头上面才能连接上，通起话来也是断断续续的，听起来极为费劲。若有事找他，听到手机里面说的总是那么一句——你所拨打的号码暂时无法接通，请稍后再拨！气得恨不得把手机摔了。想不到现在信号这么强，可以视频通话了。

“狗弟呀，多弟新楼后天入伙，来饮进宅酒哟。”

“表哥建有新楼了？”

“是呀！不单是多弟建有新楼，亚福、亚发、亚财他们几个都建有新楼啰，把日子定好便可以住了，继续有得饮呢。他们建的都是别士哟！”舅母笑得挺开心，脸上溢着满足和愉悦。

“表哥表弟都建有新楼了？不简单呦。”听着舅母这么说来，内心里极为高兴。记忆里，舅母家是挺艰难的。舅父去世早，舅母含辛茹苦地抚养着四个儿子，日子过得紧巴巴的。我们家在农场，艰难时代的农场为“生产建设兵团”建制，粮食是按人口定量配给，生活是勉强过得去的。那时，农场连队饲养有生猪，逢“五一”“十一”“元旦”这几个节日，连队便杀猪分猪肉，家家户户都飘着肉香。这时节，舅母便带着表哥表弟几个来我家过节，香喷喷的猪肉把表哥表弟的肚皮儿撑得圆鼓鼓的。次日一早，舅母他们要回去了，老妈又是装好两布袋米让舅母挑上，并把一块用烤好的香蕉叶包裹得好好的肥猪肉绑在舅母腰上……

“阿嫂（老一辈的大潮人喜欢把老妈叫为阿嫂），是别墅，不是别士。”旁边有人在大声地说着，许是表哥多弟吧。

“系别士，都是二层半带有花园的。他们兄弟几个新楼装修是相同的，一楼的地板铺贴的都是石块，二楼地板是光闪闪的砖块能照出人影来呢。嗬，狗弟呦。这手机镜面把我眼睛闪花了，让多弟跟你说啰。”

即时，手机屏幕里闪出个满头白发的头像来。哦，表哥也挺显老的。

“表哥，想不到是你拨打的视频通话呢，你那里的手机信号不是梃差的吗？”看着屏幕里的表哥，我略为歉意地说着。

“六云山顶上建了座信号发射塔，现在手机信号强了，在村里什么位置都可以视频通话的，我这里用起手机来也像山外面一样方便啰。”表哥挺为得意地说。

“是吗？那就方便啰。哦，对了，进宅这事……”对于表哥表弟都建了新楼我还是有些许疑惑的，便小声地问道。

“是呀。我们兄弟几个都建有新楼了。这些年来，亚福、阿发外出做泥水工，我和阿财种荔枝龙眼养猪，每年收入都不少的，现在日子过得挺好了。”表哥一边说一边捏着刮得光溜溜的下巴，一副挺为满足的样子。

“表哥，木绵坳现在怎么样了？可以通小车吗？”说到木绵坳，我心里头便是惊惊的。木绵坳是打六云山半腰处伸延出来的一条龙脊山岗，横亘在六云村村口前。曾经，处在六云山深处的六云村靠条羊肠小路穿越崎岖陡峭的木绵坳与外面村场相连。从木绵坳顶到坳底不过一二千米的样子，天气晴朗时，站在木绵坳底抬头朝坳上望去，隐隐地可见六云村口那棵大榕树，可爬行起来，非得要小半天不可，人称“坡狗（土狼）愁”。说得挺为明了，坡狗这种前脚短后脚长、天生爬山越岭的猛兽爬行起来都发愁，何况人呢？那时候，六云村周邻有句老话：有女莫嫁六云村，教人莫爬木绵坳。不过，这是人们随口说说而已。木绵坳是六云村民出行必经之路，能不爬行吗？记得我第一次爬木绵坳应是七三年吧。那时我读小学五年级，放暑假了便嚷嚷要去舅母家找表哥表弟玩。

“不行！要走二三十里的路才到东岸水库坝搭船，之后还要爬木绵坳。木绵坳你是爬不了的。”老妈摇摇头说。

“多远的路舅母和表哥表弟他们能走我也能走，木绵坳他们能爬我也能爬。”我心里挺为不服，便气鼓鼓地说。

“你以为他们……你还小，懂什么呀！”老妈说不过我只好答应了。

那天早上五点多钟老妈便把我叫起床上路了。那时没有班车搭，靠双脚从大井镇六祥沿条沙石公路往东岸水库坝走，到东岸水库坝已经近十一点了，刚好赶上从水库坝驶往礼垌的船班。船到礼垌便是下午一点了，又走了个把钟的路，才到了木绵坳。木绵坳果然难爬，弯弯曲曲的路非常陡峭，有些路段更是要用手揪着树枝脚踩着石缝，手脚并用地攀爬着。爬行到半腰时，我就已经累得喘不过气来了，露珠般的汗水一个劲地顺脸颊滚落，胸口里也好像塞进了大团棉花似的喘不上气来，心里头怦怦直跳，似乎一张口，那颗滚烫的心一下子会从口里跳出来。两条腿更是不停地打战儿，再也迈不开步子了。我弯着腰双手撑着膝盖，张着嘴大口大口地喘着气儿……

“木绵坳的修通路了呀。从木绵坳底上来拐了二三个‘之’字弯，原来修的是泥石路面，几年前铺了水泥，水泥路通到家门口了呢。”手机里表哥朗声说着。

“表哥，这个木绵坳把我坑得惨了，你还记得吗？”我心有余悸地说。那是二十多年前吧，听表哥说木绵坳修了一条简易泥石路，可以通摩托车了。于是，我便驾驶着摩托车搭着老婆及一大包米上路了，可到了木绵坳底便傻眼了。眼前的路只有几十厘米宽的样子，呈 S 字形往坳上曲曲弯弯地延伸而去。几天前下了场大雨，路面让摩托车轱辘碾压出一条十多厘米深的沟壑……这样的路怎么驾驶摩托车呀！我只好把摩托车挂上一挡，加大油门双脚着地慢慢地往坳上驶去。但到半腰时，摩托车竟然冲缸死火了。只得改由老婆在前面抓摩托车车把，我在后面推，俩人气喘喘地推着摩托车走了个把钟才来到舅母家……有多少年没去探望舅母了？前些年自己还未退休，工作整日里忙忙碌碌的，脑子里偶有抽时间去探望舅母的念头，但每每想到木绵坳心里头便恐慌得突突地跳……现在想来，挺自责的。

“记得呢，看着你俩公婆那狼狈的样子直想笑的。现在路通顺了，我和亚财每年的荔枝龙眼都是直销深圳的。亚财老婆在深圳摆地摊，早上我们摘了新鲜的荔枝龙眼，用摩托车搭到礼垌让长途班车托运，下午便在深圳销售了，路通财通呀！以前我们种的荔枝龙眼，愁销路愁到头都大，现在不愁销售啰。和你说吧，不单单是我们兄弟四个，整个六云村变化大呢，水泥路平坦坦，楼房一幢幢的，晚上太阳能路灯把全村照得透亮。”屏幕里表哥滔滔不绝说着，那样子是挺为心满意足的。

“不再是‘有女莫嫁六云村，教人莫爬木绵坳’啰。”我忽地想到这句曾经流行在六云村周邻的话语，便不自觉地说了出来。

“是呀！哈哈！”表哥听我这么说着，哈哈地笑得挺为响亮。笑了好一会儿，表哥才止住笑朗声说着：“嗬！不说了，后天记着来饮酒哟。”

“好的，我一定去。”说罢，我轻轻地点了停止键，把视频通话挂断了，但目光仍没有离开手机屏幕，心里头久久不能平静下来……

那美味的云吞啊

李桂梅

1

“小宝宝，不要太调皮哦，等会我们检查完了，就去市场买馅料做你爸爸最喜欢食的云吞，好不好?”妻子一边安抚着肚里的宝宝，一边看着车窗外金黄的田野说。

“快！快停车！前面有人掉山沟了！”妻子急促的声音让正在想着心事的陈涛回过神来，他没看到路面有什么特殊情况，但还是赶忙靠边停了下来，才停好车，妻子急忙朝对面路跑去，一点儿不像刚还喊着肚子不舒服的人。

陈涛赶忙跟上去，只见一个学生模样的男孩子，此时趴在沟边痛苦不已，自行车掉在沟坑里，背包、水瓶、手机、帽子等四处散落。沟坑虽不深，可沟边有石头，腿部应是被石头划伤，血流不止。陈涛叫妻子去车里拿药箱，他想把男孩子带到路面上，可鲜血涌着，他不敢动他。他查看了一下其他部位，发现手骨折了，慢慢肿胀起来。他捡起男孩子的手机想拨打他家人的号码，可手机已摔成黑屏。药箱里备有纱布、云南白药之类，他只能简单地包扎，并辅之按压。血有些止住的迹象，陈涛叫男孩子用另一只手托着骨折的那只手，然后把他抱上路面。

“要打120吗?”妻子问。打120，当然是最好的选择，这里距离医院大概二十分钟路程。看着男孩子一张苍白的脸，纱布又隐隐有血迹渗出，可能是移动的缘故，血好像会随时涌出。

男孩子的脸苍白着乌青着，与记忆中那个营养不良的少年重叠在一起。

他迟疑了一下，还是把男孩子抱进车里，让他平躺着，然后让妻子开车，他帮他按压着腿部，以防再出血。

男孩子十二万分不好意思说，不用麻烦他们，这里距离他同学家很近了，他打电话叫他的同学来接他就行了。男孩虽这么清晰地说着，但看得出他的意识有些迷乱，像要昏迷的样子，像极记忆中那个苍白着脸倒下的少年。

2

平常遇事就怕得要命的妻子，这次倒临危不惧，有惊无险地把车开到医院。

交了医药费，把少年送进病房。他们才松了一口气，妻子才去找医生做唐氏筛查。他赶时间，医生让他留了电话号码，他留了妻子的电话。死党催促开会的电话再响起，他简略地向死党做了说明。

他心急火燎地赶去开会。他下乡扶贫多年，干出了不少的成绩，领导也看在眼里，这次开会既是新领导的见面会又是他的新职选举会，他要是迟到，引起的影响可想而知。

他还是拐进了小巷，在志航手机店停了下来。他想让师傅修好手机后，再帮忙送去给那个孩子，想想还是不放心。还好修理师傅技术好，不到半个小时就已把手机修好。妻子打来电话说医生来过电话了，那孩子没什么大碍了，骨折也处理了，可能流了血，又受了惊吓，血糖有点低，打几瓶点滴就没事了。并说她检查完了，会再去看看。他查找了几个号码，其中一个标着“吾家宫廷”的号码，应该是孩子家里的号码，他拨了过去。

“您好，这里是城南云开云吞店，请问……”

云开云吞店？他竟然一时说不出话来，那边喂了几声后挂断了电话。他一时有点茫然，生怕自己听错了，想再次拨打过去，催促开会的电话又再次响起。

他还是迟到了十五分钟，原本他是预备提前十五分钟来等新老板的，结果，新老板等他等了十五分钟。听说这位新老板雷厉风行，凡是开会迟到的都会被批评得一地鸡毛，更不用说这个是非常会议。他想免不了要挨骂的，也可能会有人暗里想他还未升职尾巴就翘起来了，开会也敢迟到，吃豹子胆了。今天，他会愉快地接受一切批评，他的心底渐渐蔓延出一种巨大的欢喜，他仿佛又闻到那终生难忘的云吞的味道。

死党一身汗地等在会议室门口，看到陈涛来了，才松了一口气。死党说他已经向新老板汇报过他迟到的原因，就不知新老板意下如何。死党一边推门还一边责备他没点轻重，如果影响了仕途，看他去哪找后悔药。

没想到新领导对陈涛大赞特赞，说可能很多同志会以为他今天要开批斗会，是的，陈涛同志是迟到了，可他是为人民服务迟到的，我们就要表扬，镇委书记的职位交给这样的人人民放心。新书记还说像陈涛这样的好人好事要大力宣传，宣传部要做好这件工作，让高凉古郡的好心精神深植人心，还强调说明天就要见到报道。

陈涛想，不过是举手之劳的事，人之常情，他不需要报道。

3

开完会，他去医院接妻子。他把手机放到前台，让护士拿给那孩子。妻子说她去看了那孩子，精神挺好。那孩子刚高考完，打算去同学家帮收割水稻，谁知道自行车车刹突然失灵，又是下坡路，他吓得六神无主才出的事。他对我们再三感谢，非要我留下联系电话，非要还钱。车子经过市场时，妻子问他："还想不想吃云吞，哦，对了，那孩子说他家里是开云吞店的，叫云开云吞店，以后终生免费给我们吃。"看来，好事要多做嘛，一不小心就可以整个终身免费。

陈涛的思绪再度飘回到那个满是香香云吞味的下午。

彼时，他是个黑瘦的高考落第生，第一次出城，是去城里的中学交高三复读费，骑着一台二十八寸的自行车，问了几次路才骑到城里，问了几次路才找到学校。七十五块的复读费，其中六十三块钱是父亲挑了一担稻谷到镇上买换来的，剩下的十二块是爷爷帮别人编织粪箕存下来的，交完费后，一分钱也没得剩，又饿又喝，带来的番薯和水早给他在路上扫光了。店里诱人的食品他不敢多看一眼，顶着八月的大太阳，他又往回赶，一阵头晕目眩后，他倒下了。醒来，他躺在屋子里，有位大哥哥正拿着毛巾帮他擦拭。看见他醒来，非常开心，又装来一碗冬瓜汤，让他喝下去。并安慰说不用担心，他只是轻度中暑，老板家里刚好煮了冬瓜汤，喝一碗就没事了。冬瓜汤喝下后，他好受多了，这时，他猛然闻到了一种无比美妙的香味，他才发现这是一间云吞店，香味想必是这种叫云吞的东西发出来的。

大哥哥还跟他说，他是湖南人，来高州找表哥，谁知道迷路了，流浪街头，是好心的老板收留了他，他就在这间店里打工。大哥哥看他看了好几次云吞，就笑问是不是饿了。他自然是摇头，说自己要回家了。大哥哥让他等一会儿，不一会儿就端了一碗热腾腾的、雪白雪白的东西来给他。大哥哥说今天他请客，叫他放心吃。他抵制不了香味的诱惑，低头吃了起来，香滑可口，肉香、面粉香和一些调味料的香味混合在一起，他何曾领略过，墟镇里根本没有，每次趁墟，最大的愿望不过是能吃上一碟三毛钱的炒粉皮。他心里满满感动，感觉吃到了棉花糖的味道，吃到了云朵的味道。他从不知道，世上还有如此美妙的食物。

临走时，大哥哥还送了一袋包子给他，他也从不知道包子的味道是这么美妙的，他吃了一个不舍得再吃，拿回给爷爷。

复读那年，他异常努力，他想等领了大学通知书，他就去一次云开云吞店犒劳一下自己。

他考上了理想的大学，然而云开云吞店却被告知搬走了。

4

“冼英我提枪自呀自飒爽，走马高凉大地呀护呀护民康。”接到儿子电话时，他正哼着鬼仔戏的腔调在和面粉。在这个小城生活了二十多年，他俨然已是一个本地人，连鬼仔戏他也喜欢上，还能随口哼出几句来。心急火燎赶到医院，看到儿子精神十足才放下心来。他依着留下的电话号码打过去说要还钱，对方怎么也不肯接受。

滴水之恩，当涌泉相报。他怎么也会回报的。

云开云吞店不大的店门上挂着一幅大字：好心老板救儿不留名，云开云吞酬君不计利。今天云开云吞店老板为报答好心人救了他儿子，两元一碗云吞。路过的人都在谈论。陈涛点着一根烟站在云吞店的对面，云吞店里自然热闹非凡。听人说云开云吞店原来的老板退休后，就把店面买给现在的老板，两任老板都是好人，常做善事，生意很好。陈涛在想等什么时候他要和妻子到店里好好品尝一下云开云吞的味道，那像是吃到了云朵一样的味道啊，他要一连吃上几碗，还要和妻子好好聊聊这美妙的味道。

作者简介：丁雪珍，高州市作家协会会员。喜爱阅读，闲暇之余写点文字，感悟点滴生活。

你的舞台有多大

丁雪珍

校长任命期满换届，局里要求各校长轮岗；接到这一消息，各校各纷呈！

A 校，新校长孤身一人前往，原校基层领导一个不变，各司其职。

B 校，新校长驾到，带来一个出纳、原校的出纳退居二线，其余领导不变。

C 校，新校长上任，带来一个出纳，还带来一个专抓教学的领导；原校出纳、抓教学的领导退居二线，其余领导不变。

D 校，新校长接任，把上一届校长的所谓“心腹”全盘通杀，只保留了一两个有靠山动不得的基层领导。

E 校，新校长光临，“三把火”直烧，除了副校长是局里聘任动不了，其余领导一个不留，都换上自己的“左右手”。

一个学年已过去，局里召开学年总结表彰大会，各校长从四面八方汇聚，甚是盈喜！大会上，各校长按局里的排序逐一登台发言。总结会上有报喜也有报忧，有表决也有展望。

最后一个发言是 A 校校长。他悠然离座，健步来到发言台，安然就座，不慌不忙地从衬衫的上口袋里取出折叠的信笺。在洋洋洒洒的文字里，在洪亮的声音里，在甜美的微笑里，他总结了 A 校校风正，学风浓，师生和谐，教育教学成绩显著，尤其是中考成绩从排名倒数跃进全市前三名。发言完毕，台上的局长，眉开眼笑，有力地拍手鼓掌。顿时，室内掌声四起。五十八所中学，从倒数到前三名，不仅是量的飞跃，更是质的腾飞，非一般人能做到！在座的校长个个都被折服得竖起了大拇指，从心底里由衷地说出赞词：厉害，钦佩！局长听在耳里，看在眼里，乐在心里，脸上早已绽放一脸满意的笑容。

会后闲聊，许多校长直抒胸臆，尽情畅谈，说学生，言老师，论属下领导；皱眉的，恼怒的，浅笑的，沉默的……局长见状，笑着对大家说："我有一剂灵丹妙药帮你们排忧解难，那就是A校校长发言中的一句话，非常管用！"

台下一片沉静，大家对目而视，谁都不敢开口。局长见了，还是绽放一脸满意的笑容，起身离座，轻轻地步出会议室。

各校长也纷纷随后步出会议室。此时，一位沉默已久的年轻新校长再也憋不住，箭步上前，恭敬地问局长是哪一句"神"话。局长乐呵呵地，啥也不说。新校长就是"不到黄河心不死"，再次恭恭敬敬地请求局长揭谜底。局长依然乐呵呵地，啥也不说。随后的文秘见了，庄重地说："学校是育人基地，教局是培才基地，名言警句无处不在，谁的慧眼先开先寻到！"局长听了微微一笑，带上文秘乐滋滋地离去。A校校长也笑眯眯地随着离开。

名言警句？局内寻！众校长不禁四下张望，上仰下俯，寻找着A校校长哪句神话！局里不小，走廊、楼梯、电梯……大大小小的名言警句的匾额不少于上百幅。忙碌的身影来回穿梭，但就是找不到有感觉的哪句神话。还是C校长聪明，拿出手机，拨响了A校校长的电话。A校校长爽快地告诉他："入门第一课。"

众校长听了，风风火火地赶到教育局入口处寻找，细心地左寻右找。宽大的入口处，只有一幅"X省X市X教育局"的竖屏静静地挂在左侧门旁的墙上，其余啥也没有。正当有人埋怨A校校长捉弄大家时，保安亭里的门卫竟笑哈哈地问："你们在找'入门第一课'，是吗？"众校长如遇贵人，盯着门卫齐齐点头。门卫告诉他们，"入门第一课"是新局长亲自题笔的！他来这里两年了，看见进进出出的人倒不少，但能发现这玄机的人却很少；其实很简单，三步走就能找到：先入门，再后转，看门上！众校长如获至宝，脸上的愁云没有了，一直悬着的心终于放下了，一个一个有序地入门，后转，看门上。

中午的阳光很刺眼，灰框横匾上的镀金宋体字熠熠生辉：你的心有多宽广，你的舞台就有多大！右下角注上：入门第一课！

作者简介：张甲旭，笔名荔木子，茂名市作家协会会员，通讯、散文、诗歌散见于《南方日报》《茂名日报》《茂名晚报》等报刊。

旦夕祸福

张甲旭

（一）

门被擂得咚咚响的时候，笑兰还咕噜咕噜地沉在梦里。昨晚天空下了一场大雨，二哥半夜也来了兴致，二人沉醉之后，时间跑过了头。

“妈！妈！要迟到了，快搭我去书房！”又是催鬼叫刀的，笑兰回村算入俗啦，边对门外的儿子嘟囔边摸手机，可一看，还是赶紧地套上衣服，用手将头发一拢：“快！快拿好书包！”

抄锁匙，推车，跶跶跶！那旧摩托飙也似的冲出毛坯楼。

这里读书习惯叫上书房，一方水土一方人嘛。大乐村的孩子上学，原来有一条书房路，从村后山的田埇走过，几个月前和东村一起拿到硬底化补助指标。村民为修路早早捐了钱，老村主任便拿着捐款动工了，可路才推土一半，遇上村主任改选，满怀希望的二哥没选上，二哥老豆算出骨出来一闹，那条路别说开车，坑坑洼洼的连伸腿都难。

（二）

笑兰住在大乐村东头，因书房路不通，只好借东村大路走。如今东村修路顺利推进，硬底化施工已经把路封了起来，笑兰这几天也随大家绕西走那条大公路。

大公路是省道，路宽大，还是柏油路。家家都用摩托车接送孩子，大不了花多一点儿油钱。走远点也乐意，只是笑兰的脸有些挂不住。

都怨家公算出骨对选村主任不服气：好！不选我仔无所谓，书房路别修了，以后我们孩子要书房走东村，到时要走公路的是你们！

嘿！山水有相逢了。于是，爱作对的便逮着了机会，不是说风凉话，就是在背后指指戳戳，笑兰的脸不热辣才怪。

（三）

笑兰是外省嫁来，开始是和二哥在东莞生活，为了孩子读书方便，几年前夫妻回来发展，正攒钱筹备毛坯房装修。二哥富不富她并不在意，最不爽就是家公“算出骨”这外号，还贼有名气的。

算出骨眼半瞎，腿也跛。生产队没合适他的工种，自己拿着一把竹鸡捞，到晒场有鸡驱鸡无鸡看场，村民也体谅他，但只同意给他七折工分。可他一个不乐意，从大队闹到公社，一铺床睡到政府门口，他工分领十足了，而算出骨的名气也坏了，不过他满不在乎。

那年是分田第十个年头，同住的邻居第一个要拆泥屋建砖楼了，提出修一条能开汽车的路，并且钱由他自家出。十多户邻居个个喜不自禁，砍自家竹木、出田地、献力气，而他算出骨也要走人家的路，袖手旁观也就算了，偏是换地要一赔二，十斤不到的香蕉，开价一百。笑兰回村建楼时，有邻居重提旧事，害笑兰赔了不少好话。

“早知你父亲这名声，我才不嫁你，难怪你家男人都那么难揾老婆。”大哥的女人是花不少钱买的，她笑兰是贪二哥人勤快，执意冲破父母反对。但怨归怨，二哥一台手扶仔又拉货又下田，笑兰在家又照顾孩子又车手套，攒下的四万块让装修基本有了着落。

新农村搞乡村振兴，近七旬的村主任不合适挑担子，本届村主任改选二哥原本有希望，怎知算出骨弄巧成拙，出马把事情搞砸。

就是那条一半行田埂、一半走山脚的书房路，他家山上两条大楠木成了拦路虎，为了增加选村主任的筹码，算出骨又和别人换下挡路的一分地！

推土机开到大楠木边，算出骨坐到树下，推土机转到田埇，他横在田埂，没选我家二哥，什么都别说！村民见状，一定要外边打工的大确回来，书房路就这样在选举上弄砸了。

（四）

“二嫂，那么早啊？”笑兰向对面打了招呼，可人家装作没看见，笑兰过后回了一眼。哎！我说二嫂哪，那是算出骨的事，你咋不分一分呢？

开车有点走神，笑兰也来了点气，吩咐坐后面的孩子：你给老娘抱紧些！呼！呼！呼！那车子让风都掠到了后面去。

公路一个拐弯，笑兰的油把子忘了收住，偏这时一台大拖车迎面出现，笑兰那刻竟然心慌，手就那么朝外一拐，摩托瞬间失去控制，随着嘭一声震响，她便没了知觉……

大拖车并不占道，还赶紧报警，交警认定是摩托车自己翻落深沟。人家都没责任，算出骨却赖在拖车前头，警察只好出手抓人，好在司机求情，还掏二千元让算出骨走人。

笑兰在半路能醒过来，可孩子被摩托车砸中，两个住在医院，孩子抢救三天刚度过危险，但装修的钱却用完了。医院告知二哥，赶紧再筹二十万，想不到二哥一路求借，遇到的几乎都是摇头……

人世间，没什么比人心重要！笑兰得知二哥无法筹钱，一边摇头一边扑扑地流泪。

（五）

“二哥，该借的都你走过了，如今只有大确村主任和阿爷（她家公）才可帮我们，回去让他们来医院一趟吧。”笑兰的眼睫还沾着泪，而眸子透出沉稳的光。

二哥摇摇头：“父亲把村人都得罪了，大确和他来你能有什么招？”

“这不用管，你让他们过来，可要配合好。”笑兰还附在二哥耳根嘀咕了什么，二哥点点头，若有所思地朝外走了。

过了晌午不久，一缕斜阳照到笑兰脸上，她吊着绷带守在病床边。她怕算出骨一条路走到黑，正冥想着一出苦肉计。然而，门外进来只有大确和二哥两人，偏是算出骨没出现，笑兰的心不由得沉了。

“他人呢？”笑兰一生气，盯着二哥准备发火，大确却笑了笑。

“你想办的事，二哥在家办成了，真多亏你想到离婚协议书这招，我们去磨了多天嘴皮，还是二哥拿的协议书让你阿爷服软。”大确说完，赶紧又给笑兰母子拍了几张养病照。

“村主任，你这……又是为何？”笑兰刚放下心，见村主任摆弄照片和那些诊断，未免又带几分疑惑。

二哥在旁惭愧地低下头：“笑兰，这次村主任真是选对了，大确见我们借款难，是他发起的‘文明新村促进会’帮上大忙，他不但动员村民捐款，还给我们办起水滴筹申请来了。”

笑兰的心一热，泪水不听使唤地掉了下来……

作者简介：李伟成，高州市作家协会会员。业余喜欢读书、写作，追求真善美。

选　择

李伟成

一个冬日的午后。退伍转业的大卫，正开着大巴颠簸在小镇的公路上。此时，路边的落叶乔木及街上已铺着薄薄的积雪。

经历过第二次世界大战那场迪耶普战役的士官大卫，原来是个活泼多言的小伙子，转业后却变得沉默寡言了——坚毅的脸庞上，那小胡子没有一丝紊乱，如排列整齐的士兵——薄薄的双唇常常紧闭着，深邃的目光似乎有读不完的故事。

到了一停靠站，司机大卫拉开了车门。一身穿貂皮大衣的绅士与一着装时髦的美女先后上车，而其后一坐着轮椅的中年汉子正无助地环视着。坐在驾驶座的大卫见此情况，皱了皱眉，欲言又止，双唇闭得更紧了。

“朋友，你怎么了?”大卫拉好车刹，走下了大巴，来到残疾人的身边，关切地问道。

“我叫杰克，到莫尔斯街……”杰克有点难堪地与大卫交谈着，不时轻轻地挪动着活动不便的残肢。

“朋友，你这脚……”大卫欲言又止。

“这是在二战迪耶普登陆战役时留下的。”杰克的脸上露出了劫后余生的哀伤与荣光共存的复杂表情。

“哦，那是一场惨烈的战役！我也经历了那一场战役，我是当时敢死队的一员。请放心，我来了，以军人的方式。”大卫脸上绽出了在军营面对战友时那种特有的柔情。

稍做思量后，大卫弯腰搂抱着杰克，就像战时救护受伤战友般，将杰克抱上大巴坐好，再抬轮椅上大巴，将杰克安置好，这才返回驾驶座。

大巴继续前行。可能是腿放得有些不适吧！轮椅中的杰克艰难地摆弄着残腿。旁边的绅士与时髦美女似乎都发现了杰克的细微动作，不过绅士只是耸了耸肩，时髦美女则是撇了一下那朱红的小嘴，他们都不约而同地将眼光转向了大巴外——雪似乎下得更大了。

大卫在大巴的后视镜看到了这一切，眉头紧了紧，依然沉默着。

大巴继续前行。

到了莫尔斯站，大卫将杰克搂抱下大巴。大卫没有急着上车，深邃的目光看着远方的雪地，又看了看被雪迷蒙了的大巴。

“喏，你有纸烟吗？”

“有，来一支！”

杰克递上纸烟，并掏出打火机帮大卫点着。

大卫吞吐了几口烟，望着坐着轮椅艰难离开的杰克，思忆似乎又回到了战争年代的战场：身负重伤的战友在战场上爬行，没有人去抢救，没有人去帮扶……

此刻，氤氲的烟就像战场上的硝烟；而绅士与美女之于杰克，则如战场上冷漠的战友与狞笑的敌人。

望着眼前萧索的街道，大卫潇洒地脱下了司机标识的帽子，挥向远处轮椅逐渐离去背影，然后大踏步离去，留下了雪地中孤独的大巴，以及大巴上那不解的眼神。

作者简介：伍世添，茂名市作家协会会员。出版有文学作品集《岁月留痕》，作品散见于《微型小说选刊》《参花》《精短小说》《传奇故事》《声屏花》《茂名日报》《茂名晚报》《高州文艺》《语文月刊》等刊物。

偶　遇

伍世添

没想到，时隔十多年，我会再次在F镇的街头闲逛；更没想到，我会在此时此地偶遇我高三时的恩师龙老师。

事情是这样的：

长期在F镇做生意的老同学兼好朋友鱼头，邀我今天回F镇帮忙处理一些事务，可当我回到F镇时，鱼头说有点急事要离开半小时，向我表示了歉意并让我在他办公室等他。我自然是坐不定的，决定出街逛一逛，毕竟有十多年没在F镇的街头闲逛了。

F镇有着一如既往的繁华热闹。恰逢墟日（集市日），街上车水马龙，人声鼎沸。突然，我看到前面十多米远的人流中，有一个熟悉的身影——我赶忙跑过去。

是他，果然是他！我站在他面前，激动得大喊："龙老师，是您啊！"

"不错！你是吴信？十多年不见了，没想到在这儿遇到你！"龙老师颇为感慨地说。

我还是有点怀疑自己，不由得揉了揉眼睛，细细打量着面前这个老人：一米七几的瘦削身材，身穿灰黑色长西裤，短袖白衬衫，脚蹬一双黑亮的皮鞋；斑白而稀疏的头发，浓眉下镶着一双会笑的大眼睛。风度翩翩的儒者！若非满脸皱纹，以及那无法掩抑的憔悴，实在难以想象眼前是已近八十高龄的龙老师。

"龙老师，我，我……"我抓着龙老师的手，哽咽着说不出话来，一时思潮浪涌……

升上高三的第一天晚自修。龙老师叫我到级室，问了一下我作为高三生的感受，然后话题一转，说我之前一直是班长，现在想继续让我做。我说高三了，想有多点时间学习，不想做班长了。龙老师呵呵地笑着对我说，当了一辈子班主任，还没听说过做班长会影响学习，放心吧，做了班长，你会严格要求自己遵守纪律，更会逼着自己争分夺秒去将班长工作中用去的时间抢回来，因而学习效率也更高……我心悦诚服地点头应允了……

高考前一晚。我们F中学作为乡镇中学，加上高考生不多，必须出县城考场考试。我校高三师生全部住在县城最大的招待所，大家住的都是学校宿舍那种有上下床的硬板床（那时落后，招待所双人间的标配）。邻班班主任，教我数学的邱老师找到我，说有一间有床垫有空调的好房间，可以让我跟他班的另一个尖子生住。我征求住在隔壁房间的龙老师的意见，没想到龙老师毅然委婉拒绝了，说让邱老师班学生住行了，我班的不需要。我一时很不解，甚至有点气愤。邱老师离开后，龙老师才拉我到一边，小声对我说，作为穷苦人家孩子，从没睡过有床垫有空调的床，临时改变生活习惯，对休息不利，也就会影响考试，安心住硬板床吹风扇吧……事实证明，龙老师的推测没错，高考那两天，我睡得很香，考试也超水平发挥了……

“吴信，你怎么了？在这儿发什么呆呀？”

龙老师关切的话语，一下子惊醒了我。我再次看了看龙老师，心头一紧，不由得抱着他大哭起来。我的行为也招来了街头上不少异样的眼神。

“吴信，你究竟怎么了？有什么不开心的，跟龙老师说说。”

“龙老师，有些话我说了您可别生气，我，我……”

“说吧，大男人，扭扭捏捏的，成啥样呀，哈哈！”

“龙老师，我虽然每年都会跟您在微信聊几次，但今年还没跟您聊过呢。前两天，有个在省城做生意的同学说您微信发信息找他借五万元，说是您得了肺癌，用光了积蓄，走投无路了。可同学语音@您，您又不出声，打您电话又不接。同学有所怀疑，知道我跟您常联系，就打电话给我，问究竟是怎么回事。我也试着打您电话，也是不接，昨天问了母校的老校长，他说您确实是得了肺癌，上个月就‘不在’了。可今天……”

“他才不在呢，我不是站在这吗？我还在逛街，正准备到墟头‘四海云吞’店去尝下熟悉的味道呢，一起吧！呵呵，我是老了，平时有点感冒咳嗽很正常，不过从没得过肺癌，你看我多健壮！”龙老师握着拳头，向我展示了一下布满青筋的手臂上那不算肌肉的肌肉，继续说，“我儿子在钟山市公安局某分局做治安队长，女儿在钟山市某进出口贸易公司做经理，我夫妻又都是退休老师，别说我没病，就算有病，我用得着借钱吗？哈哈……”

其实，龙老师所说的，我也曾想到过，他确实不差钱。不过，我相信，母校的老校长是绝不会拿这种事跟我开玩笑的。只是，没想到，此刻，龙老师会活生生地出现在我面前。一切都是虚幻的！我豁然开朗，再也忍不住，跟着龙老师哈哈大笑起来。

“吴信，吴信，你醒醒，你怎么了？”

我艰难地睁开眼睛。就着朦胧的灯光，我看到，爱妻正坐在床上，她右手抓着我左手，左手则抚摸着我的额头，一脸的紧张忧虑。

“我怎么了，没事吧？”我心存愧疚地说。

“三更半夜的，你在这又哭又笑，知道有多吓人吗？说下，又做什么梦了。”妻温柔地说。

唉，今天晚饭后才打电话给母校老校长，确认了龙老师的死讯，伤感了整晚，没想到一向睡眠质量超级好的我，竟然睡不踏实，会做这么奇怪的梦。

我竭力回想了一下梦中的细节，稳定了一下情绪，一五一十地将梦境……

作者简介：吴伯寿，高州市作家协会会员，茂名市作家协会会员。闲时弄笔，尚善修身。作品偶见于《东莞日报》《茂名日报》《茂名晚报》《高州文艺》《南粤作家》等报刊。

本　色

吴伯寿

七叔是一名退役老兵，也是村里的义务护林员。这天从山上回来，他脸膛气成了活关公，尺把长的烟斗极富节奏地一闪一熄。乡规民约明文规定，封山育林期间，严禁砍伐林木。不争气的儿子偏往自己脸上抹黑，为搭建鸭寮，竟偷砍了马背岭上的细叶桉树。七叔好像被人指断了脊梁骨，连走路也矮了半截。

七叔知道，在村里人的心目中，他没干过什么大事。但村里人都知道，年轻时的七叔，有过一段很光彩、很挺腰板的日子。

七叔尽管极不情愿，右耳根那块半掌大的疤痕还是裸露出来，极显眼。只要七叔往村头的榕荫下一坐，调皮的娃子便会绕到他背后，以摸到疤痕为乐，于是乎，娃子叔辈间，便会响起关于这疤痕的故事，听着的，讲着的，脸上都溢出自豪。

那年，七叔二十出头，一身陆军装，挺帅。凭一腔保家卫国的热血，参加了对越自卫反击战，并且火线入了党。在一次阻击战斗中，为誓死捍卫阵地，七叔让弹片击伤头部，以至右耳从此失聪。七叔说，那段日子最值回味。

年过花甲，七叔从林业所退下来，碰上村里缺护林员。村里人都信任地望着七叔，村主任阿旺的目光，不容七叔推辞……

“这小子，不成器的东西。”七叔一脸火气，也难怪，一向令人尊敬的七叔，让儿子丢了脸。尺把长的烟管往腰一插，七叔直奔塘边鸭寮，不容分说，把鸭寮木料掀个半翻。正忙着上梁的儿子吓呆了，“爹，你干啥——”

“滚，明天跟老子上村委会交罚款去。”

儿子终于明白了缘由。也火了：“要去，你自己去，上民政所还差不多。”

“你……老子的事你少管。”七叔一甩手，再也骂不上口了。

入夜，七叔失眠了，烟斗儿一闪一灭到半夜。片刻，从衣柜里掏出一个红布包，七叔抖抖索索地剥开——一本鲜红的党员证，一本残疾军人的荣誉证，一枚奖章。七叔的手不停地抚摸，泪水早已从布满沟壑的脸上直滚而下。事隔多年，还是那样鲜红，永不褪洗，它保持着本色啊！七叔喃喃地，眼前仿佛飘过那段战火纷飞的岁月，他想起了长眠于异国土地的战友，想起了连长牺牲前未说完的话。

踱至儿子床前，对着窗外的明月，父子俩一夜长谈。原来按规定，凭残疾军人的荣誉证，七叔每季度可以到民政所领取一定数额的抚恤补助金。但七叔几十年来从来没去领过一分钱，都把它捐到了“希望工程”的账户，儿子对此一直不满，此次竟背着他偷砍了育林区的几十根桉树。“成儿，爹是党员，一名老兵，在党旗下宣过誓的，还在林业所领有退休金。手又不缺儿腿不少，凭什么再向政府伸手。想起长眠地下的战友，爹心里有愧啊！今儿你犯了事就要甘受处罚，咱得有良心，不能让人指脊梁骨呀！”儿子终于意识到，父亲曾以青春、热血、生命相许的一切，都埋到了心的深处，初心不改，矢志不移。

第二天，晨曦初照，霞光万道。儿子挽着七叔的手，一脸愧疚地走进了村委会大门。

作者简介：张筱丽，女，喜欢看书、养花、植草，用文字记录生活的点滴。

月夜花落

张筱丽

夏夜，一轮明月寂寞地在夜空游走，周围安静得出奇。小乡村门户的灯光几乎都熄了。

此时，秋云怎么也无法入睡，母亲的话还在耳边回响："孩子，这事就这么定了，这个月订婚，下个月结婚。八月是金秋收获季节，好意头哦……"似乎有点突然，又似乎在情理之中，订婚对象赢君是秋云在参加工作后经别人介绍的，认识也有一年多了。赢君家境殷实，他憨厚踏实、不显摆的个性让秋云有好感，觉得跟这样的人过日子还算可靠。但决定订婚了，又觉得太突然。脑海中记忆和现实交织、酝酿，冰凉的泪水滚在秋云的脸上，月光下，秋云的脸一片苍白。几年前，走进师范校园的情景还历历在目。那天早晨，秋云全家起得特早，因为家里又诞生一个将为人师的师范生。母亲利索杀鸡拜神，感谢祖宗神灵的庇护，家里又多了一个洗脚上田，将来能捧国家饭碗吃饭的妞妞了。一顿丰盛的饭菜后，父女俩就背着行囊早早出门了。经过两个多小时，父女俩终于到了师范学校，接着他们排队注册完毕。待准备跟父亲寻找女生宿舍时，一个身高为根号 3 的壮男说，我来帮你拿行李吧。

秋云有点愕然：难道他认识我？男生看出秋云的惊讶，他急忙解释："我不是坏人哦，我有个亲戚在这学校教书，我对这里情况比较熟悉，我给你们带路。"

男生和父亲走在前面，秋云跟在后面，不知手里拿什么东西合适。因为重的行李和书包都在他们手里。

说话间就进了女生宿舍，宿舍里总共六张床。已经有三张铺好了，正在铺设的一张，空着两张。男生看着秋云，用带有磁性的声音很温和说："上铺如何？”秋云微笑并点了一下头，他立马帮忙铺好床位。动作是那样的娴熟，那样的有条理。

不久全宿舍的舍友很快都到齐啦，虽然来自五湖四海，但不一会儿工夫，操着方言的和说着广东式普通话的，七嘴八舌就打成一片，似乎话题投机，很熟悉，很亲切。待秋云从洗手间出来，男生不知什么时候走了，秋云都没来得及问他的姓名。

接下来就是艰苦的军训。那天帮助秋云的男生，原来也是普师的，而且同级。秋云是从同舍友那里打听到的。每天军训的时候，稍微一转头，就看得见，他在二班，秋云在八班。每次看见的时候，秋云心里怦怦直跳。17 岁，秋云第一次发现自己有喜欢的男生了。每天放学，在去食堂的路上或者在食堂人群中寻找那个曾经熟悉的影子。

农历八月中旬（公历已经是 9 月 15 日），即是开学两周后的一天，刚好是秋云的生日。她望着天上的圆月，想起母亲时常唠叨的一句话：“我家的秋云小妹挺会选择出世的，鼻子闻着月饼香出道。天上的嫦娥专门邀请妞妞赏月吃月饼的……”现在离家在外，淡淡的忧思油然而生。今年只能悄悄地给自己过吧，不告诉任何人。可下午下课铃响后，校园广播开始播放音乐，秋云和舍友正准备去吃饭，正当无精打采地走着，突然广播里传来了：“八班的秋云，今天是你的生日，你的同学特为你点播《祝福》，祝您生日快乐，青春美丽！”

秋云站在校道里愣住了，是谁点歌，谁知道我生日？秋云不敢相信自己的耳朵听的是真的。她用力戳了自己手掌心，很痛，这不是做梦。“秋云，生日快乐，这首歌是我送给你的礼物。”秋云转过身，那位男生在后面微笑着看向他。秋云一脸疑惑盯着男生，那双眼睛似乎在询问。“那天你报名注册的时候我就记住了。”男生狡黠解释着。

秋云才恍然大悟。长这么大，第一次感觉过生日这么有仪式感。因为在乡下物质贫乏且家穷，家人从来没有专门为她庆祝过生日，只是记得生日那天，如果逢上周末，大家就可以去探外婆的翻秋年例，权当作过生日的最高礼遇，现在却有同学为她点歌庆生。一种从未有过的幸福和激动。刚想说声谢谢的时候，那男生已经和他们的哥儿们往篮球场那边走去。

从此，秋云觉得很幸福，却也多了几分失落。

下乡实习完毕，举行联谊晚会，这是学校文艺部策划举办的，秋云说不出的不安和激动，今天她特意穿上自己最心爱的那条白色纱裙，这是姐姐送给她的生日礼物，一年才穿一次。如今亭亭玉立的她格外漂亮，挺有文艺气质。最后一个节目是联谊舞会。秋云以为那个男生一定会过来请她跳一曲。她看见男生此时正朝她款款走来，男生穿着白衬衣，束着这合身的西裤，显得很阳光帅气。待男生走近秋云，不敢再抬头对视，赶忙低着头，羞涩地看着自己的脚。

其实男生没在她身旁停下，而是不偏不倚在秋云右边的女孩倩的面前，彬彬有礼邀请那个女孩跳舞。秋云狂跳的心骤然减速了，头上全是冰冷的汗珠，她直僵僵地坐在那里，真不敢相信眼前的一切。她刚一抬头，男生手里正拿着一束玫瑰，正含情脉脉注视着自己的舞伴……

秋云再也控制不了自己，她什么都不相信啦，两腿发软，踉踉跄跄。走出礼堂，回到宿舍。任眼泪流淌，读书以来第一次这么委屈。一直以来，她都觉得男生肯定喜欢自己了，没想到今天他居然当着自己向另一个女生表白，男生应该向她表白才对的呀，难道一直以来都是自己在自作多情?

舍友们都回来了，叽叽喳喳地说个不停，似乎都没注意到秋云今晚的变化。她悄悄躺在床上，不敢放声哭，只有眼泪在吧嗒吧嗒地往脸颊下流。月光透过窗户，照在秋云脸上，脸色好苍白。

这个影子永远在秋云心里萦绕，那么熟悉、亲近，然而又那么陌生，她希望见到，又怕见到那个曾经的身影。

毕业后，同学们各奔东西，在秋云心里的那个影子慢慢远去，模糊。那男生被分配粤西荒凉的一个小镇。而秋云却回到自己的家乡任教。

今天母亲说要订婚，曾经那影子那么清晰地又出现在眼前。一样的夜色，一样的冰凉，沁人内心，直抵孤独的灵魂深处。

经过激烈的思想斗争，秋云最后做出选择。即使一朵美丽绽放的鲜花被安置在普通的花盆上，亦开心生长并守望着，毕竟养花人是个懂得呵护鲜花的护花使者。

chapter

02 散文

那些年，那些信

钟日娟

那天在旧房子收拾东西，高生忽然惊叫：“噢，信在这里！”

“信？谁的？”我惊讶了，印象中很久没有写信了。他笑笑，随意丢一封给我：“看看，这是谁的信？”我接过来一瞧，看着那些熟悉的字体，恍然大悟，也笑了：“没想到你还保留着它们。”

“这可是无价之宝呢！”他嘴角上扬。

我的记忆阀门打开了……

想起那遥远的20世纪80年代的一个暑假，家里人都出去干活了。我一个人在家烧火煮饭、拌糠喂鸡……“铃铃铃……”随着几声铃声，突然有人问：“这是钟日娟的家吗？有她的信。”

我的信？小小的我狐疑地跑到院子里，问邮差：“真的是钟日娟的信？”邮差看看我，又看了一眼手上那信：“没错。”

我接过那信，薄薄的，但上面真的是我的名字。那时我刚读完小学三年级，真没想到有人写信给我。邮差骑着自行车走了，我惊疑地盯着手中的信。好久，好奇心战胜了胆怯，小心翼翼地拆开，啊，居然是录取通知书！细看，上面有我的名字耶，我被根子中心小学录取了！我兴奋极了，读了一遍又一遍，确实是我的录取通知书。哈哈，我终于可以去外面读书了……

我拿着信飞快地跑向田野，跑到妈妈和姐姐的身边，告诉她们这个好消息。但她们只是静静地拿着信看了一遍，又低头默默地干活。

一种不好的预感涌上心头，我落寞地回家，继续烧火煮饭……那些日子，妈妈就像没有看过信一样，该干啥还是干啥。我忍不住了，悄悄问玲姐。玲姐说，家里没钱，她也不能去中学读书了……我万分惊疑，我知道父亲去世后，家境越发困难，但现在真的没钱供我们读书了？

有一天，有两位陌生人来到我家，原来是根子中心小学的老师。他们向我母亲解释，这次录取的都是特尖生，在上学期学科竞赛成绩优异的学生才有这样的机会，全镇只有40余名的幸运儿，叫我妈妈要重视这次难得的机会。妈妈的眉毛皱成一团，客客气气地送走老师。

燕姐、玲姐终于决定去深圳打工，让我以后好好学习，她们会负责我的学费生活费。看着她们远去的背影，我泪眼蒙胧。

这是我收到的第一封信，一封决定我走向未知命运的信。我终于如愿以偿，瘦弱的我背着简单的行李，独自步行9公里，去到根子中心小学上学。

后来，收到很多信，那是两位姐姐寄给我的信。在信中，她们关心我的情况，鼓励我努力学习，字里行间，满满的关心与爱护。每次收到姐姐的来信，我都兴奋好久，读了一遍又一遍。晚自习，做完作业后，我就认真地回信，告诉她们我的学习情况，还有那浓浓的思念。没有电话、没有网络的时代，鸿雁传书，捎来亲人一句句的关心与问候，这是多美好的事情啊。

记得读初二时，有一次班主任凌老师叫我到办公室，拿着一封信问我，是谁，经常写信给你？我看着信封上那熟悉的字迹，肯定地说是我姐姐寄来的。他满脸狐疑，我拿过信，拆开来，递给他。他看了署名，不好意思笑笑，说，你们姐妹感情好，不过，常写信也会影响学习。我纳闷，这个怎影响学习了？后来再细细思量，忽然明白了，班主任是担心我和社会上的骗子通信，或者是担心我收到情信！呵呵，我暗笑班主任的担心是多余的，毕竟，我是有原则的，中学期间，才没有闲情去拍拖呢！

姐姐的信，温暖着整个读书年代，刻骨铭心。

青春不仅仅是充满豪情与幻想的，还有猝不及防的挫折与失败。那年七月，我高考落榜了。我身体不好，家庭经济困难，家人不支持我复读，姐姐们也不希望我出去打工。暑假期间，我躲在深圳燕姐的出租屋里，无所事事，意志消沉。恰好，家乡小学招代课教师。妈妈催我回家报名考试，我虽然万分不情愿，但拗不过妈妈，还是回来参加考试，然后在家乡做了一名普通的小学代课教师。

刚开始时，我接受不了这个残酷的现实，也适应不了身份的转变。我万念俱灰，把自己封闭起来，断绝与外界的所有联系。可是，我在梦里常和同学们一起读书、玩乐，醒后泪湿枕巾。那些灰色的日子，实在不堪回首。

不记得是哪天了，我居然又收到信了。那是我的好朋友云寄来的，她经过一年的复读，已经考上广州某大学。她先是询问我的近况，然后又狠狠地骂我，骂我那么绝情，又自甘堕落，白白浪费了那么多年的友情，空有才华却经不起打击。高考落榜虽然丢人，但更丢人的是一蹶不振……满满四页的字儿，句句充满着怒我不争，却没有丁点儿的哀我不幸。我读了又读，哭了又哭……然后，振作精神。一边认真教学，一边努力复习。我被她彻底骂醒了，明白漫漫人生之路，不能因为一次高考落榜就灰心丧气一辈子。

接着，陆续收到其他同学的来信，他们都在信中说着大学生活的多姿多彩，鼓励我不要放弃。后来，我参加成人高考，终于以优异的成绩考上茂名教育学院，也和其他同学一样，成了一名大学生，虽然迟了几年。

失意落魄的日子，那些友谊之信，就像一盏盏明灯，驱走我心中的黑暗，再次点燃我对未来的希望。

而眼前这些信，是我们的情信。

大学毕业后，我又回到家乡的中学任教。不过，不再是代课教师，而是一名正式的教师。而我，也到了谈婚论嫁的年龄。可惜，一直没遇到有缘人。而高生，则是我无聊时期的笔友。彼此通信半年有余，聊东谈西，就是不聊爱情。同舍好友英看不下去了，打电话约高生来访。元宵节，穿着黑毛衣黑西裤的高生叩响了我们的宿舍大门。五官清秀、皮肤白皙、谈吐幽默的他，令我怦然心动。然后，我们迅速堕入爱河。信，依然在写，每周至少一封信，在信里，我们表达爱意，也构思未来。我非常希望冬天能够一起走进大雪纷飞的原野，在白茫茫的世界中度过浪漫的日子，在春天走进百花盛开的花园，迎接新一年的到来。他希望我们的日子一年好过一年，携手相伴到老。

可是，这样甜蜜的日子没过多久，他下岗了，不得已去东莞打工。浓情蜜意中的两人突然分居两地，非常不习惯。万般无奈，唯有继续写信以慰藉浓浓的相思。遇上特别的日子，彼此也会亲手制作一些小卡片寄给对方。他甚至折叠了 99 只色彩缤纷的千纸鹤送给我，串成一串串，挂在我宿舍的窗棂上。清风轻拂，千纸鹤随风轻舞。

后来，有了手机，打电话、发短信……书信，渐渐减少甚至销声匿迹了。

白驹过隙，我们相识相爱已经 20 余年了。

他的信，我保存在学校的宿舍；我的信，他保存在家里。虽是普通的书信，却是我们的珍宝。毕竟，它们见证着我们的爱情以及我们一起走过的时光。

他把这堆旧信旧卡片搬到新家，郑重地放在书柜里。空闲之余，我随意翻阅，看看以前自己写下的傻乎乎的语句，乐在其中。

由于搬家等种种原因，除了这些情信，其余的信件已经遗失了。但那些年，那些信，那些真挚的亲情、友情、爱情，一直珍藏在心中。

种菜小记

钟日娟

学校旁边有一块很大的空地，丢荒怪可惜的。我们这些女教师就利用空余时间，在那里种上各种各样的杂粮与蔬菜。一年四季，不乏绿油油的小白菜、红彤彤的小辣椒、紫红的茄子，还有高大的木薯、茂盛的玉米、低矮的红薯……

每天傍晚，夕阳的余晖映照在大地上，男教师在篮球场上奔跑、跳跃、打篮球，气氛激烈；女教师在菜地上里挑水浇菜、除草、聊家常，悠闲自在。

我加入种菜行列十多年了，每年根据季节的变化，种白菜、麦菜、红萝卜、白萝卜、玉米等。每次看着生长茂盛的青菜，满心欢喜。周末回家，捎带一些青菜回去，让家人吃着绿色无污染的青菜，心安亦满足。

每次忙完之后，我们巡逻着菜地，说着闲话，对各家的青菜一一评论。同事看着我的菜，羡慕地说，你的菜不用怎样打理，都生长得那么好，有啥诀窍？我笑笑说，种了一辈子菜，还不会吗？大家呵呵一笑。

我虽然是一位老教师，但更是一位老菜农。自小在农村主任大，家里的青菜完全是自给自足，小小年纪的我常尾随着大人学种菜、施肥……后来，家乡掀起种北运菜的热潮，种菜，不仅能吃，还能换大钞票。于是，每年秋天收割稻谷之后，乡邻们陆陆续续地在田里种上青瓜、四季豆、辣椒、茄子、番茄等。寒假期间，每天清早，妈妈叫我起床，然后我们挑着箩筐去摘青瓜、四季豆。远山如黛、白雾茫茫，碧绿的瓜叶上凝聚着一颗颗晶莹的露珠。一轮红日从东边的远山上喷薄而出，白雾染上粉红色，清脆的鸟鸣声从远处的树林传来。我们低着头、弯着腰，摘着一条条又绿又大的青瓜。露珠儿从叶子上倾斜下来，弄湿了我们的衣裳，凉凉的。没多久，我们就摘了两担满满的青瓜，然后挑去收购店。店铺前面，排着一担担青瓜，等着收购。价钱若好，大家笑容满脸；价钱若低，大家唉声叹气……

卖完青瓜，已是中午，回家吃了简单的饭菜，小憩一下。下午，又到地里除草、施肥、喷农药等。忙忙碌碌，直到夕阳西下，余晖给大地染上一层金色，我们才拖着疲惫的身躯回家。夜里，终于清闲下来，我拿出作业认真地做着。妈妈坐在我身边，打着瞌睡。我看着妈妈那古铜色的脸上爬满皱纹，她的双手不仅粗糙而且裂开一道道口子。我推推她，说："你累了，先去睡吧。"她看看钟，说："还早咧。"我说："为什么一定要种那么多地呢，城里的同学从来不用干农活的。"妈妈无奈笑笑："我们怎能与城里人相比呢？他们有固定工作，收入稳定。我们不种地吃什么？不种地，哪有收入支持你读书？你若不想做一辈子农民，就要发奋读书，也让妈妈晚年能享下福。"妈妈朴实的话语，令我无言以对，却感慨万千。

确实，在假日里，城里的同学可以舒服地看电视，或者去公园游玩。而农村的孩子，不论寒假暑假或者周末，都有干不完的农活。冬天冷，干活时手脚被冻僵；夏天太阳猛烈、天气炎热，汗水沾湿衣裳。每次开学，我留意到城里的女同学，她们的皮肤白皙细嫩，而我天天干农活，被晒得黑溜溜的。我羡慕她们，一股自卑自然而然地涌上来。

我实在不想一辈子都像妈妈那样辛苦，和城里的同学差距那么大。唯有努力学习，希望将来能考上大学，有一份稳定的工作，在城里有一套房子。

后来，我终于成为一位中学教师，也在城里安家。可我还来不及好好地孝顺妈妈，她却突然脑出血而去世了。她走后，我常常梦见家里的田地，田地上种植着绿油油的青瓜，妈妈弯腰低头摘青瓜。我叫唤她，她抬头看着我，笑眯眯的。醒来后，泪水沾湿枕巾，久久不能入睡。

想念妈妈，想念着她的音容笑貌，想念着她做的家常便饭……她的一言一行给我带来了潜移默化的影响。特别是她勤劳的一生，终生难忘。

我重新种菜，这样，不仅能怡情，还能缅怀妈妈。

采锥子

梁　兵

锥子，是一种可食的栗果。广东多称锥，鸡锥，木锥，栲栗。广西多称米锥，小板栗，桂林栲。产广东、广西、贵州西南部，云南东南部等地。锥木属壳斗科，别名为中华锥、栲栗、小板栗、桂林栲等。资料记载，我省始兴县发现一棵迄今为止岭南地区最古老的锥树，树高约 30 米，树围最宽处近 9 米，有千年的树龄。该树至今，每年仍结果累累。

立冬刚过，热闹的文友群里，一向活跃的荔木子提议去采锥子，顺便对灯笼坡的美丽乡村建设进行采风。荔木子说，那片锥子林，原始状态的，树高十数丈，树干水桶般粗细，就在灯笼坡的山上，现在石板镇做了规划，要将它建设成为森林公园。

提议甫出，便得到了文友们的响应，随即掀起了一波又一波的兴奋与激动。之后，群里便天天有人惦念着何时成行的日子。

采锥子，对文友们颇有诱惑，于我，却霎时间唤醒了儿时的记忆。

我的父母亲是乡村小学老师，我的出生、成长都在乡村，对于锥子，是不陌生的。记得那时候，附近的山岭多是光秃秃的，煮饭的柴火要到十多里的大山里去砍。在大山里，常跟我一齐玩一齐打柴的小伙伴春佳，他教会了我砍柴火，并无私地告知我山里好多可食的野果。当然，也告知我，那棵高大的树上，结有锥子，锥子到十一月底和十二月之间成熟，初冬的风吹过，锥子从高高的树上坠落下来，我们便可采锥子了，锥子炒熟后和煨烤后吃起来是挺香的。春佳是农家的孩子，大我一岁，家就在学校的旁边。

春佳对锥子的描述很有吸引力，十二月到，寒风吹过，我便跟随他到大山里采锥子。初冬早上的大山，已经很寒冷了，我们的衣着单薄，初冬的太阳也失去了热力，但我们还是兴致勃勃地扒开草丛，在寒风中捡出一个个长满了长刺的、带壳皮的锥子。有壳皮的锥子，大的像乒乓球大小，敲开壳皮，里面就有比花生米还大的锥子，红黑色的锥子，在我们的眼前，油亮油亮的，甚是好看。出发的时候，春佳已准备好箩筐，待将带皮壳的锥子装满，便挑起回家。锥子的皮壳当柴烧，锥子凑够了分量，春佳的母亲便在某一日，除去那层红黑色的薄壳，取里面白白的淀粉，掺入几把米，兑水磨成白白的、稠稠的浆，蒸成粉皮来吃。

春佳邀请我过去做客，吃那锥子蒸出来的粉皮。那天，春佳特别地听话，特别地勤奋，洗碗、抹桌子，做这做那，手脚总停不下来。往灶膛里帮忙添柴火的时候，那张带笑的小脸，让灶膛里窜动着的火苗，映照得极其地生动。水开了，锥子粉皮蒸出来了，热气腾腾的水雾中，春佳母亲的脸上也挂着无边的喜悦。他们之间忙碌着，不断地说着话，说话与动作中，都带有一种掩饰不了的喜庆。那时候的我，还小，但已分明能感觉得出，那一天，他们家像过一个盛大的节日。

那年代，日子过得贫穷与艰辛，农人们终日劳累，似乎就是为了做好两件事："粮"与"柴"。大人们忙着粮，小孩们忙着柴。尽管如此，农人们对待贫困的日子，态度是乐观的，他们很容易满足。春佳的一家，代表着一代的农人，而这代农人，又似乎代表着一个民族。他们如旱地里的小草，顽强地生长在贫瘠的土地上，虽然形如枯槁，但向着阳光，心存光明，有一滴露珠，便能返青。

采锥后的那个寒假，父亲调离了该学校，我也离开了小伙伴春佳。后来听说他当兵去了，多年后，牺牲在国境线上。

锥子已经从高高的树上堕落，文友们热切盼望着的日子，也随着锥子的堕落而落实下来。成行的日子，三十多位文友驾车前往。看着这浩浩荡荡的车队，一种感慨突然生起：曾经的采锥子是改善日子，现在的采锥子却是体验野趣，多大的不同啊。古老的中华大地上，仅几十年，就发生了很多新鲜的事儿，终结了很多前人想不到的历史。

就说农村，二十多年前，我下乡农村，那时候的村子，开始有了一些崭新的贴着瓷砖的楼房，远远看去，就像婴儿初长的门牙，现在，我们的农村，全是新楼。我曾笑对朋友说，我们的农村主任大了，你看，牙齿长满了，就要跑起来唷！

车子在硬底化的乡道驰行，三十多公里的路，用了二十多分钟。稍事休息，吃了东道主准备好的红薯、芋头等，便参观该村的森林公园。森林公园正在建设中，环山的硬底化道路已到了山上，我们不用爬行，直接把车开到山上去。

森林公园还在修建，腹地和主峰的道路尚未通行，我们便停车在一个山坪上。山坪上也有一片锥林，年轻的文友早已跳下车，投入到锥林中。他们多是没见过锥子的，尽管雀跃，却拾不到锥子。

我信步锥林，从草丛中寻觅着锥子。

还是早来了些，坠地的锥子并不多，一树树的锥子还在树上随风摇曳。

终于，从草丛里我捡到一颗已经脱了壳的较大的锥子，将它轻轻地托在手心，眼窝开始发热。我知道，记忆的深井已经打开，情感的那束光正照在那里。

握着锥子，我抬起头来，迈着沉重的脚步走到了山坪上。

放眼西南方向，西南方向是春佳牺牲的方向。那里是崇山峻岭，也长有古老高大的锥树。春佳是不是牺牲在一片锥林中，躺倒在那棵最大的锥树下？

我静静地待着，默默地想。

是的，春佳一定是牺牲在那棵最大的锥树下。

不，他不是牺牲，他是用饱满的生命，用身体的全部力量，如同那颗成熟的锥子，扑向养育着他的那片大地。

作者简介：谢志，文学爱好者，偶作诗文自娱。

情思绵绵笔架山

谢　志

抬头忽见矗入云霄的广播电视塔，三十年了，此刻，我才看清她的容颜，是那么高贵、沉稳和庄重……

——题记

城东去三里，穿过大草坪，沿着东方大道前行几百米，就到了笔架山森林公园。

三十年前，去笔架山的路却没有这么通畅顺溜。那时，去笔架山的路在县城南郊水泥厂旁边，从城里去，要绕一个大弯，有十几里路。里面山地辽阔，阡陌纵横，分布着稻田、鱼塘、树林、果园以及简陋的草房、泥砖屋等，方圆超过四平方公里的林地山坡，只见牛儿食草，罕见人迹往来。白云生处，偶见炊烟升起，飘向竹林，飘过荷塘，可闻鸡鸣犬吠，鸟语花香，“绿树村边合，青山郭外斜”（唐·孟浩然《过故人庄》），昔日的笔架山麓，如桃花源般古朴悠然、意境幽深。现在，那些原生的景致已被繁华的新城替代。

据《高州府志》记载，笔架山腰曾筑有一座“潘仙亭”，亭里绘有图画，记载着潘茂名救人济世、为民驱疫的事迹。不知道凉亭是焚于雷电还是毁于山洪，总之，现在已经寻不到痕迹了。清代咸丰拔贡谭应祥吟咏笔架山的诗句，也提到此事：“记亭谁握管，妙手掷空空。”记亭，乃记录此亭诸事也。可见，做了好事，即使一千六百年过去了，亭子没有了，潘茂名也得道成仙了，仍不妨碍我们记住他，这是世代高凉人对潘茂名的爱戴与怀念，当然，更离不开民间万千信众供奉的浓浓香火，才延绵了潘茂名的好心精神。

天地流转，世事变迁，几多古迹湮灭在岁月里，又有几多新景呈现在眼前，现在的笔架山更加让人感动了。市政在这里建成了生态森林公园，如果你是首次登临此山，一定会惊讶于它的意境开阔、恢宏大气。公园入口，红花映日，绿草如茵，“笔架山森林公园”七个大字，镶嵌在万绿丛中，方方正正，格外醒目。顺山势层叠而上的几个小广场，是公园最热闹的地方，每天早晚吸引着人们来到这里休闲健身，娱乐游戏，唱歌跳舞。

那天，沿着登山主干道，从山脚一路往上攀登，不用半个钟就到了广播电视塔。塔脚下，平台宽敞，绿荫如盖，正好碰上凤凰花开，一簇簇，火红艳丽，缀满枝梢，有几个着花衫短裙的少女，正在摆弄风姿，拍摄留影，蓦然回首，我看见红花与美女的画面也很醉人。面对如此优雅曼丽的美景，我浮想联翩，思绪回到了建设笔架山广播电视发射塔的艰苦岁月……

那年，筹建广播电视塔，我们一行数人，随专家技术人员来到山脚，在当地老乡的指引下，才寻到一条上山的羊肠小道。我们用砍刀开路，艰难地往上攀登，跨过许多高高低低的坎头和深深浅浅的陷阱，用了两个多钟头才爬上山顶。山上怪石嶙峋，长满荆棘，是个人迹罕至的地方。

在风光秀丽的笔架山上建设广播电视塔，不但工作艰巨，还要顾及古城的文脉风水，做到新的景观与自然美景和谐统一、相得益彰，的确有点难度。当时勘察选址，我们携带着地图、罗盘、测量器械等，几上几落笔架山，经过多番勘测、计量、谋划，并兼顾古城风水风光，决定在主峰下面一个平台建塔，即是我们现在见到的那个矗立着巨塔的地方。

要建塔，就得先修路，现在游人登山的主干道，就是当年建塔时开通的那条土路。如今一边是黑底，一边铺上了红砖，不但美观，还很人性化。这条“之”字形道路的每一个斜坡，每一道转弯，每一条水坑，都有我和我的同事们洒落的汗水甚至血滴。那年，修这条路时，我跟已故去的同事老梁负责放线下签，原以为一公里的山路很快就能搞定。谁料山间树林茂密，荆棘纵横，表面看去，那一山绿得可爱的芒箕草，下面却是乱石突兀，深不可测，跌落去，爬起来，就是全身疼痛，根本无法行走，搞了半天，还未插下几条签，明早推土机就要进山了，啥办？幸好老梁到附近请来几个民工帮手，一直忙到太阳落山才搞定。上山公路通车后，我拍摄了一张照片，起名叫《山回路转迎客来》。这张照片，是笔架山上山公路开通后的第一张照片。

如今，为广电事业默默奉献的同事老梁离去了，愿他在天之灵安息。由此，我又忆起当年广电事业起步的寒酸景况。那时叫“茂名人民广播站”，在城南电影院旁边一间被政府没收的屋子里播音，广播站的全部家当，只有解放军缴获的一台扩音机和几个喇叭，后来又自己绕线圈，土制了一批木盒喇叭，那些振奋人心的消息和《社会主义好》的歌声，都是通过电话线向城乡百姓广播的。

几十年后，广播站在观山顶建了一座发射塔，播出“高州人民广播电台”的调频广播。广电事业从昔日的电话线传输，到今天的光纤到户，从笔架山广播电视发射台开播，再到今天的新型融媒体，为广大受众提供高清电视、高速宽带和互动点播等优质服务，真的是鸟枪换炮了。春风秋雨七十载，广电人为传播党的心声，娱乐千家万户，前赴后继，坚守初心，开拓进取，他们就像一缕缕金色的光纤，万融千接无怨无悔，支撑着广播电视事业那一片艳艳蓝天。

从电视塔前行几十米，左边就是笔架山的顶峰了，建塔时攀上过数回，很陡峭，崎岖迂回，基本无路，现在铺上了石板阶梯，上去挺方便。以前的顶峰，布满乱石，芳草萋萋，现在美丽得不敢认了，变成了一个圆圆的大平台。地板洁净，音响悠扬，有人在健身，有人在跳舞，还有人在打坐听经，优哉游哉，自得其乐。平台周边，苍茫浩渺，树影空蒙，好像离天不够三尺了。伫立在古城的最高处，沐八面来风，心情格外清爽，凭栏远眺，古城新姿，尽收眼底。

在纵横交错悠长起伏的环山道上，错落分布着五座筑有活动平台的观景凉亭，高雅清幽，溢满诗情，置身其中，你会卸下人世间的烦恼与浮躁，尽享大自然赐予的清凉与舒适。那天游园，未游到公园的一半，两条老腿就拖不动了，行到一处还算僻静的凉亭歇息，听山风飒飒，看松涛摇浪，追寻遥远的灵感，试图将往日的人事融汇成篇，却久久不得要领，抬头忽见矗入云霄的广播电视塔，三十年了，此刻，我才看清她的容颜，是那么高贵、沉稳和庄重。

往事如烟，情思绵绵，昔日的荒山野岭，如今变成了环境优雅、休闲娱乐的好去处，人们由衷感谢创文活动给城市带来的新变化。

沧桑巨变话石鼓

谢 志

石鼓人在跌宕前行的岁月里，“忘我劳动，不计报酬”，从千里之外引来了幸福水，但他们真正过上幸福的生活，还是在改革开放以后……

——题记

相传在很久以前，石鼓久旱无雨，五谷失收，民不聊生。玉帝怜悯下界疾苦，遣五仙姑赐金鼓唤雨，拯救灾民。金鼓矗立于石鼓岭西，百姓击之“声如鼓”，故称“石鼓”，这就是石鼓的由来。

1

在老圩满目入画的诗意里，有一种魂牵梦萦叫乡愁，它时常流连在我的梦中。昔日的贫穷伴着清风安逸，那西关塘基上晚风吹送的牧笛声，圩南“八小”悠悠扬扬的读书声，“光地达”捉迷藏锤包剪的玩乐声，高河鉴水浣衣少妇的击水声，南关榕木头叮叮当当的打铁声……所有这些情愫依依、浓浓淡淡的人间气味，荡漾着老圩独特的风情。

2

记忆中，傍鉴水、依石鼓岭为屏障的老圩，是乡邻乡亲祖祖辈辈繁衍生息的地方。古老的街巷，狭窄而又绵延，挂在檐头的木盒喇叭，早晚播放着那时最流行的歌曲《没有共产党就没有新中国》。那条叫广行的老街，在民国以前就住满了“上六府”的生意人。他们以经营“广货”而闻名粤西，让那些走南闯北的大小商贩，都要回到老圩才能备齐货物，所以，老圩很早就得了个“小佛山”的美誉。那条久负盛名的横巷，是老区府的所在地，全街开满店铺，一间接一间，一直透到西平街和北巷，只不过都是公家的生意。

那时，全圩只有一幢三层楼，是做过当铺的原兴庄，后来成了供销社办公的地方；那时，全圩只有一盏街灯，高高挂在广行水井头，黄澄澄的灯光照到地面上已经没有多少亮光了。那时的老圩很小，小到在“光地达”放电影，全圩都能听到那块白布上打仗的声音。落雨天，街前有一道清澈的水，从石鼓岭脚一望无际的荷塘溢出，转几个弯，沿着青砖老街流过广行，流过西关，流入杨柳依依的文海坑。水满时，渔人在“猪桥”上放罾打鱼，我见他们罾落罾起，总有收获。圩南老榕旁就是终年香火缥缈的神庙，里面至灵至圣的菩萨，任务就是将福禄恩赐给老圩的子民，可这一天总是姗姗来迟。

3

几十年里，老圩没有太多的长进，也没有太多的失落，平静如西关大塘的水，没有荡起过一丝涟漪，人们习惯了老圩春的妖娆、夏的灼热、秋的落寞、冬的冷寂，也习惯了这穷圩老屋的烟雨空蒙、淡泊宁静。

那时，石鼓缺柴，人们拾叶生火，铲草煮食，或者过黄坡，搭渡船到镇江结菜岭去打柴，为煮熟那两餐忙得团团转。突然听说“石头”可以烧火，石鼓呀石鼓，真的是“点石成金”了。人们从圩边的矿井里挖出了沉甸甸的乌金，从此，大食堂、小家庭都烧上了乌黑发亮的煤，只是屋里很快就被薰得黑黢黢，一不小心，人的肺也会被熏出毛病来，直到几十年后的今天，人们才用上了一点就着的煤气，时代进步真快。

那时，石鼓十年九旱，水贵如油，上年纪的老圩人忆起当年求雨的情景，至今依然泪目。人们沿着街巷，一步三叩首，烧雨帽，焚蓑衣，祈祷上天怜悯，洒雨救民。然而，所有这些祷告都没有用，只有后来兴修水利才让石鼓摆脱了旱魔。二十世纪六十年代初，高州水库配套工程西干渠建成，清澈的运河水流过陈大岭，流过老圩，流过祥山……灌溉万顷良田，从此，石鼓大地告别了干旱，村民们“担水担断颈”的日子一去不复返了。

为感谢共产党的恩情，陈大岭的村民在高高的河堤上，用白瓷镶嵌出一条几公里长的巨型标语：“总路线光芒万丈，千里引水灌良田。”那时候，这条雄伟壮观的标语成了石鼓平原的地标，从国道这边远远望去，格外醒目，让人感动不已。后来，石鼓小学又将这个题材编成山歌表演唱《千里引来幸福水》，在公社和县里演出。现在，人们还在传唱这些山歌：

太阳出来照山岗，温暖洒在我家乡。
千里引来幸福水，党的恩情永不忘。
……

石鼓人在跌宕前行的岁月里，“忘我劳动，不计报酬”，从千里之外引来了幸福水，但他们真正过上幸福的生活，还是在改革开放以后……

4

现在，经济的发展和城镇化的进程，让这片神奇的土地发生了天翻地覆的变化。行走在东区宽阔平直的六车道上，我突然感受到只有大城市才有的格局，竟然出现在这镇一级的地头上，倍觉惊讶。放眼道路两边，只见商铺林立，货运繁忙，街道纵横，别墅连片，可谁又知道，十几年前，这里还是一片烂地荒坡。入镇大转盘腾空而起的巨型画幅，深情地招呼着远近来客：欢迎您到石鼓来！巍巍顶天的矿务局住宅楼群，估计目前是石鼓最高最漂亮的建筑了，它为早年下岗的矿工带来了福音。邻近的一个个楼盘，争分夺秒地将圩镇不断拓宽做大。我们深信，在高州的西南平原，一座现代化的新城即将傲然崛起。

经过“创文创卫”，圩镇的人民路、建新路等几条主干道都扩宽了，还铺上了沥青，洁净无尘，路面平整，好走多了。虽然是闲日，但街上车流人群依然熙熙攘攘，超市里人头涌动。综合市场，顾客如云，里面鱼肉禽蛋，糕点面粔，日用百货，包罗万象，是石鼓人气最旺的经商去处。

5

流淌着诗情画意的“渔网一条街”，就坐落在石鼓岭边的公园路。漫步其中，只见网具琳琅，目不暇接，那一簇簇、一串串银光闪闪的渔网挂满檐前，挂满整条大街，如瀑布飘落，似婚纱般洒脱，美轮美奂至极。不要小看这些丝丝缕缕的小商品，它可是石鼓的当家产业，不但销往全国，连国外都有订单。现在，随着电商的普及，不少货物都是通过快递远走他乡的，据说每年有 7 个亿的生意啊！

望着那些洁白晶莹的渔网，我想起了当年“光地达”的露天渔网行。每逢圩日，那里是全圩最热闹的地方，因为拿渔网来卖的都是妹子，所以，渔网行又叫“细女行”，许多没帮衬的后生哥都挤着去趁渔网行，为的就是看美女，饱眼福，当年缘起渔网行的阿哥阿妹，现在一定是儿孙满堂，过上小康生活了。

今日的石鼓，比当年的“小佛山”更加辉煌耀眼了，农贸、铸造、针织、网具等行业，规模发展，货畅其流，效益显著，连年被评为“全国文明市场”。

经济的繁荣促进了教育事业的蓬勃发展。石鼓中学的前身是文海中学，又叫“茂十中”。现在，经过几十年的发展，石鼓中学已是广东省一级学校了。新办的一中和高职专业技术教育，经多年发展和建设，已成为全省的示范学校，迈入了国家级的重点行列。

6

豆坡，原是一片辽阔的荒坡旱地，只能种些黄豆之类的耐旱作物，收成寥寥，日久天长，就叫豆坡了。“大跃进”那年，迁出豆坡的老区府，不久，摇身一变成了公社，跟着供销社、市场、粮站、卫生院等服务百姓的设施，也趁着热闹从老圩搬了出来，两三条宽敞的圩街，一直透到国道。短短几年，石鼓就完成了新中国成立后的第一次“变脸”，形成了今日石鼓的趋形。

那年，全圩干部、群众和学生，到石鼓岭担石头，到老区府拆屋搬材料，义务献勤建设“公社礼堂”。现在，岁月轮回，一甲有多，礼堂还静静地屹立在镇政府的旁边。忆起它，我就为那个万众一心建设石鼓的火红年代而骄傲；仰望着它，我更为它笑看风云沧桑自若而肃然起敬！在网络发达的今天，看电影，睇大戏，不再是稀罕事，礼堂的娱乐功能或已消失，但它代表老圩人艰苦奋斗、无私奉献的伟大精神却长存于世。

如今，巍巍矗立在豆坡福地的镇政府办公大楼，藏风聚水，庄重大气，楼前两侧，绿荫婆娑，正门上方写着“不忘初心，牢记使命”八个大字，底色鲜红，光耀日月，特别温暖人心。旁边的文化体育广场，每到节假日，篮球比赛、文艺晚会、广场舞表演等文体活动轮番登场，娱乐大众，让人流连忘返。

7

富起来的石鼓，今时不同往日了，那些美丽乡村更是让人眼前一亮。来到“全国文明村”合丫埒大王岭村，沿着平直的沥青路，走过金瓦白柱的大门楼，入到幽静养心的“尚德园”，只见绿树成荫，亭台错落，九曲桥下，湖水清澈，人行过处，鱼儿欢奔跃动，好像是在迎接游客的到访。岸畔彩径环绕，围栏雕花，那一排排黄花风铃，迎风摇曳，散发出阵阵幽香。循着笑声望去，见不远处有几个穿着古时服装的娇小女子在摆弄姿势，让人拍照，感谢这一幅幅仪态万方、丰年盛世的倩影，为乡村风情增添了一道美丽的风景。徜徉在如此幽雅别致的环境，我仿佛置身城市的公园。

沿着整洁硬底的村道，行走在大王岭脚，只看见一幢幢富有现代气息的小洋楼掩隐在半山，白墙铝窗，庭院雅致，花开富贵，挂满檐前，颇有世外桃源的感觉，许多供着高价商品房的城里人到此一游，总是羡慕不已。

8

位于村子后面的大王岭，不高。有一位住在岭脚的八旬阿婆热心做我的向导，要带我上山去见“大王”。沿着斜坡上去，阿婆行在我的前面，我真佩服她一把年纪了，步履还那么利索，想来，大王岭的山水真是养生，能让人长寿。大约十几分钟就上到了岭巅，但我没有见到传说中的“大王”，只见在“大王”原来居住的地方，矗立着一座“思源亭”。这亭寓意应该是，大王岭人穷源溯流，饮水思源，感恩先人开疆拓土于此，繁衍生息，代代相传，福禄千秋。岭脚下面，山地延绵起伏，新建的“绿野仙踪”生态旅游景区渐成气候，里面的彩虹滑道、水上碰碰船等众多游乐设施，让人眼花缭乱又开心刺激，吸引着四面八方的大人小孩前来游玩。

来到湖边“9号便利店”，店主阿婆告诉我：“建新农村十几年了，一年建一些，才建成现在这个样子，以前跟孩子住在城里，现在村里漂亮了，空气又好，我都不想住城里了。”离开时，阿婆免费为我的水瓶灌满开水，又说："你不用帮衬买什么，你能来到我们村，就是我们村的福气。"听了阿婆说的话，我很是感动，大王岭啊！村美，景美，人更美，不愧为全国级别的文明村。

现在，石鼓镇的美丽乡村已连成一片了，来到离大王岭不远的"深埇文化生态园"，正好碰上市里在这里举办"中国农民丰收节"庆祝活动，农民们载歌载舞，欢聚一堂，共庆丰收，喜迎小康。昔日耕田为了果腹，如今耕田追求艺术，深埇人在广袤的稻田上种出了"笑口大佛""鱼跃龙门"等景观，寓意过上了好日子。为了那个崇高的信仰，他们建起了"党建主题公园"，表达了对党给予富民政策的深深感恩。

所有这些美景，都飘逸着泥土的芳香，缠绵着浓浓的乡愁，它又是如此的曼妙多姿、妖娆素雅，让人乐在其中，感谢今天幸福生活给乡村带来的新变化。

9

坐落在石鼓岭东面的石鼓公园，门楼庄重古朴，气势恢宏；园区亭台错落，曲径通幽，东西对望的两处高地，矗立着"鼓韵""金墩"两座石雕，并镌刻《石鼓的传说》于上，供游人怀旧观赏，追溯神奇石鼓的前世今生。

夜幕下，沿着环山便道游园赏景，只见游人如织，歌舞升平，穿红着绿的女士们伴着悠扬的乐曲，婀娜着身姿正在翩翩起舞；在幽深迂回的山路上，休闲散步的人们来来回回、络绎不绝；光芒耀眼的灯光球场人声鼎沸，赛事正酣；"应芳亭"下，灯火阑珊，俊男美女，成双成对，或许，他们要在这花好月圆的夜晚缘定今生。登临高处，凭栏远眺，但见圩街纵横交错，高楼鳞次栉比，绚丽多彩的灯光与建筑轮廓交相辉映、美不胜收；国道那边，灯火飘忽，延延绵绵，如银龙游荡，透到无尽的远方……

10

昔日的"小佛山"，如今已是"全国千强镇"，一切改变都那么美好，一切改变都令人心跳。再见你时，你一定会变得更加迷人。

作者简介：梁华恩，高州市作家协会会员，文学爱好者。

也许，您真老了

梁华恩

外公，是一种亲属关系称谓；对于我，外公，是一种希望，一种动力。从小与外公一起生活的缘故，彼此的感情就像从我家到您家，近并亲！我从不承认您老了，因为您时常开着您的小摩托外出，车速比我的还快；因为您是追蜂人，手下打理着一百多箱的蜜蜂，拥有四十余载的养蜂龄；因为当春季蜜蜂分蜂时，您时常与它们赛跑，并且赢得它们，成功接回……曾多次小舅和姨妈们劝说您，年纪上来了，别再开车外出，别再养这么多蜜蜂，无果！您说，忙惯的人，停下来会浑身不舒服。您有着像秋风那样爽朗、像棉花那样温柔的性格，却又有着像您指甲那样顽固的脾气。本该过上恬静的养老生活，您却选择继续奋斗。

但从前几天开始发现，我在您前面叫您，您却往周围慢慢地环绕一圈找我，在那一瞬间，我承认，也许您真老了。我多次问过您视力问题，您却轻描淡写说："年纪大了，眼睛模糊也是难免的。"除了视力，还有听力，现在我们的交谈，我要坐到您身边，这既把我们的距离拉近，也把我们的心灵拉近。不知什么时候开始，您变得小心翼翼了，在行为及语言上都流露出了您的谨言慎行。从一次聊天发现的，您说周一到周五时常不敢给我打电话，担心我在上课，担心我在工作，担心打扰到我。我说周一到周五我的手机都是静音的，看到时会接，没看到会过后回复，从不存在打扰。这时，您表现出了轻松喜悦的笑容，像是解开了什么心结。从此之后，我偶尔会接到您的电话。

小舅和姨妈们因工作原因，是不定期地探望您，而我是每一周的星期五。外婆说，您时常会翻日历，手撑墙壁，深邃的目光直盯日历上的周末。嘴里叨着我什么时候放假回家，什么时候有较长的假期。毛姆说：“每个人生在世界上都是孤独的。”是啊，更何况是老人，这种孤独不是外在的，而是内在的，心灵上偶尔的寂静。或许，只是想有个人唠唠嗑，舒散下内心的情感罢了。最近，经常听到您说夜里脚抽筋，日里头晕。我承认，也许……您老了。我可以理解，但我不能接受，却又不得不接受。今天，是您的八十大寿。我知道，您不缺吃的，不缺喝的，但是，我觉得您缺休息。今天，是您的生日，我不准备任何礼物，但是，我准备回家！

作者简介：李云霞，女，美食、美景、美文均不肯辜负。

奔跑的少年

李云霞

那是二十多年前的事情了。

那年秋天，我刚毕业，分到一所很偏远的农村中学任教，担任初一一个班的班主任。

小镇不大，山清水秀，天高云淡，生活在我面前徐徐地拉开了全新的一幕。

初为人师，日子每天过得忙碌而充实。暑气渐渐散去的时候，迎来了一年一度的校运会。这在学校里是一大盛事，师生都热情高涨，空气中都是运动的味道。

在我们班的大本营里，孩子们缠着我，跟我要奖励。他们说谁拿了第一名的话，我就要奖励他一瓶红牛。那会儿是 2000 年，红牛在小卖部卖五块钱一瓶，广告做得铺天盖地。农村的孩子一个月零花钱才五块八块的，红牛于他们而言，是很奢侈的东西。

我爽快地答应了。

不久，传来了好消息：男子 800 米，杨大永拿第一名了，而且还破了学校的纪录！一群啦啦队的成员簇拥着跑完的他回大本营，欢天喜地地跟我报喜。我迎上去，拍拍他的肩头。杨大永的眼神跟我对上了，几分自豪，还有几分羞涩。那是我第一次这么认真地观察这个少年，一身粗布衣服，黑红的脸，脚上是一双破凉鞋——虽说是运动会，他还是破了学校纪录的选手，但是这身“装备”并不专业。秋日和煦的阳光下，少年微笑着，眼神清澈坚定。

第二天，捷报频传：杨大永又拿下了男子 1500 的第一，依然是破纪录！后在他的带领下，我们班男子 4×100 米接力跑也拿了第一名！

孩子们乐翻天了，一迭声地跟我说：“老师，红牛拿来！”我也笑了，连连应他们：“放心，有的有的，开完校运会就发。”

下午的时候，校运会的项目已经接近尾声，我和几个女孩子忙着收拾东西，老是觉得有人在我身边晃，等我一留意，又不见人影了。后来，忙完了，我专心地候着，终于对上了杨大永的眼神。他看了身边几个同学一眼，欲言又止。我起身拉他走开几步：“你找我有事？”他低下头，有点难为情地小声说：“老师，我能不能不领红牛？”“哦，你不喜欢喝红牛？”我看了他一眼，他舔了一下嘴唇，声音更小了：“不是不想喝，是，我想要拿钱去买……”然后就一溜烟地跑开了。

看着他跑开的身影，我若有所思。

在班里“调查”一番后，我才了解到，原来班里组建了个篮球队，杨大永爱打球，也打得很好。但是家里穷，他不好跟家里要钱买球鞋球衣。他就每个周末跑步往返学校，把车费给存了起来，到校运会的时候，他已经存起了买球服的钱，只欠球鞋的钱了。他家离学校可是整整 15 公里啊！想到每个周末，这个眼神清澈坚定的少年，穿着凉鞋奔跑在往返学校的路上，我的心就一点一点地化开了。

班里开运动会的表彰会的时候，我兑现诺言，给获奖的同学奖励了红牛，包括杨大永。他接过红牛，捧在怀里，但是眼里还是闪过一丝失望。

会后，我叫杨大永到办公室，给了他一双球鞋——那是我特意到镇上挑的。我告诉他，这个是他破纪录的特别奖。少年一下就笑开了花，眼神闪亮，迫不及待地打开盒子瞥了一眼，如获珍宝般抱在怀里，欢快地跟我道谢。

后来，在球赛上，我看到那个少年一身崭新的红色球衣，白底红边球鞋，矫健灵活，在赛场上奔跑运球投篮，熠熠生辉。

次年，我调离了那间学校，据说杨大永后来去当兵了，那段日子就此翻过。但是少年一身红色球衣奔跑的样子，一直在我的心里，经岁月的长风招摇如昨。奔跑的少年，愿生活没有辜负你！也祝愿所有为生活奔跑努力的人，皆有所得！

作者简介：刘颖红，茂名市作家协会会员、萤火虫读书会会员。文字爱好者，喜欢用文字记录生活中的点点滴滴。

你听，七月的风

刘颖红

我一直梦想着，与七月的风一起去散步。

早晨，还是睡眼惺忪的时候，长长的窗帘微微颤动，轻轻飘起来，又落下来，一下又一下地抚摸着窗旁的椅子，那隐隐约约的、微小的吱吱声唤醒了一天的好心情。你听，那是七月的风来喊你一起去散步了。

七月的阳光揉碎在一江碧水里，水面泛起一圈圈涟漪，波光粼粼，远远望去仿若在水面铺了一层细碎的黄金。风吹过脸颊，江边堤岸上的树叶，像一只绿色的鸟儿轻轻飞落在金黄的水面上，随着涟漪轻轻荡漾。慢慢地，树叶像一只自由自在的小船在水里漂荡。再仔细一瞧，树叶又宛若是水里那调皮的鱼儿正探出脑袋，它偷看水面上充满阳光的景色和岸边的行人……你听，那是七月的风在水里嬉戏，那是捎给人们的曼妙晨景。

伴着断断续续轰隆隆的雷声，雨落在玻璃窗上、公路的车上、行人的伞上，噼里啪啦，沉闷的午后一下子热闹起来。清凉的雨落在地面上，一股股热腾腾的气息由地面升起，太阳留给大地的余温和雷雨带给人间的凉爽在风中缠绕；豆大的雨点落在不远处的屋顶上，溅起了晶莹的水珠，宛若一颗颗透明的玻璃弹珠在屋顶上跳舞。当雷声不再响起，雨也慢慢变小了，屋顶上的雨水顺着屋檐滴下来，滴答滴答响。你听，是七月的风怕吹不散夏日的烦闷，邀来一场酣畅淋漓的雨，雨来也匆匆，去也匆匆，只留下一抹大雨后的静美。

雨后的黄昏总是那么的温柔，夕阳美，风温柔。风在树顶上跳舞，树枝和绿叶也跟着风舞动起来，夕阳的余晖穿过树梢，在一本夹着玫瑰花瓣书签的书页上舞动着、斑驳着。坐在书店里，透过落地玻璃窗看到的是一片苍翠欲滴的树叶，若是不看书店里的水泥地板，仿佛脚下踩着的是有着无限生命力的树叶，自己正置身于树顶上看书，那几枝高高伸展出来的树枝就是大自然送给这里的玩具，不定时为读者们增添几分乐趣，或是隔着玻璃向读者招手，或是把身影挪到读者的书本上……在这样一间“树顶上的书店”看书，或静坐片刻，不由得想到“时光温柔，岁月静好”。你听，七月的风伴着“沙沙沙”的音乐起舞，从日升到日落，从书店外到书店里。

你听，七月的风，跟着爷爷奶奶们在广场上唠家常；

你听，七月的风，陪着公路上的挖掘机轰隆隆作业；

你听，七月的风，正在舞台前跟着音乐打节拍；

……

与七月的风一起去散步，无拘无束。

我希望的不仅仅是在我的城市。

我想和它们去你的城市，去每一座城市散步。

我希望的不仅仅是散步。

我想和它们游览名胜古迹，穿过人群去吃当地最地道的小吃；去新崛起的小城，感受近些年的变化；在一座古老的书院前读一首自己喜欢的小诗，或写下自己最新的感悟。

七月的风，七月的雨，我想和你们一起去追寻诗和远方。

作者简介：黎志强，广东中华诗词学会会员、高州市中华诗词学会理事、高州市作家协会会员、首都师范大学《作文导报》特约编辑；曾担任广东教育学院露曦文学社社长、《露曦》杂志社主编；曾担任广东高州中学初中部《学砚报》《砚塘文苑》执行主编十三年。曾发表论文、小说、散文、诗歌40多篇（首）。《七律·建党百年华诞感怀（三首）》荣获茂名市文联、茂名市作家协会“永远跟党走：庆祝中国共产党成立100周年征文大赛”优秀作品奖；小说《磨去老皮》、散文诗《种荔姑娘》分别荣获广东教育学院第一届校园文学大奖赛银奖和优秀奖。

美哉，砚塘

黎志强

砚塘，是位于广东高州中学初中部东南角、面积200多平方米的一个小池塘，但却大华若朴、大雅若俗。凡是有人提到广东高州中学，无不言必及砚塘。说到砚塘，不能不说她的神奇传说：据说，我市城东文笔岭上的文笔塔和城中央书院的砚塘的位置是经风水大师精心勘察选定，两者是同时建造和开挖的，前者象征笔，后者象征砚，有笔有砚，相得益彰，适宜育人。那时的高凉城，大都是两层以下的砖瓦建筑，坐落在城东文笔岭上的文笔塔，只要是天气晴朗，其塔尖倒影在旭日东升不久便准确无误地落在砚塘的正中央，形成独特的塔影奇观，谓之“文笔蘸墨”。此景可谓巧夺天工，令人啧啧称奇。

高凉大地之所以人才辈出，乃因有文笔塔和砚塘，两者笔墨相融、珠联璧合，成为我校历史文化积淀的缩影和高州市著名的人文景观，更是我校莘莘学子读书、休闲的乐园。

每当晨曦初露或夕阳西下，我和同事常常徜徉在我校校园那如诗如画的幽林曲径、宁静安详的湖泊池畔、巍峨耸立的高楼亭台……砚塘印象，就深深地烙在她的假山、湖水、四周护栏和她的亲密邻居升旗台、校友堂、图书馆、桄果树上……

曙光初露，砚塘拉开了新一天的序幕，沉睡了一夜的砚塘欣欣然张开了眼睛。晨风习习，绿树如茵，湖水荡漾……伴随着砚塘特有的小鸟鸣啾声，学子们三个一群、五个一伙来到砚塘四周，霎时，琅琅的读书声便弥漫在塘边小径、湖泊假山……砚塘四周护栏上的唐诗、宋词、元曲瞬间变得立体、可爱起来，成为中国古代文学的三座高峰，吸引着一代又一代莘莘学子奋力攀登。这时，调皮的小鸟们也来凑热闹，拼命地卖弄着清脆的歌喉，唱起宛转嘹亮的曲儿。但任凭小鸟们无论如何殷勤，歌声如何清亮，却怎么也摇不落学子们琅琅的读书声。不久，砚塘边的升旗台，便冉冉升起了鲜艳的五星红旗，奏响了慷慨激昂、振奋人心的《义勇军进行曲》。于是，每周一节的爱国主义思想课由此开启大幕。现在，每周一庄严的升旗仪式和国旗下的精彩演讲，已经成为我校尤其是砚塘边上一道最亮丽的爱国主义教育风景线。“一日之计在于晨”，砚塘的每一天都是新的，充满了希望、生机与活力。

说到砚塘，自然少不了她旁边高大婆娑的桄果树。桄果树生来沉默寡言，从来不为自己常年绿叶浓荫或果实累累而沾沾自喜、自我炫耀。烈日当空，他总是默默地撑起一把把巨伞，庇护着在其下读书、漫步和运动的学子。有时，他也像一位睿智的老者，细心地倾听着树下一些反省者的声音。偶尔，砚塘边上的图书馆也来凑凑热闹。他像一位多情的小伙子，总想接近砚塘那碧绿的湖水。但那湖水像一位害羞的少女，始终坚持“距离才是美”的原则。于是，图书馆便成为失败的追求者。但是，不甘心失败的图书馆依然倔强地把自己伟岸的倒影留在砚塘碧波荡漾的湖水中，以示自己对砚塘追求的不屈不挠、一往情深。

中午时分，砚塘周围一片寂静，学子们酣睡正甜，而这时恰当是砚塘最美的时候。绿莹莹，不！湛蓝湛蓝的湖水，清澈而细腻，宁静而温柔。微风拂过，荡起圈圈涟漪。回归平静后，又如一面明镜，映衬着蔚蓝天空中浮云的倩影。此时水天一色，让人仿佛置身于美丽的画卷之中。这时候，最热闹的要数湖中的小鱼了。凭栏而望，只见各种各样的小鱼，有名儿的，没名儿的，有的悠闲地游来游去，有的淘气地吐着小泡泡，有的居然调皮地玩起了蹦极……好一幅百鱼戏水图！

砚塘的邻居校友堂，高大、伟岸，却淡泊、宁静，也和桄果树一样，像一位睿智的老者。他从喧嚣中走来，独守一方境界，恪守人生信条，让人产生诗人的激情、哲人的思考。春风化雨沐蓓蕾，呕心沥血浴桃李。于是，一幕幕精彩的文艺演出在这里华丽绽放，一次次盛大的颁奖典礼在这里隆重举办，更喜的是一个个优秀的母校学子在这里脱颖而出。君不见，这里见证了母校丰硕的成果和骄傲——丁颖、林砺儒、廖盖隆、李灏、丁衍庸、杨毅、李泽森……一代代优秀的学子从这里走向荒滩戈壁，走向华都闹市，走向祖国最需要的地方。校友堂，您是母校教书育人的见证，是母校累累硕果的结晶，是母校风雨百载的缩影！堂中小憩，追忆校友先贤足迹，荣辱会随风而逝，名利会瞬间忘却，更让人领略到“宠辱不惊，看庭前花开花落；去留无意，望天边云卷云舒”的独特意蕴和真谛。

太阳累了，慢慢走到西山背后休息了。砚塘的湖水洒满余晖，犹如一双含情脉脉的眼睛，闪动着含蓄的波光，默默注视着在砚塘旁边读书、漫步的学子。这时的湖水越发变得深沉。不久，夜之女神，伸出纤纤玉指，拉来一张巨大的黑幕。夜中的砚塘在如银的月色下，捧起满天耀眼的星斗。夜风如母亲的手，温柔地抚摩着平静的湖水，在深沉的水间流转飘荡。夜中的砚塘，更加的淡泊宁静，远离尘埃。这时的砚塘，令人心也悠悠，意也悠悠，怡然陶醉，更增添了自己一份独特而非凡的魅力。

砚塘有自己独特的性格和思想，既像一位慈祥的师长，又像一位睿智的哲人。她时刻关注着砚塘学子的喜怒哀乐与酸甜苦辣，时刻关注着砚塘学子理想的追求与精神的迷茫，时刻关注着砚塘学子从稚嫩走向成熟的人生思考与生命轨迹……美哉，砚塘！壮哉，砚塘！

荔乡往事

黎志强

那是二十世纪八十年代初的故事。

那年的“黑色七月”，她的美梦犹如五彩斑斓的肥皂泡突然间一下子破灭了。为此，她哭了三天三夜。第四天晨曦初露的时候，她带着一摞关于种荔枝的书，回到了她那四周满是大山的小村。回村不久，她拒绝了许多人善意的劝告，第一个承包了一座荒山，用一株株绿色的荔苗以及她十八岁的活力，点缀在那座贫瘠的荒山上，播种她的青春的希冀和憧憬。

日复一日，月复一月，她把青春融进大山，不断编织着理想的花期。在她的汗水浇灌下，荔苗抖落了原有的衰黄，披上了蓬勃的新绿。为了收获一个沉甸甸的希望，她用双肩挑落了太阳，挑起了月亮。希望的花期，在她满是厚茧的手掌里渐渐绽开……

终于有一天，当诱人的荔香，驮着她响当当的名字，飘向省报的头版头条时，她那曾是荒山的荔园，就像哥伦比亚发现的新大陆，一下子成了带磁性的热土地，吸来了一个个渴望和探索的足迹……

开始，她苦恼极了。可当她望着那一个个久久不忍离去的足迹，她内心掀起了波澜：山里人确实需要技术啊！于是，她免费办起了培训班。她的屋子成了教室，她的荔园成了试验场，哪个缺苗她廉价相让，哪家困难她免费送苗……

就这样，她把自己的青春，再次植进家乡的大山，充实着她人生的篇幅。她家乡附近的村庄，也因此被一株株蓬勃的荔苗，抽出了希望的新绿，点燃了热腾腾的生活。

作者简介：吴冲，高州广播电视台二级播音员、编审、导演，广东省作家协会会员、中国诗歌学会会员。作品散见《星星》《词刊》《散文诗》《散文选刊》《南方日报》《女友》等报刊，文学作品曾获《中国作家》《雨花》征文奖等奖励。著有《约》《空白格》《嫣然花开》作品集。

就地过年

吴 冲

南方春来早，二月了，北方还是冰天雪地，而我居住的南方粤西高州，已是春色满园、春雨妙至、翠绿如烟了。五彩斑斓的花竞相开放，成群结队的鸟儿随风飞舞，是啊，看下日历，很快就到牛年春节了。这是 2021 年 2 月 3 日傍晚，我加班回来，看见妻子正在楼下埋头洗汽车。

我也忙不迭地帮忙洗车，力求做到一尘不染。车身上的沥青斑点、小划痕和轮胎纹路上夹着的石子，我也不放过。一块块地擦去，一点点地撬走，然后上蜡，再加上我用了“土法抛光”的洗车手法，一辆亮铮铮的、红艳艳的、光闪闪的小车帅气登场了。我们夫妻俩很有成就感地相视一笑，在焕然一新的汽车旁，用手机拍下了这个快乐的瞬间，发给儿子，并配上了一段话：“亲爱的儿子，我们把车洗净了，你什么时候回来呢？”

那天夜里，临睡前，儿子打来了微信电话，说不好意思了，今年他要留京就地过年，响应政府倡议，愿意配合国家的防疫工作，第一次不在父母身边过年了。一下子，我们夫妻俩都很难过，但儿子安慰我们说，他在北京并不孤单，还有很多很多像他那样的人，都是就地过年的。我妻子说：“儿子啊儿子，你有多久没吃过家乡菜了？你有多久没吃过我做的白切鸡了？”说完，电话一下子沉默了。一会儿，儿子哽咽地说要我们放心，他在外边过年也是一种非常好的体验。

儿子不回来过年了，这个消息给我们夫妻俩带来了莫名的难过，我看着墙上挂着的他小时候画给我的一幅儿童画，那是我 2003 年意外受重伤住院的时候，他祝我早日康复的画作。他画的是一只小白兔，蹦蹦跳跳地在一棵大树下采蘑菇的快乐情景，充满了生命的张力。这幅画，给了我莫大的感动和鼓励，让我神奇地提前三个月就康复出院了。这幅儿童画，对于我来说，是这世上最珍贵的画。

亲情，是最好的疗伤药，我的儿子，是我顽强生存的动力，而儿子不回家过年，对于父母来说，是一个最大的缺失。没有孩子在家一起贴对联、一起话当年、一起吃饭、一起拜年的欢乐时光，这过年的气氛显然是十分低落的了，甚至不像过年。我们中国人，大抵都是这样的，把回家过年看作每年的一个盛大又神圣的仪式。正所谓“有钱没钱，回家过年”，家，才是中国人过年时应该住下来的地方。有家人的团聚，才算是佳节。过年，往家的方向聚集，这也是我们每一个中国人的遗传密码，像自然界的马哈鱼要回归自己的内河出生地，像野骆驼喜欢回到自己喜欢的大沙漠里，而我的孩子要在京就地过年，这年该如何过呢？我太太甚至哭了，咕噜咕噜地说她买了很多鸡在旧居中圈养，就等儿子回家过年吃的。我们广东人说“无鸡不成宴”，鸡，必然是餐台上的主角，况且我孩子特别喜欢吃鸡，什么盐焗鸡、葱油鸡、白切鸡、手撕鸡等鸡的菜式，他都喜欢。我内心也很乱，我一早就计划好了如何陪儿子过年的，其中天天与孩子饮早茶就是我最喜欢的节目。想下，在茶楼，见孩子忙着不停地为父母端来五光十色的、香气扑鼻的茶点，这一刻，就是父母的幸福时段，就是人间最温暖的早茶时间。广东人常把早餐称为早茶，重要程度完全不输于正餐。甚至，把早茶当成了一种饮食文化，一种加深亲情浓度的过程，一种很有家庭新一天仪式感的重要聚会。和孩子饮早茶，是任何山珍海味都无法替代的。就像每一天的幸福感，都是从早上开始的一样。当然，我们除了饮早茶，还有更多的可能性。或者到高州水库游玩，或者到球馆打羽毛球，或者探亲访友，或者唱 K，或者看电影……一万个都有可能，但是今年想和孩子一起过年，就万万不可能了，想到这里，我也更伤心了。

晚上，我们习惯地看电视新闻，看到了一个男主播在说：“2021 年 1 月初，中国多地出现多点零星散发病例甚至局部聚集性疫情，在此背景下，各地陆续发出《春节期间非必要不返乡》的倡议书，鼓励企事业单位职工就地过年。截至今日止，全国已有北京、天津、上海、广东等 29 个省份都倡议就地过年。”看完这个新闻，我们夫妻俩开始觉得孩子留在原地过年，是一个很好的选择。毕竟这个新冠肺炎疫情来势汹汹，如果不做好适当的预防措施，大家都是一窝蜂似的要赶回家过年的话，就会造成很大的风险。生命重要，事关每个家庭的安全和幸福，防患于未然，这是我们中国人预防危险的心得，看下美国新冠肺炎的患病人数和死亡人数，足够吓人的了。这防疫管控效果，就是我们国家做得最好，作为文明的中国人，我们是会理解、合作和支持国家的防控措施的。我们倡导的就地过年，是基于国情而想出的管理妙招，为己为人，何乐而不为呢？于是，我们乱七八糟的心，渐渐地平复了。

第二天，看着越来越近大年三十的日历牌，我们夫妻俩的心内还是有点失落感，毕竟儿子在京工作，一年中就是在过年时回来探我们，儿子这次在京原地过年，连家乡的“走地鸡”也吃不上，这年味也就是淡淡的了。就在我胡思乱想的时候，手机响了，说有快递在单位值班室里，这电话等于提醒了我，其实，我们也可以把鸡等年货寄给儿子的。马上，我把这个意思和妻子一说，她马上兴奋起来了，两眼放光，笑声朗朗，连说“好嘢好嘢”。说话间，她已出门去旧居那里制作她的拿手好戏葱油鸡了。

我妻子一口气地制作好 7 只葱油鸡，然后，把鸡骨全部剔除，分成 20 个袋子装好。她说儿子每餐吃一袋，那么，儿子过年期间，基本上餐餐都有鸡吃，过年嘛，就要吃得好一点儿。而我是帮不上忙的，只是在妻子旁边站着，闻着葱油鸡的香味儿，想着儿子吃葱油鸡的快乐神情，突然间觉得这生活充满了幸福的味道。

妻子忙着，见我闲着，就叫我去取快递，我把一大件的快递取回来了，见到快递是来自北京的，我的心情特别高兴，知道了是儿子给我们寄年货了，他是在给我们惊喜呢。我对妻子大声嚷嚷着：“这是儿子给我们寄回来的年货。”什么年货呢？我们夫妻俩都好奇，妻子更是迫不及待地打开了快递，拿一件就嚷一次——这是新疆枣圈，这是黑果枸杞，这是枸杞芽尖茶叶，这是百龄坛食品，这是黑龙江椴树蜜，这是俄罗斯椴树蜜，这是俄罗斯黑蜂白蜜，这是寿全斋黑塘姜茶，这是寿全斋红糖姜茶，这是意大利浓缩咖啡，这是维生素 B 族保健品，这是……妻子的声音突然间变了，也哽咽了。这是……妈妈吃的保健品，是红色瓶，爸爸吃的保健品，是……白色瓶……妻子终于忍不住哭了起来。我拿过那两瓶保健品，儿子很用心地在上面贴着“温馨提示”，提醒我们不要吃错。一下子，我也落泪了，其实，这是我们做父母的

“高光时刻”，有孝道的过年，才是真正的过年，儿子虽然是在京就地过年，但是他想家的心已和我们连在一起了，我们这个年，一定会过得好好的。

过年了，很快就要过年了。年二十七晚，儿子兴奋地来电，说妈妈寄来的葱油鸡是天下第一美食，他忍不住一餐就吃了三袋，余下的 17 袋，他会在春节期间慢慢地品尝。是啊，一道道美味可口的年味佳肴，一种种颇具地方特色的过年小吃，满足的不只是味蕾的享受，更是亲情的美好回忆。

年，就这样向我们走来了。大年三十晚上，我们夫妻俩和儿子视频电话，他说他乖乖地看春晚，没有到处走动，响应国家号召，这个年过得很好，科技进步，让他实时地见到爸爸妈妈，颇为欣慰。亲人的那一声声问候，似乎是最治愈人心的话语。珍惜家人，热爱生活，这也是我们普通老百姓的家风。

就在我们继续视频电话的时候，也就在 2021 年春节来临之际，最美的烟花，绽放在高州城的鉴江两岸上空，照亮了半边天，也照亮了我们美满幸福的生活。我们夫妻俩和儿子大声地喊——新年好，新年快乐！那响亮的声音，也随着窗外的烟花，一起冲上了云霄。

岁月流转，年轮轻旋，五光十色的社会里，能保证永远不会褪色的，就是血浓于水的亲情了。无论你身处何方，只要适逢佳节，家，就是你应该去的地方，不过在今年，因为要做好防疫管控工作，不为国家添乱，我的儿子留京就地过年，这也体现了国家行之有效的科学管理之妙，让人民体会到了党和国家以人民为中心的温暖，也充分展示了全国人民具有“使命担当、中国精神”的众志成城的气概。我自豪，我们是中国人。

过年的幸福，是因为有亲情在，即使今年儿子不在身边，但，我觉得今年的幸福指数比去年的高了许多，这不一样的过年，带来了不一样的欢乐。

你笑起来真好看

吴 冲

年前搬家了，老屋子里只剩下一些旧物件和一些藏书，目光所及，那四面白墙壁显得特别破旧，泛黄的墙体，满满的都是岁月的沧桑感，甚至有些地方发黑，潮湿处还隆起一层层像小面包状的墙皮，用力关门或者我“高歌”时，墙上的泥屑子会嗖嗖地往下掉。看到这种情形，我叹息了一声，决定趁着休年假的机会，找人拾掇拾掇。

朋友向我推荐了一个约莫三十岁的女刷墙工，她矮小瘦削，皮肤很黑，眼睛很大，声音很亮，语速很急，动作很快，人不漂亮，很有气场的样子，存在感特别强。在和我谈刮墙价格时，是一分钱也不让的态度的。我说这价格贵了，通常人家是 15 元的，你要 20 元，贵了好多。她嚷嚷着回应，说我的是旧墙，还有钉子、双面胶这些东西要处理，墙体很多地方要修补，甚至比毛坯房还要难。我一下子就被她唬住了，加上是朋友介绍的，我也不好意思推开她了，就说把饭厅、客厅粉刷就行了。她问房为何不刮墙，我说超出了我的预算。她有点儿愕然，甚至是露出了有点儿讥笑我的面容。刹那间，我对她有点儿厌恶的感觉了。

说干就干，第二天早上，她就忙活着。她一边刷墙，一边唱歌站在工作桥上，来回往复地、十分麻利地拿着刮刀、铲子抹墙，那此起彼伏地发出沙沙沙沙的厚重刮墙声，竟然和她的歌声的节奏十分和谐、吻合，那歌声如同她工作的指挥家，轻重缓急、上下左右、铲磨抹填等工作步骤，全都在歌声的伴奏背景里完成。她在工作桥上那轻盈、快乐、娇小的形象，就像是一个身如轻燕的平衡木女子体操运动员。我被她的工作美态吸引了，也担心她的安全，就提醒了一下她。她俯身望了我一下，然后眨巴眨巴着大眼睛，问我是不是不放心她的手艺。我连忙说不会的，她听后就咯咯咯地笑了起来，脸上骤然盛开了一朵很美的“黑玫瑰花”一样，让人觉得生活在这个世界就是一件很愉快的事情。

不过在第二天，我的心情由晴转阴了，因为从上午到下午，都不见她的人，望着刚做了一点儿“半拉子”的工程，自己的心里难受了，就找朋友要了她的电话，气冲冲地问她是怎么回事。她说对不起了，今天是冼夫人诞辰纪念日，她要去冼太庙拜冼夫人和忙于其他纪念活动。我听后，气也消了，因为我们高州人都敬仰冼夫人，甚至是把她当神一样供奉，祈求保佑安康和发展的，特别是冼夫人“惟用一好心”的精神，已深入我们的血脉里，成了大家代代相传的习俗了。

在之后的几天，我再回到旧居，本以为她已把我的厅粉刷一新了，一看，还是原来的样子，这把我的肺都气坏了似的。我咳嗽了一通之后，打通她的电话就连珠炮地呵斥了她一番，虽然我不知道她的名字，但是我的脾气也全都撒给她了。她也不出声，是漫长的沉默。沉默中，我觉得自己有点儿过分了，不就是刮刮墙的小事情吗？我何必要这么失态呢？突然之间，我觉得自己的面目是多么的丑陋，自己的行为是多么的可憎，我不禁自责起来了。良久，在沉默的最后，我出声了，诚恳地向她赔礼道歉，并说：“靓女，你什么时候来干活都可以的。”她连说了几次对不起，是因为她邻居阿婆摔断了大腿，她要帮忙一下照顾她和她几个幼小的孙儿，她的儿子和媳妇都在外地打工的，是留守老人和儿童家庭。我听后更加内疚不安了，在想，这个女刷墙工，虽然平凡，但她做出了不平凡的事。在这个年底，正是她赚钱的黄金时间，她却义务地照顾邻居，这是什么精神呢？难道这不就是雷锋精神吗？难道这不就是我们倡导的冼夫人的好心精神吗？

高州，这里是我们好心精神生根、发芽、开花、结果的地方，冼夫人的心愿就是让这世间的人都有一颗善良的好心。冼夫人的好心，已长在那个女刷墙工的心里去了。那个女刷墙工，和千千万万个善良的人们一样，使高州冼夫人的好心精神，成为我们前行力量的根源，成为我们的生活常态。冼夫人的好心精神，不仅是高凉古郡的历史脉络，是我们敬畏历史的必然选择，更是一条民心所向的脉络，承载着最有高州代表性的、生生不息的冼夫人好心民俗文化，这是和国家的核心价值观高度吻合的，我们高州人崇拜她、纪念她，是自觉地用好心精神统领自己的灵魂过程，代表了一个好的时代去传承另一个好的传统历史文化特征。高州，已然成了一个名闻遐迩的好心之城、善良之乡，冼夫人的好心精神已熔铸在每一个高州人的记忆里了。

这几天，我都想着冼夫人的好心精神与我们行为的关系，都把刷墙的事情都忘记了，只是在今天下午，她拨通了我的电话，我才记得有这个小装修。她的声音爽朗、动听、响亮，只闻其声，我就仿如见到了她的笑脸。她说已基本上完成刷墙的工作了，叫我过去验收一下和给她钱。我说好的，马上过去。

刚回到旧居，我就被惊呆了，旧居不旧，已焕然一新了，地上也打扫得干干净净的。她问我的意见如何，我说十分满意和十万分感谢。她说，那再细看一下，有不好的地方她马上改。我说不用了，马上付钱。她抬头再环视了一下，突然哎呀了一声。我问怎么了，她说有问题，有一处有不平和突起的凸点。我说不细看是看不出来的，不用再麻烦了。她说不不不，这样会影响我形象的，那凸起的地方就像是我脸上生疮了，不美的。说完马上打开了工作桥，爬上去挥动双手工作了。她工作的特点，就是有歌声，这不，这次唱的是流行热门歌曲《你笑起来真好看》。这歌我也熟悉，我也跟着她的歌声轻声和唱着："……你笑起来真好看，像春天的花一样。把所有的烦恼所有的忧愁，统统都吹散。你笑起来真好看，像夏天的阳光。整个世界全部的时光，美得像画卷……"

我哼着歌，注意到了她灵活工作的双手。这是一双黝黑的手，手指关节略显粗大，指间和虎口露出一道道皲裂的伤口和结疤的伤痕，掌面上没有温润如玉的感觉，只留下一层厚厚的老茧，都说手是女人的第二张脸，这双手仿如在说着人间的苦与甜的故事。是啊，有许多平凡与不平凡的女性，她们在不同的领域追逐梦想、分担责任、热爱劳动，她们让世界看见中国女性的力量。这个女刷墙工，让我想起了许许多多热爱劳动、心地善良的女性。她脸上的汗水，浇开了她的幸福之花，看，她像歌中唱的一样——笑得真好看。

修改的工作不多，一首歌唱完了，工作也完成了，我也觉得我的旧居"美得像画卷"了，于是，愉快地把钱给了她。她收到钱后，忽然用很认真的样子跟我说，未经我同意，把三间房子也翻新了，希望我喜欢。说完就带我去看。好家伙，我那三间房子也像是新房子了，干净、雪白，让人骤然欢喜。我高兴极了，要加钱给她。她说不用，之前收我 20 元一平方米觉得难做，后来做起来一点儿也不难，觉得收我 20 元一平方米是贵了，就顺手帮我把房也翻新了。一刹那，我着实十分感动，硬要她再收我 800 元。她拒绝了，说再收我的钱，她会睡不着觉的。说完，提着工具夺门而出。

我突然间有点儿惆怅，帮我做了那么多工作，也不问问她的名字。于是，我快步走到窗口，见到她正从楼下楼梯口出来了，就用手做喇叭状，大声地问她的名字，说以后有刮墙的工作再找她。她仰头回应，说她叫苏小明，家在高州山美街道办。说完，她向我笑了笑，那一瞬间仰着头的笑脸，被我定格在心里。我的内心在说，尊敬的劳动者，你笑起来真好看。

笑脸，最美丽、最善良，是一张走向幸福家园的通行证，是高州人传承冼夫人好心精神最美的绽放。

我的“读书记”和我的“红楼梦”

吴 冲

4月23日，是世界读书日，其设立目的是推动更多的人去阅读和写作，重头戏是全民阅读。每到这个体现地方文化底蕴的日子，我都会觉得我们高州缺了一些什么似的，这就让我很自然地想到了那幢已不复存在的红楼图书馆。

图书馆是一个地方的文化符号，是一个地方的吉祥物，是一个地方的灵魂栖息地，是文化绿洲里的参天大树，是文化沙漠里的一泓清泉，是人生路上的加油站。假如一个地方，没有一座似模似样的图书馆，那么，这个地方就少了一双又一双发现新未来的眼睛，就少了一对又一对翱翔新大陆的翅膀，就少了一颗又一颗探索新高峰的雄心。江河万里，其源必长，图书馆，或许就是我们取之不尽、用之不竭的知识源头。它丰富的知识库和知识图谱，给了读书人充足的、健康成长的营养和卓有成效的指导价值。

庆幸的是，那时候，在我成长的青春阶段，高州有幢遐迩闻名的图书馆，造型独特，古色古香，红墙绿瓦，既是图书馆，也是文明门，是人们出入城央的重要门户之一，在众多建筑中独树一帜，有效地提高了高州的知名度和影响力，我们习惯性地称之为红楼图书馆。这红楼图书馆，是在二十世纪抗战的四十年代，在原文明门的旧址上重建的，引进了新式图书馆的模式，保留了原来文明门的通行功能。它馆藏丰富，孤本不少，善本、线装书甚多，更有解缙、朱耷、康有为、梁启超等名家的字画收藏，镇馆之宝之多，让人羡慕。在当时，曾经在全广东省综合排名第二，仅次于省城广州的图书馆，是粤西一颗最灿烂的文化明珠，与高州冼太庙和高州宝光塔一起，成了“高州三宝”。当然，把红楼图书馆当成高州一宝，这是我个人对这幢红楼图书馆热爱所致。因为爱，所以爱，红楼图书馆已成为高州几代人最美好的和最心痛的难忘回忆。

当时的红楼图书馆坐落在潘州公园的对面，正对着县委门口，附近有体委和业余体校、高州中学、二中、工人文化宫、第一幼儿园、人民大会堂、公安局、检察院等单位。而我在当时，即二十世纪的八十年代，刚好成年，还需要成长的精神食粮。虽然那时候，我粮食供应本上每月有 28 市斤大米的配额，午餐和晚餐共有 8 两米饭，似乎满足了肚子不饿的需求，但是我在精神方面是严重的营养不良，甚至是精神萎靡不振，于是，红楼图书馆成为我的“精神饭堂”，是我常去的地方。为此，我几天不吃早餐，省下了两元钱，办了一个高州县图书馆的阅览证，证号是 000001 号，我拥有的 1 号阅览证也说明了我对读书的热爱，虽然此证是不能借阅珍贵馆藏的，但也可以常泡在阅读大厅里翻阅报纸和杂志，这让我成长的路上多了更多的现代化风情和风景，使我更有现代感和时尚感，为我融入社会实践带来了积极的影响。从此，我再也不像从前那样瞎玩了，自从有了去红楼图书馆的静坐阅读后，再也没有“人间没个安排处”的彷徨了。一种宁静、自由和知识的力量，在冲击着我的一颗似梦非梦的心。在红楼图书馆里，自己可以按下那些其他世俗的暂停键，我只让书本里的未知世界荡涤我的灵魂，并且让我知道，我的灵魂不会死，还可以这样的有趣。每次走出红楼图书馆，穿行于文明门，我都仿佛从历史里走了出来。如果说，神庙里供着的是信仰和敬畏的话，那么，图书馆里收藏着的是我们的理想和勇气，更需要我们去发掘出来，更有现实的意义。

当时，我住在公安局对面，到红楼图书馆不远，步行约五分钟，绕过体委的露天灯光篮球场、溜冰场就到。这个红楼图书馆，名称多变，因为那时候的高州有时候也叫茂名，所以旧称秀川图书馆、茂名县图书馆，现叫高州图书馆了。到馆的时候，要小心翼翼地，因为楼梯是宽阔、坚硬、古朴的木板，重重的脚步会发出咚咚咚咚的响声，楼上楼下的人会投来埋怨的目光的。沿楼梯而上，我发现了每个台阶的中间部分，是严重凹下去的，露出了岁月沧桑的“年轮”。你可以想象得到，从民国到当代，有多少高州人，或者外地人，在这里攀上了成功的巅峰？那时候的高州，出出入入的大多是来自不同地区的读书人，人数甚至超过了城中的原居民，有“广东四大文教之乡”的美誉，高州俨然成了当时的“教育城”，那凹陷的木楼梯，正是“书山有路勤为径”的真实写照，这是高州力承文脉、思接历史的真实踪迹。自古以来，高州人才辈出、名人众多，他们得益于传统教育和读书习惯，一代代人薪火相传，垒起了高州的人文高地。常有人说我们高州人喜好拿大竹烟筒吸烟，其实，我们高州人更喜欢拿着书本读书，结果就是常出“高考状元”。特别在红楼图书馆里，找到了更大的兴趣。虽然那些去红楼图书馆的脚步声已远去，但岁月的回声依然响亮。我爸吴炳礼曾对我说，他读茂名县立师范的时候，带着朝圣的心情，常到附近的茂名县红楼图书馆这里读书，踏响那些木楼梯之后，那些神圣的声音，还会在他的未来袅袅不绝，因为，读书已成了他最好的追求和生活习惯。后来，他在红楼图书馆里阅读了大量的进步书籍，高州一解放，他就报名参军，跟着又考上了中国人民解放军昆明陆军学院并留校任教，这也是他读书追求光明、进步的必然结果。他特别热爱高州的红楼图书馆，曾多次对我说，高州的文明门，是高州的希望之门，可以媲美省城广州的文明门，因为那里也有著名的省立中山图书馆，两地的共同特点，就是吸引了许多莘莘学子与爱读书的人来到图书馆里读书和感受书香的魅力。广东老一辈人，叫广州是省城的，而我父亲常常骄傲地说：“我们高州是小省城，因为这里有红楼图书馆。”那时候，只要是在茂名、高州县城这里读书的人，又有谁不到过这个红楼图书馆里读书呢？亲爱的读者，你不妨问下你的父辈、祖辈，他们肯定会异口同声地告诉你：那时候，我们这里读书风气日盛，我们到红楼图书馆读书是认真的。是的，我的亲朋好友的长辈中，有不少人在茂名或者在高州求学时，肩负着建设新中国的重任，都曾在红楼图书馆里读过书，实现了自我增值的过程。除了我爸爸，经常到红楼图书馆阅读的亲人，还有黄塘乡玉坑塘新村第一个考上高州中学的姑姑吴惠琼，还有黄塘乡大石垌村我妈和他的兄弟们。他们都热爱新中国而勤奋读书，成绩骄人。三个舅父黎永耀、黎新盛、黎新茂分别考上华南师范大学、清华大学、惠州师范，我妈黎瑞琼考上广东省银行学校，他们都有相同之处，就是喜欢读书，相信读好书，才可以改变人生的命运。耕读传家久，读书济世长。读书，是我们的家风之一。我们都明白，学到的知识，就是让自己的工具箱永远不见底，生存的质量，永远在提升。那时候的红楼图书馆，应是他们的好去处，也是那些热爱新生活的人们集合的好去处，或许他们知道，在图书馆里，有一条通向幸福的捷径。今天在图书馆里学习的沉寂，才会有明天的社会生活话语权。未完成的人生思考，也许会不期然地在阅读中，得到了大彻大悟。在时间的酝酿中，到红楼图书馆去阅读，已经成为读书人的惯性行为，深藏在我们的骨血和记忆里。阅读是享受，更是一种受益终生的精神力量。

记得，刚开始改革开放之际，需求知识和了解世界的读者，呈爆发式增长。我也觉得，读书的人是这条街上“最靓的仔”，在知识的海洋上，书，就是我通行四海的航空母舰。读好书，我就是自己的人生道路上的霸主，给了我“腹有诗书气自华”的自信。在未来的岁月中，低潮时，亦可笑傲江湖；掌声里，亦可内敛感恩。读书的人，自带光芒，心里也会“自带十万个为什么”，会让世界觉得你有十万个可能；不读书的有些人，每天蝇营狗苟，也可以成功，但是随着社会文明的进步，其成功的能量，充其量还是很低级的，就像山顶洞人，走出了洞穴和森林，寻找到了新的希望，见到了大平原而已。书里有黄金屋，也有我的神庙。读书，让我发现了一个不一样的自己、一个全新的自己，至少和那一些不读书的小伙伴们是有一些不同的。当我在一本书里翻筋斗的时候，我已经在你的全世界里路过了。在那个叫石龙的小镇里，我的眼睛是望高天流云的；在那个叫高州的大城中，我的眼睛是观夜空中最亮的星的。有人说，人生在世，最大的病是穷病。持这种观点的人，我想，他的一生是不快乐的，物欲会使人一生都在折腾，甚至有可能失控，在人生的路途上，符合了古代格言的“人为财死，鸟为食亡”的死法。而真正的读书人，他们在书中找到了“黄金屋”，从而使他们踏上了人生的成功路，跻身于“精神贵族”的行列，成就了自己的不凡人生。知识，就是碾压一切的磅礴力量。人啊，有读书这种爱好，多半是学霸，或者是智者，将来是不吃亏的！那真的是不浪费生命的行为。读万卷书，行万里路。古代人读书为了进京赶考，金榜题名。现代人的说法就是增长见识，理论结合实际，学以致用。学到老，活到老，思想永远不会老。当然，读书还有一个优点，在这里我偷偷地告诉你，读书的人，内心强大，不会轻易被他人情绪所左右，心理特别健康。好的文字，就是抑郁症的最好良药。当你被生活绑架了，读上一本好书，马上让你自己松绑了，仿如是劫后重生，又可以信马由缰了。

待人接物，书本教会了我很多。对待人民，我不会傲气；对待野蛮，我会有傲骨；对待历史，我会敬畏；对待陋习，我不会盲从；对待工作，我努力做好；对待问题，我努力思考；对待兴趣，我纵情有度。读书，从来不会让我迷失自己，书，或者就是你身边最好的老师、朋友、伴侣……是前行的GPS，读书的事，让我从来都未曾放弃过，即使是工作到深夜，我都会读上几页我喜欢的文字，或者写上几页我欢喜的文字。那时候，在高州奔波的岁月里，除了工作和运动，我都习惯性地在红楼图书馆的阅览室度过，在阅读的过程中，找到了自己想要的东西和快乐，是一个很有意思的寻宝之旅、发现之旅的过程。来一趟人间真的不易，我怎么可以错过集天下之精彩于一处的图书馆呢！庆幸有你啊，我们的红楼图书馆，我愿你陪伴着我，走过人生的春夏秋冬。

可惜的是，在二十世纪的1992年，就是在高州撤县建市的前一年，一场无情的大火，把雄踞在文明门的、气势恢宏的高州红楼图书馆，烧得片瓦不留，那些了不起的馆藏，听说很多都已化为灰烬。记得那天上午，我抱着刚出世几个月的儿子，从坍塌的红楼图书馆经过，内心不禁一阵悲凉。儿子出生后，我有一个宏图计划，就是和儿子一起阅读成长，到图书馆溜娃去，那才是我真正的天伦之乐。我总记得红楼图书馆的底层，就是儿童图书阅览室，林林总总的图书，总有机会让孩子着迷。我认为，到图书馆读书的小读者，如同一粒种子，在图书馆里的阳光雨露哺育下，获享知识的滋养，也会长出动人故事的，图书馆里有万物生长的律动。痛心的是一场大火，就把我的育儿计划烧没了，加上新馆直至到1999年才建好对外开放，期间，我唯有自己买了很多幼儿图书，供他翻阅，至少可以让孩子的成长，有亲情和阅读陪伴。儿童，不仅要有优质的奶粉，也要有欢乐无限的阅读乐趣。

现在，随着时代的进步和经济发展的利好，一些已毁灭的著名古建筑重建，是屡见不鲜的，如中国历史文化名楼之一的南昌滕王阁，多次重建，最新的重建工程是1982年正式开工的，我们的高州文明门、红楼图书馆是否可以重建呢？这个问题，值得我们去思量一下。重建，意味着先进的历史文化得以重生，意味着把满足人民对美好生活的新期待作为我们努力的动力，意味着文化传承是可以助推文化高质量发展的，这也符合了国家要加强文化遗产保护传承的要求的。对优秀传统文化的继承和发扬，是当前社会主义精神文明建设的主要方向。那一幢高州文明门、红楼图书馆，如果能够重建，一定能够调动人们的美好遐思的——它会成为历史文化名城的文化桂冠，它会成为文化旅游的最强发动机，它会成为诞生出可造之才的最佳孵化器，它会成为高州这个历史文化名城金城标，它会成为我们人生舞台的大背景，它会激活传统的先进文化……高州文明门、红楼图书馆，这时候，它的存在，不仅仅是图书馆那么简单，它仿如是巴黎的凯旋门一样那么有用，甚至要比这世上许多的门还要重要和显赫。重建红楼图书馆，我们可以恢复“高州文明门”的名字的。在高州的未来，我们都赋予它像“神”一般的存在——它是一幢集为人民提供阅读、休闲、艺术体验、文化交流、审美、娱乐、教育、旅游、新科技、人工智能、通行、地方文化、潮流生活等功能于一身的特色古建筑，具有高州的历史景象和如诗中的隽永意境。这里，有看不够的峻岭，有看不够的风景，有看不够的故事。在历史的皱褶上，有着远古的呐喊和未来的呼唤，有着我们坚定的文化自信。它的设计和选址，作为一幢体量不大的古代风格建筑，重建难度不大，只要外形高度地和历史原型吻合，再结合一下精美的中外建筑艺术设计就可以了。前人能做到的事，我们会做得更好。高州文明门，它可以成为潘州公园的大门，让文明的人流汇成欢乐幸福的海洋，穿门而过即见处于东方的高州著名景点文笔塔，那真是一个激动人心的时刻，一个非常有仪式感的时刻，高州文明门寓意深远，我们已然赋予它有了更美好的意义，想一想那场景，肯定是有“王炸效果”的。此时此刻，我快乐、自豪，我的心跳也在加速——在有“好心之城”和“文教之乡”之称的高州，一座伟岸、庄严的“高州文明门”兀然高耸在潘州公园上，一道金光掠过文笔塔，在特别典雅的“高州文明门”上散发着文明的光芒，这晨光第一线，绘就了一幅充满了朝气、充满了希望、充满了光明的最美的城市画卷，是高州的一道独特的文明城市风景，是高州的一张大方得体的文创名片。早起拥抱阳光的人们啊，你们的一颗文明心，已和城市公园的美好生活紧紧相连了，那灿烂的幸福感，仿如是这个城市色彩斑斓的鲜花在盛开，人们的一张张笑脸，是这个善良的文明城市最美的文明绽放。

在世界读书日来临之际，有心的人，会给家人或者朋友送玫瑰花和书籍的，而我在读书日这天，希望有机会见到人大代表和政协代表，我要找到他们说说心声，我会向他或她提出我的最新建议，就是“关于恢复重建高州文明门、红楼图书馆的提案”，或者叫作“重建高州文明门的提案”，祈求红楼图书馆再度以先进传统文化坐标的形象，出现在高州历史文化名城的系列建筑群里。以社会主义核心价值观，推进文化铸魂、发挥文化赋能作用，是为民惠民的民心建筑。让高州的文明之门，永不关闭；让藏书的知识，庇护着我们的千秋万代；让文物新生，为文明留存。我相信，读书，让我们找到了精神的出口；文明门，让我们走进了辉煌的新时代。

昨天我经过小观山附近，发觉通往小观山古代建的省级文物高州兴文石桥被栅栏围住，不知是在修缮还是要重复古代的模样。我想，这是好事，我们破烂不堪的兴文石桥被相关部门重视了，那我们重建红楼图书馆的日子，或许，也会来临的。古人以“培气脉、畅文风”之名，在母亲河鉴江河边的支流第一河上建兴文桥，说明了那时候的高州人是多么热爱家乡和读书。如果说兴文石桥是联通优秀传统文化的桥梁，那么，文明门就是带领我们建功新时代、走向文明富强未来的出发点。

我有一个美梦，我也希望，这也是你的美梦，就是在我们高州建立一幢永久性的红楼图书馆。这是一个展示高州人读书精神风貌的制高点，一个知识的高地、堡垒，一个了不起的文化遗存，一个永远矗立在我们心中的文化圣地，一个永远都是“网红打卡”、读书人一生流连忘返的地方。走进这文明之门，美好的生活会更精彩。世界进入高州的最佳方式，就是通过高州文明门，这道门，有高州灵魂的厚重开合。

红楼图书馆，你离我们还有多远呢？有一个带着伤感的声音在对我说：“不远，它在我们的集体记忆里。”

本花真就自石出

廖洪玉

在我心中，石本花这个女人是赵军锋先生长篇小说《摩步团》里的一个重要人物。这部优秀的作品我先后读了五遍，每读一遍，都会产生新的感受。

初读，感觉作者笔下的石本花生得有点贱，就像路边的石子那样被人踢来踢去，她不以为意反而乐此不疲。因为父亲当初的嫌弃，未婚夫王伟卿的家人在他提干后坚决不认这门亲事。但凡有点血性的女子，想必会就此收心另寻他爱，但她偏不这样想，而是在父亲的严令下千里迢迢来寻夫。他不认，她执拗不回，不明不白地在她自己认定的未婚夫驻地旁边租了个房，靠贩卖小商品苟且活着。

若为生活所迫，凭一己之力养活自己无可厚非。问题是她这样做的理由是“家里人都知道自己是来寻夫的，就这样一个人回到家里没法交代”，目的却是“每天能看到他就成了”。

读到这里，忍不住火从心头起。人家都不要她了，她还觍着脸死死地守着。如此不争，该争的不去争，不该争的却没脸没皮争个遍体鳞伤。看来，“女儿当自强”从古到今都只是人们的良好愿望。

再读，觉得石本花虽然是石头，但却是日晒雨淋得了大自然灵性的岸边石。她知道自己的婚事已经是花自飘零水自流，扎到东海不回头。但是，她心底里满满当当都是对未婚夫的愧疚，是对当年自己父母粗暴待人的补偿，原本的爱情被纯朴感情所代替。她悄悄地把对未婚夫的称呼改成了“哥”，自己不知不觉当起了知心姐姐的角色，凭借瘦弱的身躯，尽力掩护着自己当“哥”的弟弟。王伟卿的领导调查他们之间的关系，她把一切风险因子都揽到自己身上说：“这不关他的事儿，都是我的错。”王伟卿因为各种原因心生退意的时候，她又千方百计劝他：“你穿军装好看，男人还是在队伍上干有出息。”王伟卿为救她和别人打架犯了错误，被领导关禁闭，她千方百计找人求情未果，王伟卿禁闭期满被放了出来，她见面的第一句话竟然是：“以后你再也不要管我的事情了，你好好在队伍上干，你越有出息我就越有面子。你为了我犯错误，毁了前程，我的罪过就太大了。”

天长日久，王伟卿出于乡土观念和一段未了尴尬情，有意无意地接近她、照顾她。如果这样一路走来，两个人重归于好也不是不可能的事。可是，自卑而又敏感的她，毅然决然选择退出，毫无顾忌地把自己交给一个年过半百的半大老头子老庞。为此，她专门对王伟卿说：“老庞对我好，我要报答人家。我什么也没有，只有身子和这颗心。哥呀，我有归宿了，再也不拖累你了。”

每每读到这里，心不由得一阵紧缩：“这个女人不寻常，岸边石头也发光。”

三读，觉得石本花是一块被“皮子”包裹的玉石，当“皮子”被剥开的瞬间闪耀着璀璨的光芒。老庞为了教她切纸技术，不慎切断了自己的一条胳膊，她疯了一般四处搭救。老庞伤情未愈，她就表明心迹，要养活老庞一辈子。老庞的女儿反对这门亲事，她劝老庞放弃本来属于他们两个人的房子让女儿不再干涉这门婚事，用金不换的北京房产换来两个人的婚后安生。老庞因为残疾无法再在装订厂立身，两个人的生活面临巨大变数。石本花信心十足地说：“现在政策这么好，世道这么安宁，我们两个人不憨不傻，只要舍得力气，到哪儿都有碗饭吃。我要把老庞带到我老家，让我父母亲戚认了他这个女婿。”

一个被命运反复捉弄的女人，在接二连三的打击和厄运面前，不仅不怨天尤人，反而自立自强。原来，石本花柔弱的外表下面，是一颗钢铁一般的心。更难为可贵的是，她时时处处都表现出一股子发自内心的感激和感恩，毫不突兀地展现了她原本的质朴之美。要离开王伟卿了，她不无自豪地说：“老天有眼，让我遇到了世界上最好的两个男人，一个是我的哥哥王伟卿，另一个是我的丈夫老庞。”说着，她流下了幸福的眼泪。读者相信，没有一颗柔软善良的女儿心，是流不出这样的热泪的。

四读，认定石本花就像贾宝玉一样衔玉而生，只不过这块通灵宝玉是生在了她的内心。事实证明，好人一生平安对有的人简直就是奢望。本以为石本花嫁给老庞，从此可以相夫教子，天伦之乐融融了。可是，命运再次捉弄了她。老庞鬼迷心窍，或者说迫于生计又别无他法，竟然干起了非法印刷的勾当，理所当然受到法律的制裁，两口子一起被关押起来。王伟卿去看守所看望石本花，石本花一露面就一脸冰霜地说："你来这里干什么？快回去！这里不是你该来的地方。"看王伟卿不走，石本花又对管教说："这个人我不认识，他和我没有任何关系，赶紧叫他走！"说着，一转身，把一个冰冷冷的后背扔给了王伟卿。可是，读者却看到，就在她转身的同时，两股眼泪又潸然而下。世界上有一种滚烫，一定得通过冷若冰霜表现出来。

五读，直接就觉得石本花这块石头，是天外飞来的陨石，表面坑坑洼洼，芯子里鬼斧神工。已经和石本花没有任何关系的王伟卿舍身救战友光荣牺牲，原先口口声声和王伟卿一刀两断的石本花，费尽周折找到王伟卿父母栖身的旅馆。当听说整个楼层只住着王伟卿的父母时，她"咕咚"一声跪倒在地，双膝着地，就这样跪着走到神情悲惨的老人身边，以一声大哭道尽她内心深处无穷无尽的悲痛和心酸。她知道在这样的灾难面前，一切宽慰的话都是徒劳的，干脆放弃了这个念头，直截了当对王伟卿的父母说："王伟卿是我哥，我就是你们的女儿。我哥走了还有我在，你们放心，我来替我哥给你们二老养老送终。"说着，磕头不止，戳地有声。

因为卑微而倔强，因为厄运而坚强，因为一再受到伤害而善心爆棚，又因为能力弱小而不得不一而再再而三地直接解剖开自己的胸膛，把一颗怦怦直跳的红心捧给人们看。我们不得不信，石本花，真的是上帝派来的使者，来的时候，没带饰物，仅仅带来一颗星星般闪耀着人性光芒的女儿心。

这本小说，值得反反复复读下去。天知道，以后还会有什么样的深刻体会。

作者简介：陈铮，高州市作家协会会员，喜欢在平淡的工作中修心寻道。

挂念果

陈　铮

腊八节还没有到，就回到了久违的故乡，又见到那棵树，树是父亲栽植的。记得童年时，父亲把一个秋千系在结实的树杈处，从此，笑声飘荡在树叶中、院子里，一直到我上镇中学。

树似乎变得苍老了许多，但仍巍巍地站立在那院子里，冬天的阳光穿透稀疏的树叶把影子散布在土地上。

“叔叔，你瞧，这树上长有果实呢。”小侄女突然对我说。果实？在我记忆中，这树是从来不打果的。

记得小时候曾问过父亲，为什么这棵树不打果的？而父亲只是笑了笑，摸了摸我的头，并没有回答。

顺着小侄女手指的方向望去，果然，一颗鲜红色的果儿挂在树端上，晶莹的，闪着珍珠般的光泽，西红柿般大小。我很惊讶，也想不明白：为什么从不结果的树突然结出了果实？于是，跑去问母亲。母亲听了，并没有露出惊讶的表情，很显然，她是知道这件事的。她缓缓地说：“此树叫愿望树，这种果叫挂念果。”

“挂念果？名字是这样的特别。”我自言自语着。是的，叫挂念果，听老一辈的人说：当种植此树的人很想见到自己的亲人时，只要在树前许个愿，如果来年前树上结出了果实，许愿人的愿望就可以实现了。许愿结出的果实？我那个沉默如山的父亲吗？

我马上跑到那树底下，呆呆地望着那个晶莹得透明的果实。那是我父亲心愿的结晶吗？我那印象中不苟言笑的父亲对我的挂念之果吗！

霎时间，一种无法描述的感觉直涌上心头，惭愧的、幸福的心绪在交织着、舞动着，然后慢慢地顺着血脉从心腔中流向肢体，流向脚板，流向大地，潜入那树根的深处。

“叔叔，你在想什么呢?”“没……没什么。”我偷偷地擦掉眼角的泪珠，一把抱起小侄女走回屋堂。

“妈，我爸他人呢?”我问母亲。“嘻嘻，我知道，我知道。”怀中的小侄女拍着手掌说，“爷爷刚才到四叔公那儿去了。”轻轻地放下小侄女，向门外走去。“你和你爸早点回家吃饭。”母亲在背后叮嘱了一句。

小路旁的野花香从深冬的空气中渗入鼻孔、皮肤，整个人像荡漾在温泉之中，说不出的舒服。

刚走到四叔家门口的时候，父亲洪亮的声音已从屋堂传来：“来来来，干了这杯，这酒是小三儿专从城里给我带回来的，他知道我就好这口。小三儿，他回来了哪?是呢，昨天回到的。他都有三年没有回家过年了吧。是呀，今年总算可以一家团聚了，来、来，不说这个了，咱们兄弟再干一杯。”

我没有走进四叔家门，慢慢地往回走……

大年初五早上，我已坐在长途汽车上了，父亲没有来送我坐车。望着家的方向，我知道父亲已经来了，偷偷地望了望背包里的那颗晶莹如珍珠的挂念果，暗暗地对自己说：以后不管有多忙都要回家过年。

到城里后，我用一个透明的玻璃瓶子把那个果实密封了起来，放在办公台的右边，每当见到或想起它时，便有一股深厚的、浓浓的父爱之情涌满整个心灵以至不再孤独，同时身躯与精神也充满了力量，能使我自信微笑地漫步人生路。

我的外婆

张灵芝

今天又读到了关于外婆的文字，作者文笔下的外婆，八十多岁了，但身子骨硬朗，逢人便微微笑，乐观豁达！让我很是羡慕甚至有点嫉妒，也让我多少有些伤感！

在我还很小的时候，周围一起玩的小伙伴们经常都会谈论一件事，就是什么什么时候去探外婆，外婆家怎么怎么样，外婆待他们如何如何好，去了都舍不得回来云云……

年少的我开始总是很好奇，就回家问妈妈，什么（谁）是外婆，我们有没有外婆，为什么我们从来没有探过外婆……

每当妈妈听到我们问这些，总会流露出莫名的伤感，眼睛都是红红的，还带泪，哽咽得说话都说不上来。我就更好奇了，可是看妈妈的神色，又不敢多问，不知道到底是怎么了？为什么一提到“外婆”两个字，妈妈都会伤心难过？为什么，为什么……无数个为什么在心里藏着，一时找不到答案。

我也偷偷地问过小伙伴，他们的外婆是谁，在哪儿的？他们懂得也不多，回答我的是，外婆就是外婆，在外公家。

后来等我慢慢地长大了些，我发觉我们每年都会去好多次外公家，我印象中小时还在外公家小待过一段时间，但他非常忙，好像总有做不完的事，忙不完的农活，所以也没问过他关于外婆的事。但我每次去到都会四处留意，却也总没发现有“外婆”。

随着慢慢长大，有关外婆的问题问得多了，妈妈或多或少地稍稍说了些，说是我们没有外婆了，外婆已经去天国了，你们还小，现在还不懂，等你们长大后就会明白的，现在就不要再多提了，知道吗。

现在我还清楚地记得，四年级的时候老师布置过一篇作文《我的外婆》，我实在是不知道怎么写，一直拖着，实在拖不下去，就找了篇作文书上人家写的《我的外婆》，稍做修改便算是有作文交了了事。

老师当然能看出我是为了完成任务而抄写的作文，就问我为什么要这样做。我很委屈地说："我都没有外婆，你叫我怎么写……"便肆意地大哭起来。过了好久，老师给我擦干眼泪，语重心长地对我说："这确实是很为难你，但你也不应该抄作文，应该和老师讲明原委，而且，没有外婆已经是不可改变的事实了，但是我们可以想象，想象你想要的外婆是怎样的，想象如果有外婆在，我的生活又是怎样的，这样再写出来，就充满真情实感，就是真实的好文章啊。"

如果今天我的外婆还健在，也应该已经八十多岁了，我想她已经头发花白，也可能白的更多些，但会扎着两条长辫子，脸上也应该爬满了岁月的痕迹，牙齿也许都掉光重新镶过了，但却是慈容满面，身子板瘦小但还硬朗朗的，逢人便眯着眼睛呵呵笑。

她一定会很疼爱我，每次我回来看她的时候，她都会亲自给我做好吃的，甚至连平时拜神的糖果都舍不得吃，留着等我回来；每次回来，都会摸摸我的头，满脸宠溺地对我说："乖孩子，你看你又瘦了，工作很忙很累吧？来来来，快坐下来休息一下，等下给你做好吃的，给你好好补补哈！"

"好，多谢外婆！"

"好孩子，工作虽忙，也要多注意身体，不能拼得太尽，你看你从小就乖就上进，如今为人父母了，还要多给点注意力照看好孩子们，他们还小，好好培养，有时间多带他们回来看看我这老太婆哦。"

"当然了，也不需要太记挂我，我在家能照顾好自己，你们出门在外，要事事小心……"外婆一定会在我耳边絮絮叨叨个不停！

边絮叨边来回进出厨房忙活着，很快外婆亲手做的可口饭菜就上桌了。

如果，如果这一切都是真的，该有多好啊！

可是，这都是不可能的，您甚至没给我与您相见的机会，便已"私自"离开了，您可知道我想您！您可知道我是有多么的羡慕那些人到中年了，都还有外婆宠溺的人！

如果可以，如果可以选择，来生我一定要选择降生在一个有外婆疼爱的家庭，以弥补我今生无法触及的遗憾！

作者简介：林汉娥，笔名春天，高州市作家协会会员。诗歌、散文等作品见于《茂名晚报》。

忆老师吴汉新

林汉娥

吴汉新是我读初中时的教练兼体育老师。

那时吴老师五十多岁了，略显肥胖的中等身材，宽阔的额头下面有一双炯炯有神的眼睛，说起话来，双眼微眯，声音洪亮如钟，笑容满面，与那慈祥的笑面佛无异。

吴老师有一个外号叫“老革命”。提起老革命，识得他的人都会说，这个是好老师。他的勤俭、朴实、爱生如子的高尚行为影响了泗水中学的几代学生。他的哥哥吴汉兴早年参加革命，是我党地下驻根子、分界、泗水一带的领导人，由于叛徒告密，壮烈牺牲了。吴老师是烈士家属，因而大家称吴老师为老革命，他确实成了名副其实的老革命。

我自识吴老师起，见他天天都在运动场上“革命”，认真耕耘他的一亩三分地。他除了上课，就是戴着草帽，腰上缠着白带子，拿着锄头，填补凹凸不平的跑道、锄草、捡石头、扫杂物……运动场上的跑道总是显得平整、干净。他负责带运动队训练工作，为了给队员加营养，每天天不亮就去市场买猪骨回来，亲自熬好汤后去指导学生训练，训完练后又要看全校出操……

初一的时候，我被选入校队参加径类集训。全队里面个子最矮小的就是我，用吴老师一句话说：一阵风过后，找不着汉娥在哪里。我当时想打退堂鼓，他看出我心中的顾虑，语重心长对我说：“你跑步气魄够，小腿折叠得高又快，是中长跑的好苗子，你想出人头地，唯有坚持练习。”之后，他就布置我一个训练计划，要我每天一步一脚印地按计划完成任务。

吴老师在我们进行训练时，就会滔滔不绝地谈起，他读书的时候，赤脚步行二十多公里，背着木柴和米去县城求学，经常饿着肚子在月亮下看书的情景。他又经常将大师兄大师姐们勤奋训练体育术科、努力学习文化课考入湛江农业学院、华南农业大学、广州体育学院、湛江师范学院、华南师范大学等事例，讲到精彩之处，忘不了向众人投送意味深长的目光，而我总会在那目光下默默地沿着运动场一圈又一圈地跑，好像我有一条腿已迈入了大学的门槛。

读初二时，在参加镇级比赛训练的那段时间，刚好放农忙假，我惦记家里的农活和妈妈。早上训完练就走，有时候下午没来集训。在一次训完练后，我马上骑自行车往家里赶，吴老师拉住我车头，问我赶着去哪里，我说回家。他说，你的纪律性一向很好，这几天反常，再这样下去，我不让你参加比赛了。我没说话，蹬着车就跑了，他居然也骑着车跟在我后面，一路上，与我保持一段距离。

到家后，我赶着去做饭给妈妈吃，妈妈干农田活儿闪了腰，情况比较严重，下不了床。吴老师进入我家后，他看着我家家徒四壁和睡在床上的妈妈，皱了皱眉头。妈妈见是老师来了，有点惊讶，扯着嗓子对我喊："阿娥，倒水给老师饮。"

吴老师连忙说："嫂子，不急。"妈妈问："老师，家访？这两天早上，她老是往学校赶，不知道发生了什么事呢？"

吴老师望着我将柴火添得旺旺的，微笑着说："阿娥好争气，她很有体育天赋，并且刻苦用功，1500 米、800 米是学校女生能跑出最好成绩的一个。她近段时间训练不正常，所以我来看看。"

过了好一会儿，吴老师对我说："放假期间，你安心在家帮妈妈干活，今次比赛你不用参加了，下次市运会比赛你必须参加，你每天坚持按我的计划自己练习，有空的时候多看书。"然后，他掏腰包出来，搜了一会儿，侧头想了一下，最终还是将五十元钱放在我手上，叫我买点肉给妈妈吃。我不敢领，他生气地把钱丢在地上，然后就骑自行车走了。那渐远的蓝衣衫背影，在我泪眼蒙眬中显得高大起来。

初中毕业一晃过了三十年，往事还历历在目，若不是当年吴老师的慧眼栽培，今天的我哪有机会成为一位人民教师？如今我也成了一名中共党员，每想起恩师吴汉新，我心中便有一股暖流流遍全身，希望自己能做个像吴老师那样一生饱含热情工作、爱生如子的好教师。

“穷佬粽”的记忆

张甲旭

高州有一种特别的粽叫糠头板，俗称“穷佬粽”。它是缺粮时代的产物，以糠头米碎或再加入山上的蒴头为主要材料，配以大头菜的干叶、花生为馅料制作而成。如今时代演化，都选上乘的米做糠头板，更以猪肉、豆炸、虾肉等为馅料，口感弹牙、香韧、爽滑，蒸焗中透出的粽香，远远便能闻到。

做糠头板需要用粽叶包裹，粽叶是上等冬粉薯（学名竹芋）叶。冬粉薯春植冬收，入秋时分茎叶生长最为旺盛，其叶展宽阔，一叶一粽正好，青绿的冬粉薯叶带着淡淡清香，是裹粽的上好材料。

不过，过了秋分时节，冬粉薯叶变得枯脆，秋分后便无粽叶可用，加之如今乡村里更是鲜有冬粉薯种植，种种原因，糠头板粽便很少出现了。

但它却像时光的暮钟，藏着大集体时代的记忆，藏着父母乡邻的恩情，我们一家人对糠头板粽情有独钟，每年必选父亲诞日做糠头板粽。

当年，农村是以工分统筹分配物资的，劳动力少、人口多的人家基本是超支户。超支户的粮食只能先领一半，另一半留在生产队仓库，目的是促大家尽快上缴超支款。每年双夏大忙结束，立秋当日，生产队便放假，让村民休息半天，这半天做粽吃粽是惯例。

我们家兄妹多，父母拖着五个幼小孩童和一个没劳动能力的堂叔，自然是村中超支大户。立秋节大家做粽的时候，我们却选择去卖木柴。

父亲做过供销社车夫，立秋是学校暑期，他用平板车装上满满一车木柴，我和两个哥哥一齐帮忙。宝圩镇离我家十多公里，全是弯曲、多陡坡的砂砾路，拉车的父亲在前面挂上绳子用力拖，赤着的肩膀立即深深勒入一道痕，我们兄弟自然不敢怠慢，翘起屁股叉开脚在后面推。而在下陡坡的时候，上半段父亲要增加刹车棍的压力，吩咐我们抓牢捆绑的木柴，站上板车的尾部，他则用肩膀扛着板车木梁，此时棍子摩擦路面发出一路刺耳的嚓嚓声音。而到了坡的下半段，父亲会回过头叮嘱：“抓好，准备放陡！”父亲说的“放陡”是让我们继续搭顺风车，木板车载着超千斤的木柴，在失去压制后顺惯性加速往下冲，父亲凭着多年的车夫本领，踮起脚尖飞快地奔跑。车速稍稍减弱时，我们兄弟在享受短暂刺激后就全都咚一声跳下来……

可有一天卖木柴并不顺利，从粮站赶到食品站，还是没一处肯收货。最后是父亲一个同行帮忙，到供销社才将木柴卖到五六块钱，一天饥饿劳累，可我们一分钱也不敢花，湿透衣衫地回到村子领回半担谷。村民见我家年年是一盆能见底的白粥，确实可怜，这个送上半碗粉皮，那个送来几块糠头板。这些艰苦岁月，父母的养育之恩，乡邻的相助之恩，无从言表！

一家人挨到大哥高中毕业，母亲也能给我们做糠头板粑了。立秋放假时，母亲忙着泡米磨浆，将馅料捣碎上锅，兄妹们则将洗净的冬粉薯叶剪掉头柄和尾尖，然后晾干。母亲将粑浆和馅料搬到桌上，拿起粑叶托在掌心，在叶子正中放上粑浆，拇指和小指上翘再将粑叶二侧收拢，向下裹折，底部扁平、中间凹的粑坯便完成了，我们开心地将馅料撒于浆面，用筷子均匀轻插，父笑眯眯地将糠头板粑上锅蒸焗……

岁月已经静好，劳累一生的父母已经离我们远去，我们每年仍在做糠头板粑。

作者简介：陈炳生，广东中华诗词学会会员，出版杂文集《留住根的遐想》、诗集《留住夕阳情》，部分作品被收入《中国当代诗人诗选》和《中国当代诗词集萃》。

岳父的酒长饮长有

陈炳生

人不能一生没有一点儿爱好，也许有一点儿良好的嗜好，才有益于身心健康，有益于工作事业的顺利，关键是能不能把住个“度”。就拿饮酒来说吧！在现实生活中，有些人除非不饮，一饮就烂醉如泥；有些人饮一辈子酒也不醉，关键是次次饮酒都有个“度”，我岳父就是这样的人。他一生很好酒，有酒量，非常理性，有节制，不多喝，不豪饮，基本餐餐饮酒，好似一餐没有酒，好像没吃饭一样。他活了八十多岁，酒龄略计也有一甲子了，爱饮酒，白的，黄的，红的，土的，洋的，放在桌上一起喝，但未听讲过一个“醉”字。他一辈子饮酒总量可能超过吨数，做了一辈子的酒神仙，天生有喝酒的命，从来不忧没有酒，的确是长饮长有，常饮常有。

岳父吴泽元，1922 年农历八月十一日出生于广东高州长坡肥屋坡村，育有二男三女。十五岁就开始挑担为生，凭着一副结实的身板和心智，不辞劳苦，既是挣钱养家，也是为了挣一份酒钱。新中国成立后，务农兼挑担，维持一家子生活。1959 年，由于故乡建高州水库，搬迁至火星农场罗平队，一直工作到退休。

后半辈子都是开荒种植、管理橡胶的苦力工。每到用餐时，岳父摸出一瓶酒，用牙咬掉盖子，一杯酒慢饮细品，有时韭菜煎鸡蛋或萝卜干与酒憨厚地爽一下，说是胶场佬苦力人家就靠这小酒打发日子。正因为岳父用酒气释放出来的体力，与岳母葛秀珍合力赚来的工资，赚足了全家生活费及儿女们的学费，儿女们在拉拉扯扯中慢慢地长大了。岳父有时也被农场粮仓抽去验收征收公购粮，算是最自然的工作不过了，工作很清闲，压力也大，好得有些酒友，免得自烦恼。岳父人缘好，走在路上，总有数不清的人跟他打招呼，嘘寒问暖。岳父是潇洒的人，有宽容的心态，一生不树敌，甚至能化敌为友，惹人喜爱，生活乐观，最难得的是保持着一颗孩童的心。

岳父尤其喜爱喝米酒。米酒主要价格适宜，再者米酒是用大米制作，长期饮用也放心。米酒是广东特有的一种蒸馏酒，岳父多数是饮本地土制米酒，以粮谷为主要原料，是以大曲、小曲及酵母等为糖化发酵剂，经蒸煮糖化、发酵而成的米酒。米酒酒精度数高，一般不空腹喝或喝急酒，先吃点东西后，慢慢地饮酒。几十年来，他什么酒都饮，二十世纪五六十年代饮用糖啤酒居多；七八十年代饮用酒以米酒为主，其他新的时令酒都尝尝；九十年代至2000年仍以米酒为主，饮酒适量。随着生活的改善，儿女们孝敬他，送去一些靓酒，有些名酒都有机会品尝。春冬喝酒怕着凉，适当加热再饮用，隔水加热，温热均匀后，浅酌低饮，用舌输送着热酒，感觉到味蕾一点点地通泰舒展，身体一段段地褪尽疲惫，心灵一寸寸地扫去凡尘喧嚣，还逐渐在小酌慢饮中体验到有一种品酒的乐趣。

岳父的酒，相识的酒。第一次我到他大女儿家做客，实实在在是相识的酒，同学带我到那里目的是间接与他二女儿相识。当然，他家就在隔壁，被请来相见之时，闲谈中没有人介绍我们相识。席间，他说二女儿叫他不要饮太多酒，一语道破了他是吴萍莲的父亲的天机，这样还是暗中认识了他。当我走出了罗平队时，议论我的话儿一概不知，只知他与大女儿对我还是支持。只知我是高中生，家有五姊妹，在农场玉山坡队教几个流鼻虫。至于什么五官端正、高大威猛的字眼，也许无谁考究。我的观点是合眼缘，没有异议，往后看发展。不久，我离开了教流鼻虫之地，来到农场胶乳厂，建立农场科研试验基地，当起了班长，参与三班制上岗，成为名副其实的工人阶级，爱情的发展仍是一个未揭底的谜。

岳父的酒，相遇的酒。有那么巧合，初次在开荒工地上相遇，我送他不甜不辣、度数不高不低的广东米酒。仅仅一次，兵团修梯田大会战，全部抽掉各单位班长、副班长轮流到三角垌进行开荒，每期二十天，我和这未来的岳父都是各自单位一个小小的班长，抽去开荒属轮训之列，并在同期参加，与他近距离的单独接触纯属首次，这种关系对外互不声张，可以说在场的人，只有我与他知道。开荒重活对于他如家常便饭，对于青年人是苦不堪言，正确对待吧！视作锻炼机会，当时我与他能否成为一个翁婿的关系，还是一个未知数，想利用这特有的难得机会，给他献献殷勤，既然知他爱喝酒，休息之余，买了两瓶广东米酒与他共饮，能连续陪他饮酒至轮训结束，这样的人生确实是荣幸。此事过后，他有些话语偏向我，与连续多饮几天酒有关，可能其他翁婿还是少有的这样享受，所以，后来他公开支持我与他二女儿的恋情算是一个“醉”友。也许命中注定，前生有缘，自那次在三角垌饮了相遇酒之后，岳父竟然一个喷嚏都没有打就把咱俩的终身大事定下来了。

岳父的酒，相重逢亲家的酒。自我结婚后，我父亲未与他谋个面，更谈不上饮酒。其实，我父亲与他早在三十年前就是酒肉朋友，由于各自搬迁到不同的地方，所以没有来往，以前他们同时都去过石骨圩做生意就已经认识与交流，父亲与四爹还能叫上他的外号，说明相互之间还是很亲近。重逢的那年已接近二十世纪七十年代末。岳父曾是生产队植保员，每年冬春季都有会议，那年植保会议选在姑娘坡队召开，他去参加会议必经我家门口，我父亲一见到他，相见如故地打招呼，父亲邀他散会到我家做客。父亲酒量不错，平常虽不常饮酒，若有人来客或节日都要饮上一杯酒，因为父亲年轻时是自家的酿酒师父。散会了，他领取了会议分的饭菜径直往我家走，父亲备了薄酒，还有时尚的花生米，虽然菜少，但两老饮得非常高兴。往后若是岳父高兴之余，他常提起那次特有的亲家重逢之酒，但可惜是第一次相逢酒，也是最后一次相逢酒，令人惋惜，两位老人都远去了。

岳父的酒，相聚的酒。儿女或一般朋友送他的物品，而没有送酒那么关注。儿女孝敬他的酒，有茅台酒、郎酒、五粮液等，这些酒清香纯正、优雅，空杯留香持久，他饮了赞不绝口。我也曾买过果味纯正的法国白兰地送给他，岳父用老花的眼睛盯着烫金的包装看了老半天，得知要几百元，惊讶得难以言表。葡萄酒具有优雅细致的葡萄果香和浓郁陈酿木香，口味甘洌，醇美无瑕，目的是给他换个口味。每年年初二探亲家，探亲者都带几瓶酒去相聚，这个相聚达三十多年，总之，岳父喝了一些酒，总是高兴得咯咯声，产生无穷的乐趣。有时也聚集到酒店，大家忘不了带瓶名酒，豪华包装容器里，倒出喷香的酒，我们轮流给他敬酒。

岳父的酒，永远喝不完的酒。饮酒依旧，岳父渐老了，走路不像以前那样两脚生风。岳父病危于2004年的那个寒冬，再冷也冷不过我的心，非常伤感。至2005年初春，岳父慢慢地老去了，他饮酒穿越悠远的时光，让人回味无穷。岳父远去的那一刻，我未能送他最后一程，深感惭愧。以这篇文章，送他一杯怀念的酒，请他安息。他今后要饮酒，后辈们在坟前送上酒鞠躬，让他有永远喝不完的酒。

忆六婶（母亲）

陈炳生

世上有一种爱，最无私，向你倾尽所有；最伟大，你的一生都要从这里开始；最高尚，对你的付出从来不要回报；最纯洁，都是母爱。谨以此文纪念我逝去的母亲。

为什么称呼我母亲为六婶呢？想弄清前辈称呼的由来，我也曾经看过一些文章的记录，读后实际也是一知半解。过去传说父亲叫叔，母亲叫婶，乡下习俗，担心孩子不好养，怕被“常无仔”这个坏东西盯上了，拉走或夭折，难以成人。为了糊弄“常无仔”这个坏东西，让它以为这小孩没爹没娘，怪可怜的，不要加以伤害，故称父母为叔婶。我父亲是奶奶生育的第六胎，儿女们称父亲为六叔，称母亲为六婶。从小开始儿女们一直这样称呼，称呼到六叔六婶逝去为止。

1

六婶，由于家庭几经搬迁，一生干过很多项工作，但她干一行爱一行，干出样子来。她虽然是普通老百姓，平凡得如一般妇道人家，未见过大世面，未入过正规学堂，只不过在新中国成立初期，年近三十岁时成为扫盲学员，经过扫盲运动，曾经通顺念熟当时编好的顺口溜：不识字真困难，不会写，不会算……后来认识加减数和几百个中文字，在党的教育下，扫盲也提高了思想觉悟，懂得一大二公为集体贡献力量，既是扫盲积极分子，也是走合作化道路的先进分子，在种田农业生产中基本是农耕的苦力活，担秧、挑麦、插田等，这些日晒雨淋劳动都不轻，她发挥一顶俩的作用受到表扬。

后又因家乡建高州水库，六婶也不拖后腿，与村里的人全家搬到高州县跃进桑场，以种桑养蚕抽丝为主业，为国家出口蚕丝努力劳动，她开始学习掌握了一套养蚕新技术。当时正处在国家困难时期，桑场领导发动困难家庭自养木薯蚕，六婶第一个响应桑场的号召，利用业余时间多开荒种杂粮填饱肚，大种木薯，木薯叶用来养木薯蚕增加蚕丝出口，又增加副业收入，木薯也可当粮食，为五个正在长身体的孩子度饥荒难关寻求门路。当时，六婶为此付出了很多，白天要正常开工挣工分，完成桑场安排的生产任务，半夜还要两次起床给自养蚕虫添叶换屎，早上天未亮就到五边地去采集木薯叶回来喂蚕，她每天睡眠顶多也是两三小时，到底每天有多累只有六婶自己知道。现在回想起，六婶给儿女们的爱太多了。

再度搬迁火星农场，六婶与一大批移民搬到离高州城三公里的山旮旯处，说是生产队连个名字都未有，那里菇稔满山，口传地名叫菇稔坡，写信地址不少人觉得不知怎写，后来不知谁写了这个谐音叫姑娘坡，多人习惯了，后来就叫姑娘坡队，当时还没有住房，在远处找个旧猪舍临时住下来，万事从头开始，大家还是安下心来工作。这时六婶被安排管理橡胶中小苗，作为一个中年妇女，面对着橡胶农场基本是开山工修梯田，挖穴种胶，深翻带，每天上山挑着百斤重肥，都是重苦力活。下山一担草做牛栏肥，对胶树又是松土，又是追施肥。她负责管理全山号橡胶苗长势达中上水平，每年一次派员来测量增粗都超指标，超额完成任务。随着增多橡胶开割数量，引来不少青工夫妇割胶，大多数有小孩，晚上三时左右上山采胶，家中小孩夜里无人管，生产队立刻组织幼托所。领导认为，负责这项工作必须要有爱心，有耐心，要细心才行。职工推举六婶当保育员，开始六婶思想也不通，觉得跟幼儿打交道，一把屎尿，也很难做到每个家长人人满意。领导开导六婶，干什么工作，没有贵贱之分，都是为国家贡献力量，你要看到职工对你的信任。就这样，六婶每晚三时起床就到幼托所上班，对待每家孩子一样视同己出，不分亲疏都关心备至，每天来接孩子的家长都感到满意，并指导家长做好孩子日常防病工作，这些也受到好评。由于她对幼托工作认真负责，近十年来受到职工的好评，一直干到退休。

2

六婶的爱心感恩，源于娘家环境的耳闻目睹，从幼小的心灵就播下了种子。她生于 1920 年高州石龙塘底村，村里姓吴的氏族数百年前就聚居在一起，是一个非常亲密的家族圈，个个客气有礼，互相帮助，尚存“先民淳质俭约，服从而易化”的遗风，若与他们攀谈着相互间的家境，咱们的心很快就贴在一块了。

六婶，秉承着她父亲的精神，吃苦耐劳，敢于承担，做事认真负责。家里有什么大事情，与亲戚的交往、生产队领导的反映、儿女的去向、米缸的半满都很清楚，处理问题及时与六叔商量。六婶作为娘家的大姐大，娘家人在每年青黄不接时段会向六婶伸手借钱，次数多了，她也感觉真是好女儿易做，好媳妇难当。本来自己一大家人生活也不宽裕，最困难时也向工会申请补助，宁可自己借钱用，也千方百计解决娘家人的棘手问题。还有那些长坡、石龙、新垌的姨生，也有那么一两次伸手借款应急，她都想尽办法解决。儿女逐渐长大工作，这些棘手事儿，她只是向儿女通报情况，从来没有摊派。只是有一件太棘手的事发生了，她实在无法自行解决，才向儿女们求助。那年，舅母国庆节来到姑娘坡队我家做客，不知怎地摔了一跤，造成流产大出血，人命关天，立即送医院抢救保大人。住院抢救大人所花的费用近千元，对于当年只有二十多元月工资的六婶来说，简直是天文数字，在万不得已的情况下，召集儿女五个开会凑钱解决。事情解决后，六婶才放下心中的大石头，回到正常的生活轨道。随着年龄的增大，身体多病痛，1993 年底六婶仙逝，亲人们都很心痛。1994 年春节过后，兄弟们组成探亲队伍拜访塘底村的老亲戚，见到亲戚，拉了家常，加深了亲情，看到我们永远忘不了亲情的塘底村，以告慰母亲的生前愿望。

3

六婶，其实在年轻时就练习了一手缝补浆洗生活技能，结婚后，也很快就适应这种自耕农的生活环境。山上有木材、油茶、柴草随时可取，山下有水田可种稻，冬季可种麦，五边地可种杂粮、青菜、棉花、黄麻、白麻等，一个封闭式的小山村，所出产的产品大多可用作生活的原材料，能满足六婶施展缝补浆洗所学的带来技能，纺纱织布、缝衣服、浆鞋底、洗衣服等，在生活中发挥得淋漓尽致。

曾经生活在长坡关塘村十多年，白天，六婶除了外出下田或上山斩柴劳动，其余大多空闲时间都是纺纱或在织布机辛苦度过，直到二十世纪五十年代末，因家乡建水库要搬迁，六婶才停止了织布，她所织的布足够一家子每人一张被，孩子粗布衣服可穿到十四五岁。给我用的那张浅蓝色的粗布床单已陪伴我度过二十多个春秋，无论到学校或工作单位宿舍我都带上，什么丝绵被竹纤维等现代床上用品都比不上它舒适。当然它不很美观，甚至土气，可我却喜爱有加，因为是母亲付出的艰辛，曾经春夏秋冬周而复始地陪伴着我的起居生活，在我结婚后仍然不失为最珍贵的纪念品。

六婶织的粗布可做床单，可缝衣服，在床上、在身上陪伴我们度过了少年时期，这是我人生最为宝贵的财富。六婶还有一个想法，在二十世纪五十年代当我们才几岁或十多岁时，很早就计算儿女们成家立业，提早给每个孩子织一张蚊帐，她不知道社会变化这么快，七十年代送上自织麻蚊帐，虽然过时了，但我感觉母亲织的蚊帐存在的意义不在于时光的流逝，我把麻蚊帐保存在衣柜里，那么新。每当打开衣柜看到密密麻麻的新蚊帐，好似还依然能触摸到六婶五十年代留下的爱心和双手的温度。

六婶平常见到自己的孩子上学早出晚归，没有什么挂记，但是当孩子升学去远方时，所表现的心情让我难以忘怀。记得那年我去远处学校读书，出门时，六婶眼里含着泪，向我挥手时还是尽量带着微笑，当我转身走后，六婶的眼泪滚滚流下来，仿佛我出远门像嫁女一样，那种心酸都表现出来。虽然，她说十根手指不一样齐，但根根手指都连着母亲心，谁都爱，她的泪怎么也止不住。此后有几次往返，又出门，她还总是心焦的。虽然，我们儿女都爱母亲，但是，哪里抵得上母亲爱我们这些儿女们的十分之一呢？

作者简介：杨扬，原名杨胜鹏，高州市作家协会会员，闲时爱读书看报、摄影以及运动，常用拙笔写下三言两语，记录点点滴滴，以简单文字留住过往美好，分享旧日乐趣。

你最爱的书

杨胜鹏

客厅里。

茶几上，依旧整齐有序地摆满你最爱的书籍，但是，我却丝毫也找不到任何关于你的痕迹。

我知道，每个人都有自己的任务，都有自己的思想和行为方式，也都会为自己的理想而努力，而奋斗。

你，也不例外。

你做的一切，我已懂。

可惜这一切，你已不再。

（一）

时间，丝毫没有停留片刻，只会一直向前。而过去的一切，仿如昨天，不断刷新着回忆。

每次回到家，我都要在那张熟悉的沙发上坐上一会儿，翻开茶几上的早已被你翻得残旧的书籍，泡上一杯你最爱的绿茶，细细品尝绿茶的清香和享受书海带来的一丝安宁。

书刊报纸，一直都是你的最爱，慢慢地，我也喜欢学着你在书海里沉醉自己，在书里寻找关于你的记忆。

其实，从三岁那年你送给我第一本书法诗歌伊始，我便开始学你的样子，摇头晃脑地沉迷于书海，一直以来都是这样，我都会用笔书写我内心深处的情感。或许比不上别人，给你增添各种荣誉，但是，我知道，每次拿回一张张写作比赛获得的证书奖品时，你都会高兴好几天，虽然你不会轻易表露，不会告诉我你的赞誉，甚至装作若无其事，也只是希望我能完成你所有的希望。

时间，并没有让你我沉醉，只是证书已被尘封，我从来不会拿这些引以为豪，去炫耀，去摆弄。而我成长的唯一动力，就是让你爬满皱纹的脸，依然会绽放最美丽的笑容之花。

茶香，慢慢溢满整个客厅，让人心醉，如果现在你在家就好了。

是的，如果你在家，多好啊！

可是……

（二）

其实，虽然你不说，但我也知道，你也有自己喜欢的东西，只是你不说，我也没有问，彼此之间一直永恒守护。

你说你喜欢读书看报，每天工作之余，都会一个人坐在那张沙发上，透着茶香，慢慢沉醉于你自己的世界，然后把书里的观点给我详细讲解和剖析，但是，这些却与你的工作丝毫也不沾边。

你说你喜欢看全球新闻，知识视野也丝毫没有受年龄和工作的限制，对事情总有着自己的一套理论，每次都会毫不犹豫地用国际视野不断压缩我不科学、不理智的观点，给予我正确的思绪。

你说你喜欢蓝色的大海，喜欢它的辽阔、浩瀚，所以你经常拉着我的小手，漫步于软柔的海滩，用大海的博大来教育我，做人要厚道，办事要认真。你说你喜欢吃我们亲手做的饺子，所以每次吃饺子，都是你最开心的时候，而且会大口大口地吃，那小孩子般天真的笑容，久久令人难忘。

可是，现在我慢慢长大了。现在也学着你的样子，接替了家庭中父亲的位置，也慢慢明白，当初你的含辛茹苦。

记忆碎片，依然可以拼凑出过往的美好，而你，却不再牵着我的手，漫步于柔软的沙滩上，叙述着人生的过往云烟。

已不再。

(三)

有些事情，一旦成为过去，便铸就永恒。

有些东西，一旦坠入历史的长河，便会随着时间的推移，把所有的记忆碎片埋没，即使是瞬间，也会无遗。但我知道，你一直都在，一直都在我身边，支持我，鼓励我。

可是，为什么我却总是找不到你挥舞自信的身影？在我成长的道路上，你为何只出现在我的前二十多年，而放弃出现在我的后面几十年？

其实一个人的成长，真的很辛苦，很痛苦。几次尝试拭去遗憾的泪水，我依然无法相信，无法相信这个事实，无法原谅我曾经的愚昧和无知。

天空，云彩依然，阳光，虽然谱着七彩云霞，却丝毫不能温暖我的内心。

对不起。

我真的想你了。

我无法像他们一样，装作若无其事，一副满不在乎的样子，每每想起你的音容笑貌，就犹如昨日一样，依旧是那样的美好和温暖。路，依旧还在继续，你依旧爱在我心里。

作者简介：卢凯健，女，闲暇之余喜欢读书，也喜欢偶尔写写心情日记。

断奶日记

卢凯健

一

我被断奶的第一天，终于要过去了。

如果非要用一个成语来形容今天，我想，撕心裂肺是最适合的。

就在一个小时前，我还在激烈地哭闹着。

原因是妈妈明显注意到我打了一个哈欠又一个哈欠，还不停地用小手去揉眼睛，可她居然没有来抱我，而是让爸爸抱，我以为她还没空闲下来，便用尽了吃奶的力气继续撑着眼皮，虽然已经困得大脑疲劳、眼神迷离了。结果却没等到妈妈的怀抱，反而是看到她拿了一瓶牛奶递给爸爸后，便狠心地转身离开，还关上了房门！

看着冰冷的房门，我一度陷入了恐慌。为什么，为什么妈妈明知道我不喜欢喝牛奶，更不喜欢吸吮那个坚硬到没有丝毫温暖的奶嘴，却还要让爸爸硬塞着来喂我？

幸好我哭着闹着不断地反抗，直到嗓子都沙哑了，才坚守住不吃一口牛奶的原则。

只是哭着入睡的梦里却也是极不安稳的，嘴巴总是咂吧咂吧地吸吮着。也许是我想起了从早上到晚上，都没有吃到妈妈的一口奶，馋了吧。今天真的太伤心了，有好几次我一闻到妈妈身上的奶香味，便口水直流，不停地往她身上拱呀拱，结果是明明近在咫尺，妈妈却又狠心地让我觉得远在天涯。虽然妈妈的表情也很悲伤，可我真的好想吃，好想吃啊……

二

断奶的第二天。

早上 7 点多，我就起床了，眼睛有点难受，可能是昨天哭肿了吧。我一如既往地拒绝奶瓶，不管妈妈是想给我喂水还是喂牛奶，只要她一塞到我嘴里，我就用舌头顶出来，还拼命地用手推开，每次都能看到妈妈假装生气又无可奈何的样子。不过我似乎真的饿了，在妈妈换小勺子给我喂牛奶时，我觉得自己像个非洲难民，居然不顾形象狼吞虎咽地吞了 50 多毫升。我听到妈妈很高兴地对爸爸说："终于吃了一点儿牛奶，今天是个不错的开始。"

下午，爸爸妈妈带着我去外面玩。环境陌生又新鲜，还有很多叔叔阿姨们在不停地聊天南与地北，我并没有太多的注意力在找奶上，只是在 4 点左右哭闹了几下，便被爸爸抱着睡着了。

好像很久没有吃到妈妈的奶了，是一天、两天，还是多少天来着？我还没有多少记忆力，但只要妈妈横抱着我时，我一闻到熟悉的味道，还是会往她怀里蹭呀蹭，磨呀磨。好习惯不容易养成，但坏习惯也很难改掉啊，都怪妈妈从我出生开始，就让我慢慢养成了依恋母乳而且要奶睡的坏习惯。

晚上我依然是 9 点左右睡觉，理所当然是在大哭大闹之后，自然也是在爸爸的怀抱里入睡的。

三

断奶的第三天。

早上 6 点，我醒了。妈妈给我泡了 120 毫升牛奶，我抱着试一试的态度，吸了几口，仍然觉得奶嘴又冰又硬，便不肯再吸了。后来妈妈拿了空调遥控器给我玩，我贪图新鲜，一个不留神居然让妈妈得了逞，用小勺喂了 90 毫升。妈妈真坏，老是随便拿个东西给我玩，就偷偷喂我吃东西。

9 点多，妈妈喂我吃米糊，我把头摇得像个拨浪鼓，一点儿也不愿意吃，因为太困所以没有怎样闹，反倒很配合地在爸爸的怀里睡了半个小时，醒来时已经忘记了要找奶。爸爸陪我玩时老是用他的胡须楂子弄得我脸颊痒痒的，我说不了反抗的话，只有傻傻地咯咯笑。

午休时，我躺在中间，习惯性地翻向妈妈那边，我似乎又闻到了记忆中很熟悉现在却略带陌生的奶味，于是馋得直流口水，哇哇大哭，可怜兮兮地看着妈妈，希望她能心疼我，给奶我吃。可是妈妈很狠心，就是不肯满足我，仍然叫爸爸安抚我，那一刻我什么都不想，只想扁着嘴哭唱《太委屈》，于是整个下午到晚上都在闹，哭哭停停，又哭哭停停的。

四

断奶的第四天。

我逐渐忘记了吃母乳的感觉，基本上白天我已经不再找妈妈的奶，但我还是不喜欢吃奶瓶，一到困了，仍然会哭闹。庆幸的是，我已经能接受用小勺喂牛奶了，妈妈说，虽然母乳是最好的天然食品，含有很多牛奶比不上的营养物质，但她已经供不应求了，而我一味地依赖母乳不愿意接受其他食物喂养，所以她必须要狠心地戒掉我的瘾。妈妈还说，这一秒不放弃，下一秒就有希望，坚持下去才可能成功！

这几天，感觉过得很漫长。对我，对爸爸妈妈，都是一种精神折磨，现在我已经开始对牛奶、白粥、蛋黄等食物有了比较大的兴趣。

我终于戒母乳成功了，可我却从妈妈的眼里看到了一种失落和不舍，虽然我还不会说话，但是我懂，妈妈，我懂你！在你那段辛苦的十月怀胎里，我们血肉相连，曾经一起分享过同一种心跳；在七个多月前那冰冷的产床上，我们曾经一起努力地跨过种种磨难，你经历了骨开十指的人生极痛，我也尝到了降临人间的重重艰难；在这几个月的朝夕相伴里，你用整天整夜的煎熬，来了解我的一切需求，满足我的吃喝拉撒，培养我的作息饮食规律，如今你却没有丝毫成就感，甚至悲伤地认为你已经亲手把只属于你和我之间唯一亲密无间的纽带给切断了，从此我不再只依赖你一人，从此我的人生不再仅仅需要你……

妈妈，我最亲爱的妈妈，纵使我的人生会有万千场相遇，但赋予我生命的你才是这星河浩瀚、天地阔远、岁月绵长中缔结最深的缘分，谢谢你选择让我来当你的宝宝，你将永远是我唯一可以看见的最闪亮的光。

作者简介：宁与其，又名宁小邪。

最美的时光在心里

宁与其

青春忽妍好，半岭丽朝阳。那些年，我正青春，因身体不佳的原因而迟迟未婚，便一心扑在工作上，与孩子们打成一片。我和孩子们度过了最美的时光，做过很多很可爱的事。最有趣的是，被我教过的这些孩子，有很多在长大后成了我的朋友，那是多么美妙的事情。

我为了给孩子们加油鼓劲，去过奶茶店，让店员用奶茶杯注满清水就封口，美曰这是“能量杯”！全班每人拥有一个“能量杯”放于奋斗的桌前，累了就抱抱它，孩子们笑说这“力如神助”。我曾去过钥匙铺，让人给我买那些新的钥匙，发给孩子们每人一条，他们初见它，惊掉下巴：“老师，这钥匙是干什么用的？”我调皮地说这个是“开心”的！孩子们就乐得把它别在了自己的钥匙扣上。我曾经在 2008 年挑选了自己教学生涯中最难忘的 28 个花样少男少女写了一封“集体信”，打印成 28 份，每人一份，想办法给到他们的手中。这 28 个孩子既看到了老师笔下的自己，又看到了生动的“别人”，高兴不已！说能成为这 28 个之一，相当幸福。我曾经常常给孩子们奖一元的利是，因为一元就是一百分。孩子们收到利是，觉得自己是个一百分的孩子，真开心！我曾经真的为孩子们做过很多很可爱的事，而孩子们也为我留下很多美好的回忆。今天回想，自己仍含笑意。

（一）那一缕瑞气祥云

“女儿，你晚上常不舒服，你在班中挑选一个投契的女孩，一起睡，万一有事儿，有个照应。妈妈不能陪你。”妈妈的操心满满是爱，我也常觉得自己不孝，年纪不小，还要父母伤神。

我挑了秋云。这个女孩太热情可爱了，在教师节当天就把我融化了。她那天拿来很多用彩纸折叠成的蝴蝶和纸鹤，和女生们用胶纸和胶水将它们贴到我所住宿舍的破烂墙壁上。我书桌周围和上方的墙被装点过后真的焕然一新，我感谢她的心思细腻，为我营造了如此浪漫的美景。更让我感动的是，后来蝴蝶和纸鹤因为时间的流逝慢慢掉落，我拾起时才发现每个都写着祝福语的。

这个女孩留给我的感动太多了！在我生病的深夜为我煎过药、洗过衣服。在我不教她之后，匆匆路过我家附近不忘给我扔过荔枝和龙眼，大小节日多次邀约我去参加，还给我寄过不少信和贺卡。她的妈妈曾笑说她的妈妈其实是我。可见那时的她多喜欢我！现在我就是希望她早日找到她的男主角，永远幸福！

（二）那一份明目达聪

有个叫达达的男孩很沉默，沉默得让人觉得他“不存在”。但他的成绩很好，让你无法忽视！他的写作也强，那时还常在作文里表达对我的爱，那么真挚，那么感人。在他的笔下，我才知道自己那么好。但因为他平时的沉默，所以我与他也没有很多的交流。感动来自他离开我几年后的一天，我接到他父亲的电话：“钉老师，你能帮我救救达达吗？他的成绩掉得好厉害了！长大后也叛逆了！父母真的不知如何是好。你是他一直最认可的老师，我们只能求助你。我觉得你可以和他谈谈看。”我花了半小时和他通话，他都是在听，没发一言。我隐隐听到电话那边有异样的声音，我不确定他是不是在啜泣。只记得挂电话时，他说了一句：“谢谢老师！”而放下电话的我还是对他不放心，便给他写了一封千言长信，我在信的后面还画了一棵枝繁叶茂的大树，觉得还不够，我又用笨拙的双手为他剪了一对洁白的翅膀一同夹在信中寄给了他。后来我收到了他父亲的信息，说他考上理想的高中了！非常感谢老师对他的鼓励！再后来，我又接到他父亲的来电，说他考上重点大学了。好像每次有什么大的消息，他的父亲都告诉我。达达结婚也邀请我。早些日子，我又见到了这个有了一对儿女的年轻的父亲，我欣欣然：这就是当年那个沉默的达达吗？他已经是幽默善谈的好爸爸啦！

（三）那一只迪迪猫

我从不否认晓迪是我教学生涯里最欣赏的一个孩子。那时，他的好朋友小燕子和我说，她发了一个梦，晓迪在梦里变成了一只叫“迪迪”的猫，开始了他神气的王国之旅。所以，我就记住了他这个可爱的绰号：迪迪猫。晓迪有“数学王子”的美誉，但却深得我这个语文老师的认可，那是因为他写作从来不参考范文，总要写出自己的个性特色。他总有一些扎眼的错别字被我逮住。有一次，他故作崩溃地大喊：“老师，我求你不要太认真了。这些字我都错了几年了，之前的老师都放过我了，你怎么就是要给我难看？其实，你这么认真工作，我很怕你会过劳死。一到周末，你的背包里都是我们的日记本，这些原本检查我们做不做就行的，你却费心地去看去改，有时还给我们留话。老师，你真的太累了。”累是真的，但我享受着这份工作也是真的。

我感谢晓迪小小的年纪懂得心疼我，甚至担心过我会死亡。面对这样爱我的孩子，我自认对他的日记本里的文字也是看得特别认真的。有一天，我被他写的一篇《被遗忘的生日》震撼了。那种被亲友遗忘的疼痛，那种被孤独缠绕的害怕，写得太深刻了。我读完深深吸了一口气，就去翻了日历，并深深地记住了这个孩子的生日。我想，我不要他有这样冰凉的生日。他绝对不知道老师已经悄悄地记住他的生日啦！

时间又过了很多年，那天是晓迪的生日。我刚好没有晚自习，就萌生了一个到他的学校吓他一跳的想法。我用手机录了本班孩子给他唱生日歌和说生日祝福的音频，孩子们对这个师兄也是久仰大名，所以也特别来劲。然后，我就去商店买了一点零食，特别买了一个盐焗鸡腿。生日，就是要吃鸡腿才完美。当我奇迹般出现在晓迪的面前，这个家伙还真是被吓到了。周围的同学也是很羡慕他了！晓迪听到音频有点激动，说这将是最难忘的生日了。

长大后的晓迪还是每年能收到我给他的生日祝福，他很意外。他问我是不是用小本子记着的，要不怎么每一年都记得。长大的他，我真的没有那么用心去呵护了。他的生日和我一个很重要的人的生日是连着的，所以我就一起祝福啦。在此，我恭喜晓迪晋升新奶爸！要好好加油啊！

人们说：一个好老师胜过万卷书。我说：一个好学生胜过漫天星辰。我感谢我的生命里有一群一群的孩子经过，撒我花香的种子，还我耕耘的收获。我想写的孩子太多了！我想写小燕子，我想写小科哥，我想写扁头贤，我想写小螺号，我想写歪齿海，我想写 100 年的朋友，我想写高粱，我想写伟霞，我想写苏苏，我想写吕明，我还想写方正和富林……我想对我的孩子们说：你们都很精彩！从你们的全世界路过，我随便找一个写就可以了。

今天的我，也许做不到年轻时的极致，但依然深爱我的工作，依然感谢我正在任教着的孩子，感谢他们的陪伴和支持，我愿意为他们付出爱和努力，一起成长。

作者简介：莫莫，本名莫瑢，茂名市作家协会会员，文学爱好者。

季节的渡口

莫　莫

（一）燕归来

如今的天空渐渐青蓝起来，带着少许的白色。青树长出绿绿的嫩叶儿；春阳温柔如水，轻轻地泻下来，映着许多青青的面颜；远山静静地躺着。这四周常常可以捕捉到飞鸟划过天空的叫鸣，每当抬头看时，它们已消失在遥远的山外了。

然而燕子还是如约而至——她们总是偷偷地来，飞得很低，敏捷地从眼前掠过，带着嘈嘈切切。不知何时，房檐下就有了一个垒好的燕窝。湿湿的泥，牢牢地镶在墙上。每每可以看到两只燕子进进出出，嘴里衔着虫子抑或是叶儿。

睁开倦怠的双眼，隔着苍白的蚊帐，只见一束格外秀逸的阳光已破窗而入。

朗日不见得日日如斯，无非就又淅淅沥沥地下起雨来。刚发出的嫩芽儿，在雨中沐浴着，那是蒙娜丽莎渗着水的笑靥。突然，耳边飘过几声清悦的燕鸣，又见了燕子在微雨中穿梭。呵！我倒不曾想过燕子何时也学会了浪漫！

去年的残花如今已难觅芳踪，而燕子依旧是归来的。只是，那份惆怅落寞的记忆要伴燕子纷飞到何年！

春意阑珊，户外的草树越发的浓绿起来了。心想，哪时结上一个伴，再攀到那高高的山上，去看看那遥远的山外……

（二）岁月如虹

光阴易逝，不觉已春尽夏至。时而艳阳当空，时而微雨几许，正愁衣裳无法晾干，太阳又傻傻挂在天上了。

这样的天，该是有虹的罢？小时候，就常常在雨后的晴天里能见虹。

雨后鲜嫩的太阳，把大人和孩子引到门外。彩虹便在孩子们追逐玩耍时悄悄悬在天空，仿佛伸手可及。似乎是一种习惯，我们会很快对着虹叫喊起来，只是谁也不敢用手去指划。老人说，虹是灾祸的征兆，忌指，否则手指会烂会歪的。然而那虹儿的美丽，总使我幻想着：天地的人，大概可以通过它，互相往来。再加上好奇心的诱惑，几回见着虹出现时，冒险偷偷用手指了。

虽然虹是一种禁忌，却怎么也料想不到它的七彩颜色竟有着丰富的象征意义。记得赤色代表富有，黄色代表收获，绿色代表生命，青或是蓝色代表善良，至于橙色和紫色，却忘了。我们曾做过抢颜色的游戏。记得那时我是死要赤色的，这颜色不但宽大显眼，而且在其他颜色的上方。一次，一个伙伴也吵着要这赤色。不知为什么，我总是不喜欢她，居然逼着她让步，不许她和我一样。论年龄、力气，我胜于她。于是，她可怜兮兮地看着我不敢作声。那时我是何以如此蛮横的？要知道童心是最不可泯的啊！

如今虹儿依然绰约如诗，只是手指还不见弯曲的样子，于是又生疑惑。待想寻个老人问究竟，而他们早已老去！

于是渐渐明了，梦中无岁月。

往日嬉戏的孩童已长大成人。步履匆匆，不知他们是否还带着关于虹的传说。我却是常常记得的，如梦如幻。在记忆的欣喜中，又一直悔恨着，因那蛮横之事。决心再见她时，一定请求她的谅解。可我再次见到她，告诉她我儿时的不是时，她梦也似的说："是吗？有这样的事吗？"我想，或许她早已原谅我了。

童年连同那份悔恨，如同彩虹般逝去了。原来，一生中有些短暂的美丽，就是长久的拥有。我的记忆永是鲜活的。

（三）又是清秋

这几天心里颇不平静，总在夜阑人静的深夜醒来，静静地聆听邻家的古老的挂钟一下一下地敲打。时间便在这嘶哑的敲打声中一点点逝去。

此时有风轻轻吹来，带来丝寒意。毕竟是秋季呵！中秋早过，如今只剩一弯残月，孤零零地挂在天空，泛着苍白的、朦胧的光。于是又在这朦胧中昏昏睡去，做些毫无头绪的梦。

晨的纱帐，是被那一两声遥远的鸡鸣撩开的。敞开的窗子外面，早已弥漫了一层薄薄的雾气，云似的浮游。更有一层清新空气，带来沁人的寒凉。于是披衣而起。

苍茫的野外，依稀可望见几个早起的身影了。只是太阳还不曾露面。在这个季节，太阳也是个偶尔偷懒不肯早起的小淘气了。

雾渐渐淡去、散去，一切都清朗起来。太阳终于露出惺忪的睡靥，他带来的是一抹透亮的橙黄。不远处的竹丛里传来叽叽啾啾的鸟鸣。

于是一日终于开始。只得去做些琐碎而必须的事情，时日便很快地滑过去。总也不知自己究竟做了些什么，却又不得不日日如此。

每日的闲暇，无非也就是黄昏。

天气是渐渐地凉的，天空也更加高远。远远近近的树与稻田，一例的青黄参差，想必不久便可换上一色的黄衣裳了。于是可见几个多日不见的稻草人，穿戴着破的衣帽，张牙舞爪地在地里摇摇摆摆。

倔强的飞鸟自是不会去理会他们，而是满天空地来回旋掠，高旷的嘶鸣一直在传向遥远。

晚归的牧童清脆的吆喝声也传来了。慈善的老牛姗姗而行。那曲折窄小的田埂路，依稀留着我背着书包的小小的身影。

村子里升起的带着淡淡稻禾香的袅袅炊烟亦一如往昔，而那所破旧的学堂却渺茫难觅了，连同儿时的玩伴——许是圆梦去了吧！

于是，目送一轮血红沉沉西去。

夜就极快地来了，并且很快深沉下去。那弯残月依旧是待在那儿，只是比昨夜更显消瘦了。依稀想起，安静下来，是我多年的愿望。在这冷冷清秋，是否终于如愿了?!

作者简介：吴明亮，闲时拾笔，用断章散句记录生活。偶有作品发表于《茂名日报》《茂名晚报》等。

家乡的河

吴明亮

我对家乡的河怀有深厚的感情，它孕育着家乡的一草一木，滋养着淳朴的村民，那里也藏着我儿时的快乐。那水、那沙、那石，都是我梦中萦绕、难以忘却的记忆。

河的源头在官庄山，一汪汪清泉越过山间荒野，汇聚在一起，便成了家乡的河。

河将谢鸡村委会和保华村委会隔开，它是村民眼中的分隔线。大约在解放初期吧，村民在河流地势较高的位置，用石头水泥筑起了一条拦河坝，用于蓄水灌溉农田。

每年的春季播种期间，村主任便组织年壮力强的村民将拦河坝的坝口闸住，蓄起河水，把河水通过田间纵横交错的沟渠引至各户农田，开始一年的春耕。河水涌向田间，那流入的便是一年的希望。

夏天河里就更热闹了。相对于冬季，夏季的河水相对会充足一些。拦河坝的蓄水处，成了小孩子们的快乐天堂。河床以粗沙为主，所以河水深而不浊。透过清澈的河水，可以看到河底的沙，在这里游泳也相对安全。傍晚时分，夕阳透过云层，将余晖洒下河面，铺上金色的光鳞，随着河水微微颤动，一层一层的，让人不禁驻足观赏，流连忘返。

小孩子们成群结队，光着身子在河中畅游，时而潜入水底，时而钻出水面，像一群忘情的小鸭子，在水中尽情地嬉戏。有胆子大的小孩选择站在较高处，一跃而下，跳入河中，溅起朵朵银白的水花。姿态动作优美，如一个跳水运动员，虽然动作未及标准，但也有模有样的。小河沸腾了，水流声、欢笑声、泼水声……交织在一起，这简直就是一曲欢乐颂。

坝底布满各种形状的石头，经过漫长的岁月，任由河水冲刷，磨得光滑滑的。大的石头重达几吨，小的如鸡蛋那么小。在乱石中，小鱼自由自在地游荡，一会儿游向这儿，一会儿游向那儿，动作慢慢的，这可能是世界上最悠闲的动物了。

再远一点儿，便是一片沙滩，银白银白的，在猛烈的阳光照射下，白得刺眼。与其说这是沙滩，不如说这是银滩。沙滩虽然没有水东的那样壮观，但也给人一种视野上的震撼。沙细而柔软，在阳光不那么猛烈的时候，你光着脚丫行走在沙滩上，会倍感惬意。偶有零星的野花、野草不规则地分布在沙滩上，点点斑斓，显示出极强的生命力，在微风中扭动着幼小的身躯，点缀着沙滩的美。

勤劳的村民为了美好幸福的生活，不断辛勤劳作，就像家乡的河那样，湍流不息，日夜兼程。家乡的河，它不仅是一条河，更是身在异乡的游子的牵挂。

乡屋与喜鹊

徐超荣

开车回乡，将车停放在乡屋前面的小平台上。我坐在门前的水泥墩上，稍息片刻。

乡村很静，静寂无声，忽地，那辆车的车盖及车顶上，不知从哪里来五只喜鹊，颈脖上有几点美丽的红斑，翅膀褐色间白。它们时而翩翩起舞，时而三两嬉戏，像是难得一见这辆黑色的小车，约伴而来看过够似的。我想起小时候，那时家乡很穷，县里工作组开来一辆吉普车，正好停在我家前面。村里的小伙伴都来看过稀罕，我更是爬了上去，坐在后座上，竟天真地说："我要搭着这辆车去县里。"时过境迁，我回到乡下，我的小车好像就是那辆吉普车的影子。那几只欢呼雀跃的大小喜鹊，不就是我四十年前的小伙伴吗？它们好像也来看个究竟。

只是，我出到外边实在太久了，回到乡屋前，我依然像四十年前那样坐在屋檐下。不同的是，四十年前我就喜欢仰躺在一张长凳上，看着祖屋瓦檐间隙里小鸟窝，母鸟飞出飞进，叼着虫子给雏鸟喂食。现今一幢小楼代替原来的破旧祖屋，我徜徉乡屋四围，慢慢地欣赏小乡屋，满满是成就感，迁到城里了数十年了，还有机会在家乡起了一个"巢居"。乡屋是我牵肠挂肚的地方，每次回来总是留恋而深情地望着，怕看漏了某一处地方。忽地，在屋前的一个窗口防盗网的间缝处，新发现了一个鸟巢，一只胸有红点的小喜鹊正试探着往小车飞，但还在学飞阶段。我看着顿时明白了，原来我屋檐下的一窝喜鹊，见我回来了，对着我的车欢呼着呢！

我看着有喜鹊来我家做巢，心里不由得非常感动，比起有燕子来筑巢还更高兴，燕子喜欢在大门旁边做窝，总免不了有燕粪便掉下，心中不爽。唯有喜鹊，在顶层搭窝，既防风雨又安全，又不会给主人"扣屎盆"，最主要，喜鹊的欢乐声给家居带来欢祥，在怡静的乡村里传得很幽远。果然，在下午春风微微吹拂下，舒适而暖和，这只喜鹊就伫立在楼顶的拦河角上，放开歌喉，忘我地对着盛世人间唱了一支悦耳欢乐的歌，它感恩活在和谐繁荣的当下，感谢主人的家宅给它供护栖身之所。

其实我也在感恩这只大自然的精灵，给我寂寞的乡屋带来灵气，乡屋并不是孤寞的，它还有一个欢悦的邻居，它，就是一只欢愉而吉祥的喜鹊！

作者简介：郭桃珍，高州市作家协会会员、茂名市书画协会会员，喜欢舞文弄墨，喜欢旅游美食，偶有作品散见于《茂名日报》《茂名晚报》。

风雨灯

郭桃珍

二十世纪七八十年代，风雨灯是农村家庭不可或缺的一个物件。时过境迁，它已淡出了人们的视线，让人忽略它也曾存在过。

近日，我参加学校组织的党员主题活动，首次踏进了高州革命历史博物馆。展馆里面的文物各式各样，其中一盏锈迹斑斑的风雨灯，如磁石一般吸引住了我。望着望着，我的思绪瞬间飞回到了从前那个使用风雨灯的岁月。

记得那年我五六岁，有一回半夜醒来，发现母亲正准备行装出门。我用哭声征服了父母，获得夜间出门的特殊“待遇”。

走出家门，抬头一看，那黑沉沉的天空就像倒扣下来的一口大黑锅。我们踩着田埂在菜地里穿行，颀长的甘蔗叶片在风中发出婆娑的沙沙声，影影绰绰颇有几分诡异和神秘。瘦削的父亲打着电筒，挑着箩筐走在前面。母亲伸出一只粗手牵着我的小手，另一只手提着风雨灯。我的心跟着那跳跃的火焰咚咚地跳，生怕窜出个黑影来。我紧紧地攥住母亲的手，母亲似乎察觉到我的胆怯，安慰我说：“不怕，我们有灯！”是啊，灯就像太阳的使者，给了我们前行的力量。

“咳咳”，父亲忽然打开了话匣子，说起他孩童时提煤油灯去捉蟋蟀的事。我好奇地问怎么捉。他说蟋蟀喜欢躲在墙角里，要蹑手蹑脚靠近，左手拨开碎石杂物，右手掌弯成弓形，用灯照着，等蟋蟀一爬出，手心一扣，就大功告成。还有找到有水的垄沟，也可以捉泥鳅。有一次，他一不留神，整个人踏空了，人和煤油灯都翻到田里去。听到这里，母亲和我都笑了。笑完之后，我的恐惧感也消失了。我知道这有灯，也有爱的功劳。

到了自家自留地，我发现周围已有点点灯光，竟然还有人比我们早到。母亲与邻近的伯娘寒暄几句后，将灯放在田埂，叮嘱我蹲在旁边不要乱动，就迅速加入了收割韭菜的队伍。我守着风雨灯，平常都没怎么玩弄过这个“大玩具”。今夜终算逮到机会了。我用小手触碰一下，哎哟，烫手！我扭动着齿轮，时而将灯光调明亮，时而将灯光调幽暗，火苗忽闪忽闪的也有一番趣味。父亲停下来嗔怪道：“女儿呀，你把灯光调暗了，我和你妈怎么割菜呀！”啊！原来割菜的快慢关键就在那一盏风雨灯呀！我赶紧缩回小手。

我注视着它，久久不愿把目光移开。偶尔有些飞虫过来捣乱，莽撞冲向风雨灯，不过几秒就落荒而逃。在昏黄的灯光下，一列列昂首挺胸的韭菜，片刻，就齐刷刷倒在地上。我兴致来了，顺手拿起两根韭菜挥舞，掐到一朵菜花就跑去拿给母亲看一看，母亲又笑了。不过很快我就感到难受极了，那些蚊虫总是盯住我不放，总要亲吻我。我提着灯躲在母亲身后，有了母亲的庇护，我才安然无恙。父亲问：“下次还想来吗？”我直摇头。“女儿啊，现在政策好了，你一定要用心读书，读书才是你最好的出路呀。”父亲的话意味深长。当时的我似懂非懂。长大后，我才知道父亲那时候读大学是要靠大队推荐的，名额少得可怜。如果能继续读书，或许父亲的命运会有所不同。

我劳碌的父母啊，看到你们在地里起伏和移动的身影，看到你们的勤劳和日复一日。我幼稚的心里，竟突然涌起一种辛酸的感情。一盏普通的风雨灯，伴随你们走过了一个又一个春夏秋冬，见证了你们的艰难困苦。而你们何尝不是一盏平凡的明灯？在我遭遇挫折的时候，给予我勇气和希望。

再见风雨灯已是三十年后了，眼前这盏风雨灯安静地立在橱窗。它是活着的历史，在艰难的环境下，它有着厚重的过往。抗日战争时期，它陪同茂北曹江、茂东分界抗日游击队员们爬过千山万水，把胜利的曙光带给人们。它的经历是一首不朽的赞歌。风雨灯啊！你不是一盏普通的煤油灯，更像是一盏永不熄灭的精神之灯，风雨中你放射出生命的光华，照亮了民族前进的道路。

活成一束光

郭桃珍

周末晚上，骤然小雨，天色昏黑。幸好有路灯，在橘黄灯光照耀下，雨点稀疏可见，穿上雨衣，我和儿子就赶着出门了。

儿子要到书城上兴趣班。从家里到书城来回约半小时，小雨纷纷，我正好留下看书。书城灯火通明，环境幽雅，确是个读书的好地方。座位不算多，扫视一圈，我选了个偏僻的位置。坐在对面的女子顾着玩手机，没留意到我，像她这类占位看手机的，屡见不鲜。反倒是她的浓妆艳抹让我有点不自在。鹅卵形脸蛋，黑眼睛上面是弓形的、精心修饰过的眉毛，一张樱桃小嘴，红得发亮。棕色长发，波浪一样鬈曲，短裙下露出修长纤细的瘦腿，有点辣眼。相比之下，我一身休闲打扮，略显寒酸。

忽然，“快走，快带我去买飞机，快点，快点……”一个小男孩像虎般扑过来，夺走了女子手机。他约六岁模样，个儿不高，脾气倒挺大。白色手提包也遭殃被扔在地面。他的野蛮行为惊呆了我，我等着看女子怎么收拾他。“好，好，宝贝，就去，就去。”女子双手投降，满溢柔情，“等下妈咪买个大飞机给你好不好。”女子边搂着他安抚情绪，边捡起扔在地上的包包，然后顺手将它放在另一张椅子。我愣怔住了，换作我，必定狠狠训斥孩子一顿。

就在这时，走来了一个小女孩，圆脸蛋，一脑袋乌黑卷曲的头发，可惜圆脸上有块胎痣，不太好看。

“阿姨，你可以拿起你的包包吗？我想坐。”她手里拿着书，正准备弯下腰做什么。

“你眼瞎啊！其他地方没位置了吗？”女子喝道，如同优雅的猫忽然尖叫着露出尖利的牙齿。

“阿姨，你掉东西啦！”小女孩委屈得金豆子都快掉下来。

我低头一看，原来是一包手帕纸巾。估计小女孩要捡的是纸巾。

“走开，丑八怪！”小男孩冲着小女孩一推，小女孩一个趔趄差点摔倒。

我看不过眼，正准备开口。只见女子剜了小女孩一眼，仿佛一只乌鸦扑来，要用它的喙将人啄穿。她还顺便秒送我一个白眼。我还没反应过来。她抄起包包，牵着小男孩转身就走了。这眼神有如同一把利剑刺到小女孩的心里，也刺到了我。我盯着那妖娆的背影，越发不适。走到不远，小男孩还得意转过头冲着小女孩做了个鬼脸。

“怎么啦？西西！”一个中年妇女走了过来。她长相一般，身穿藕色纱衫，黑色长裤，显得朴素淡雅。她似乎觉察到不妥，俯下身子对小女孩低声询问。

“没事了，妈妈。”小女孩轻拉着妈妈的手，坐在了我对面。她捧着一本《水浒传》的图画书看，似乎没有被刚才的事破坏了情绪。

“你知道《水浒传》的作者吗？”我有意逗逗她。

“施耐淹。”小女孩脱口而出。

“不是施耐淹，是施耐庵。”我小声提醒。

“啊，我一直以为是读‘淹’呢！之前我爷爷跟我说读施耐庵，我笑他人老了不识字。”小女孩拿着书捂住嘴笑了，两只眼睛眯得像两个小小的月牙儿，美极了。

“嘘！小点声，不要影响到其他人。”小女孩的妈妈竖起食指，放到唇边，又望了我一眼，眼神间露出一点儿不好意思。

之后，我注意到这位母亲手里拿的是亚米契斯创作的《爱的教育》，这本书主要介绍了意大利小孩安利柯在一个学年十个月中所记的日记，都是关于爱的故事，书中爸爸或妈妈的信均是孩子处于认识的十字路口时所提供的一盏明灯，其实质是有效地传递爱。读完一篇后，她轻轻地合上书，闭上眼睛陷入沉思中，似在回味书中的那片世界。

小女孩是个话痨，我只是随意说了一句，她就跟我不生疏了。我从而得知那个小男孩是她的同学，是学校有名的“搅屎棍”，干过扯掉同学裤子的恶作剧。我一点儿都不意外，有其母必有其子，也怪不得他如此放肆。我不敢想象这熊孩子将来会变成什么样子。

后来，我与女孩妈妈也闲聊了几句，才知道她竟是个单亲妈妈。单亲家庭实属不易，但在她的身上，我没有看到怨天尤人的神色，没有听到对生活的抱怨，更多的是对生活的希冀。我仿佛看到了一束光，在黑夜中闪亮，像一朵盛开的花蕾。我希望这束光能够照进孩子的心里。或许在未来的某一天，在她斩获成功、意气风发时，或面对失败、伤心沮丧时，能够想起很多年前，母爱如光，是支撑她继续前进的一股力量。

等到儿子下课，我才与这对母女分别。走出书城，雨已停了。夜色如泼墨，灯光愈发明亮。一盏盏路灯如同一团团的火焰，连起来又像一条火龙，我第一次发现路灯的美。我希望人们在前进的道路上，有光的陪伴，不再有迷失的黑夜。

作者简介：黎小婵，若干年前，曾以“小婵”为名，在《茂名日报》发表过四十多篇“豆腐块”；曾梦想“画遍祖国美景，写尽人间辛酸”……最终在三尺讲台成为一名“老孩子王”。

阳桃酸酸，阳桃甜

黎小婵

国庆节那天，我买了些阳桃回娘家，老妈吃了一口，说：“有点酸，这阳桃是不是半酸半甜的？”老弟接话道：“酸阳桃个儿很大，这不是。”我看着袋里个儿不是很肥、肉不是很厚的阳桃，思绪不禁飘飞回刚上小学的时候。

在我们上学的路上，除了经过两个村庄，还有一家砖厂和一家敬老院。敬老院后面有一张小鱼塘，鱼塘坝上种着两棵高大的酸阳桃树，树上一年四季都开着淡紫色的小阳桃花，挂着翠绿色的小阳桃果。不等阳桃长大、变黄，树下就围着一些大人和小孩。手脚麻利的人脱了鞋爬到树上摘阳桃，爬不上树的人就拿着竹竿在树下戳阳桃。戳下的阳桃大多“扑通、扑通”地落到鱼塘里，吓跑了在水面上吐泡泡的鱼。在树下捡到阳桃的大人，拿着阳桃在衣脚擦擦，用指甲在阳桃瓣的边边削一削，就狠狠地咬上一口，明明是酸得睁不开眼睛。脸上挤满了皱纹，嘴上却笑着：“爽脆，解渴。”小孩半信半疑地咬了一口，“呸”的一声，把捡到的阳桃都扔进鱼塘里。

虽是物质匮乏的贫穷时代，但我们小学生对那酸涩难忍的酸阳桃实在咽不下去。我们情愿用捡垃圾换来的几毛钱，买一毛钱一个的煎堆，吃完了就跑到砖厂去，喝老板娘为了给工人解暑而煮的菊花茶。老板娘化着好看的妆，人也慈善，总是叫我们别跑那么快，别喝那么急，小心烫。只是我们吃着煎堆的时候，也喜欢到阳桃树下看热闹。

有一天，从敬老院出来一位老人，她一手拄着拐杖，一手抱着一个大玻璃罐，罐里泡满了黄黄的、肥肥的阳桃。她把这些腌泡过的酸阳桃分给树下的大人和小孩，大家吃得津津有味，赞不绝口。老人笑得皱纹如菊花，轻轻地笑说："这腌泡过的酸阳桃酸甜爽口，还清热利咽、开胃，你们可以摘些回去用盐或糖腌制，吃不完，还可以晒阳桃干。"此后，人们摘了阳桃就带走，再也不扔进鱼塘了。

我妈妈也隔三岔五晒些阳桃干。晒好的阳桃干有一股淡淡的清香，酸甜可口，用开水浸泡一下，洗干净，拌上花生油和生抽，撒上蒜蓉或辣椒末，可以送粥，还可以用来蒸豆豉、焖鱼、焖鸭子……妈妈为了让我们能吃上新鲜的甜阳桃，在家门前的空地种了一棵阳桃树。大概是我读四五年级的时候，那棵矮矮的、大绿伞状的阳桃树结的又大又甜的阳桃已经多得吃不完，经常分给过往的村民和周边的小伙伴。为了让阳桃的甜发挥到极致，爸爸专门种了几株米椒苗，用来做辣椒盐。摘下红彤彤的米椒晒干、舂烂，拌上盐粉，弄成辣椒盐。吃阳桃时，醮上辣椒盐，一口一个爽甜咸辣、鲜嫩多汁，让人欲罢不能。有时，米椒成熟得不够快，我们又馋，绿油油的小米椒也摘来，直接舂烂，做辣椒盐。

阳桃成熟的时候，我和两个弟弟经常捧上一勺水和一小碗辣椒盐，拿上一把小刀，放到阳桃树杈上，摘了阳桃直接放到那勺水里洗洗，就用小刀削了，醮上辣椒盐吃。我们一边大快朵颐，一边谈天说地。谁要是摘到六瓣的阳桃，大家都惊喜不已，拍手称好。切阳桃，我们从切五角星，到竖着切三四刀把阳桃的每一瓣和阳桃心分开，手法越来越娴熟。我最喜欢将阳桃心剔出，往里面塞辣椒盐，将每一瓣阳桃都涂匀辣椒盐再吃。

阳桃树源源不断地开着花、结着果。有时，风吹落一些阳桃花，越积越多，仿佛在地上铺了一幅紫红色的小花刺绣，甚是好看；有时，会走来几只不怕人的母鸡，警惕地啄着树下的落果。那时，连空气都是阳桃的甜。

这种甜一直持续到家里建了新房，我们外出求学。每次我们放假回家，妈妈便到老屋那边摘上满满的一篮阳桃回来。然而随着生活水平的提高，水果越来越多，食物越来越丰富可口，我们不像小时候那么爱吃阳桃了。阳桃吃不完，除了分给父老乡亲，妈妈闲来无事还会腌杨挑、晒阳桃干，但甜阳桃干没有酸阳桃干好吃。后来，妈妈忙于农事，也懒得做这些细活。阳桃就这样一年又一年地结满了树，又这样一年又一年地落满了地，成了小鸟、鸡鸭享之不尽的野餐……

记不起老阳桃树是什么时候干枯而死的。没有阳桃摘之后，我们又开始想念阳桃的甜、阳桃树的好。于是，妈妈又在新屋门前的空地种上一棵红阳桃树。这棵红阳桃树结的阳桃更肥大更甜脆更多汁，但每回结的果都非常有限。我每次看到市场有阳桃卖，都要买来吃。不管是酸阳桃，还是甜阳桃，都算不上水果中的美味，却让我如此怀念。

严苛的父亲

梁健周

父亲对于我，可以说是恩重如山的，两个哥哥，两个妹妹，兄妹五人中他对我是最适心栽培的。然而除了感激，我对他很难生起亲近的感情。童年，他对我的严苛在我脑海留下了太深刻的印记。

父亲虽然出身农村，却是二十世纪五十年代末在高州中学毕业的高中生，是毕业后吃上“国家粮”的人。父亲不知什么原因，娶了我一字不识的母亲。记得我懂事时，除了父亲一个人到隔壁镇的供销社上班，其他一大家子人全在乡下。

父亲作为高中生，知识算是丰富，强项是数学，心算和珠算特强。那是我到了上学年龄，父亲把我带到他身边，入读附近的小学后才知道的。听父亲的一个同事叔叔说，我父亲可是单位里打算盘数一数二的人，打算盘当时可是一项重要的工作技能，父亲曾做过单位里的珠算教员。此外，父亲会下象棋、打篮球，听说他读书时参加过马拉松比赛。

照理，一个有文化的人应该很懂得与孩子相处，懂得如何跟孩子交流，如何耐心把孩子往好里引导才对。记忆中，父亲光会用暴力手段，叫我们学习、做事时，一旦完成不好，或者不合他要求，栗凿、篾片、竹鞭马上到肉，甚少跟你说道理。男孩子普遍调皮贪玩，父亲对我们兄弟三人，教育手段主要就是棍棒政策，两个妹妹因为是女孩而得免。

跟随在父亲身边读书的我，自然成了最大的“受害者”。吃饭慢了，做题错了，学习过程中偷跑出去，晚上去玩去看电视迟回，挨栗凿；半路不上学，跟同学去运河水库游泳，偷家里钱买东西，别人上门投诉……挨鞭子。初中以下阶段的我，挨打之多成为常态，被我归纳为“每天一小打，三天一大打”。小打的敲几个栗凿，一般敲在后脑勺上，这一般不会痛太久，也有试过痛到出冷汗的。大打一般拿竹鞭，也有拿一扎竹篾片，主要招呼腿脚和手臂，虽然没有皮开肉绽，血痕之类是免下了的，背上肩上有时也会来几下。父亲在打的时候，至多是嘴里在唠叨："叫你不要……你有听吗？""以后还会这样吗？"那时的我不会跑，也不会大声哭喊，只是流着泪，也很少辩驳。越是这样，父亲就越是打得用力。我是在父亲的鞭打和看着父亲责打两个哥哥的情形下成长的。见过父亲惩罚二哥最厉害的一次是，用一根绳子一端绑住两个大拇指，一端绑住两个脚趾头，然后把绳子挂在门前的牛棚架凸出的横木上，过了好一会儿才放，我被吓得直哭。

父亲的高压管教手段，对子女的培养，我认为是不成功的。我念了大学，出来做了个教师，跳出了农门，不用干什么体力活，有固定收入，发不了财，但也不至于受饿，算是小有成效吧。大哥高中毕业，可能在父亲的高压下有逆反心理，沾染了恶习，在家创业失败，去了打工，之后回乡娶妻生子，成家了做什么事还都不安心，平日里游手好闲、不务正业。两个小妹因为家贫，初中毕业之后就不再上学，外出打工，她们的路倒是简单、平顺。二哥初中没念完就辍学回家，打了几年工，真的是勤劳，可是只是一根筋，不懂变通，成了一个专业的传统农民，只是在土地上找生活。

父亲五个子女，念的书当时在村里虽然不算少。可是父亲只会棍棒，不懂交心，不会柔和，打前、打后只会斥责。那个年代，教育孩子，父母有必要的时候打几下其实不足为怪，但生活中不应该缺乏温柔。看到别的孩子可以跟父亲亲密拥抱、轻松交谈、自由嬉笑，那时我是羡慕的。记忆中，父亲没有给过我一个拥抱、一声鼓励！

再怎么样，父亲都是自己的至亲，再抱怨也毫无意义，一切皆成过往。后来，自己做了父亲，管教孩子自然不希望自己的过往再发生在孩子的身上，更是希望我的孩子不要跟我有什么隔膜。

你的荔枝真甜

梁健周

六月份的一个星期一，上完下午第一节课，我走下讲台，刚要离开教室。

“老师，等一下！”一个声音把我留住。我回过头来一看，是班长小雨，她从书桌里拿出一个红塑料袋，递给我说：“请你吃桂味！”跟着小婷也拿出一袋递给我，说：“老师，我也带了一些。”我犹豫了一下，看看她们每个袋里大概也就十几颗荔枝，就接了过来。对她们说了句：“谢谢你们给老师带来的甜蜜！”之后转身回自己的宿舍。

荔红时节，对于家里不种荔枝的我来说，高兴的是又到了可以对荔枝大快朵颐的时候，在当地出产的各种水果中，一直很是钟爱荔枝，喜欢它果肉的清甜嫩滑脆，特别是桂味，肉厚核小，剥开果皮，张口朝着晶莹洁白如玉的果肉一口咬下去，甜滑爽口、略带桂花清香的汁液四溅，满口甘香，那种感觉美妙得难以言表！荔枝于我而言，是可以饱餐的，也不会上火。

在荔乡任教的我，荔红时节，是不担心吃不到荔枝的。有同事家里种荔枝，有亲戚不但种还购销荔枝，还有过去和现在的学生家里种有荔枝的，他们都很大方地邀请我去吃荔枝或者送来荔枝，这些年来我基本上都不用掏钱买荔枝吃。

虽然我不种荔枝，但知道种荔枝的不易。从不主张学生给老师送荔枝，因为那是他们家人辛勤劳动甚至是血汗的结晶，他们应该留下多卖钱，另外还担心他们太小就受到功利心影响，失却宝贵的童真。

现在她们懂得关心老师，我也不能冷了她们的心，拒绝她们的好意。

当我回到宿舍，把两袋荔枝打开，发现那些荔枝全去了枝梗，颗颗硕大、个头均匀，而且色泽红润，不知她们是不是做了挑拣。刚坐下喝了一口水，准备尝个荔枝的时候，走道外面传来轻快的脚步声，两个男生手里分别拿着一个袋子，小漩手里拿着跟小雨、小婷一样的红袋子，走上前来，把袋子递给我说："老师，我带的是糯米糍。"我接过袋子道了谢。

门口外面还站着小添，他手里拿的是白色塑料袋，跟在小漩后面，有点闪躲的样子。只见他左手拿着装有荔枝的白色袋子，想递给我却又不敢，我赶忙说："小添，怎么？你也给老师带了荔枝？"这时，小漩将嘴凑近我耳朵小声说："他的荔枝不好的，又小，而且还有虫！"那话音虽小，估计还是传到了小添的耳中，他的脸色更加变得不自然起来……

这时我的心念急转，小添是上学期从别的镇转学进来的，父母离异，母亲去了别处，父亲也外出打工，只有爷爷奶奶在家，管教自然不到家，学习差得是一塌糊涂，再加上一次写字课上叫同学们展示握笔姿势时，我发现他右手大拇指边上还多长了一个手指，当时他不敢把右手举起，心里肯定是很自卑。现在他有那份心意，我怎么能打击他的善良的爱心，伤害他幼小的心灵呢？

想到这里，我对他笑了笑说："既然拿来了，就送给老师吧，怎么会有虫呢？我先尝一个你的。"我过去把荔枝拿过来，挑了一个蒂部没发现虫口的，三两下把壳剥开，大口地嚼起来，一边嚼一边说："哪里有虫呀？荔枝虽然小了点，但是关键是味道很清甜呀！小添懂得关心人了，你送给老师的荔枝好吃，谢谢小添！"

小添脸上不自然的神色消失了，腼腆地笑了笑，和小漩一块儿回教室去了。

作者简介：吴肖兰，女，笔名君子兰、返航等，喜欢用文字记录生活，在《南方日报》《茂名日报》《茂名晚报》《高州文艺》等发表文章十多篇。

黑里透白

吴肖兰

2003年八月，我从山旮旯的外镇调回本镇的南山小学工作。那时我才23岁，骑着父亲新买的自行车，哼着轻快的小曲，心花怒放地向新学校飞奔。当满头大汗、气喘吁吁地来到南山小学的校园时，我看见了一个俊美的身影正朝着学校的中厅走去：那微微圈起的波浪形的头发，那高高瘦瘦但不失雄风的身板，那坚定稳重的步伐，那崭新的天蓝色的衬衣，那笔直的西裤……噢！英姿飒爽的这个帅哥是谁呢？当我正疑惑的时候，他回过头来，耀眼的阳光照在他灿烂的脸上，他眯着眼，微微笑着，向我点点头。后来，我知道这个惊艳了我眼球的人叫海。他是本校的老师，曾是一名海军。因为我未嫁，他未娶，很多前辈老师茶余饭后便老是开玩笑撮合我们，加上校园门口的邂逅和背影的效应，我们便顺理成章地走到了一起。

某个周末放假回家，我的心情妙不可言，因为我要向我的父亲大人宣布我的好事了。可是，前脚刚踏进家门，就看见父亲怒目圆睁地瞪着我。哎，平常父亲总是满面笑容地等我回家，可今天为何这般凶巴巴？我疑惑重重，偷偷向姐姐打听缘由，原来是我和海交往的信息传到父亲的耳朵。父亲甚是紧张，到处打听调查海的情况，当得知海肤色特别黑，而且家在全镇最偏远的农村时，他便大发雷霆，强烈表示反对，还扬言要打断我的腿……所以，父亲一见到我便是这表情了。

那天，我的心情沮丧到了极点。海是一个成熟稳重、豁达开朗的人，父亲怎么可以这么粗暴蛮横地阻挠呢？我该何去何从呢？是震慑于父亲的威严与海分手吗？但我于心不舍啊！是忤逆父亲与海私奔吗？但父爱如山，母爱如水，他们含辛茹苦养育我二十多年啊！舍弃哪一边我的心都很痛，无法抉择的我只好躲在被子里哭肿了眼睛。

夜幕降临，母亲踏着月色从田地里归来。晚睡前，我猜测父亲会和母亲商量我的事情，于是我便躲在暗处，偷听他们的讲话。果然不出我所料，他们真的在谈论我。父亲说海的肤色太黑了，像煤球那样黑。母亲说："海这个人，我见过，一看就是沉实的孩子，就是肤色黑了些，家里偏僻了些。但我们阿兰也是这么黑啊！"父亲生气了，大声吼着母亲："谁敢说我家阿兰黑呀？我家阿兰是黑里透着一股白气！怎么能算黑？是黑里透白，懂吗？"偷听中的我，那一刻心里好感动，眼眶润润的。原来皮肤黝黑、其貌不扬的我，在父亲的眼里却是最美的孩子。从那刻起，我暗下决心：不管父亲如何极力反对我和海的交往，我都不会怨恨他，更不会做出叛逆的行为。相反，我和海要用真诚感动他，获得他的祝福。

从那以后，我常常与父亲交流，说海的家庭，说海的品性。一开始，父亲很不耐烦，总是粗暴地打断我的话，有时候还会暴跳如雷。但我锲而不舍，对付父亲这种嘴硬心软的人，不能硬碰，要靠智斗。知道父亲喜欢吃东坡肉，我和海就学习做东坡肉。一到周末，我会把一锅滚滚烫烫的、色香味俱全的东坡肉呈到父亲的跟前。知道父亲喜欢吸中华牌香烟，但他从不舍得花钱去买，我和海就节衣缩食，攒下钱给他买了一整条中华牌香烟，父亲逢人就大方地递上一根，乐呵呵道："这是我女阿兰领了工资买的，来一根吧。"那人赶忙把手接过父亲的烟，说着恭维的话，流露出羡慕的眼神。父亲很享受此时的荣光，这比一个人在家里独享更快乐。知道父亲喜欢穿白色的衬衣，我和海就到高州乔士专卖店给他挑上两件，当然了，当父亲穿着崭新的衬衣时，要送上适度的赞美。有了这些极具心思的小礼物和甜言蜜语做铺垫，老父亲的心情如艳阳高照，灿烂无比，这个时候间杂说一些海的信息，他就不再暴跳如雷，说的次数多了，父亲也渐渐了解了海的人品，终于接受海，同意我们的交往了。

我和海的婚事提上日程。在农村，男婚女嫁一般是要摆酒宴的。我讨厌酒宴的烦琐和俗气，加上三个姐姐的婚事都是简单操办，所以我希望和海可以来个旅行结婚。但父亲坚决反对，他非要大张旗鼓，广邀宾客，预办酒席二十八桌。我懂他的心思，我是他最疼爱的小女，他需要用忙碌来宣泄他内心的不舍。结婚那天，父亲笑意盈盈，忙前忙后，忙里忙外，操心大小事务，逐一检查我的嫁妆是否有遗漏。也是在热闹的婚礼那天，我才真正体会到，一个女人把自己风风光光地嫁出去是多么的幸福。这一天，我是全场的焦点，亲朋好友都来看我，围着我，拉我的手，道着家常。出门吉时到，在亲朋好友的欢声笑语中，我穿着一袭艳红的裙子，撑着一把碎花红伞，紧紧牵着海的手，一步一步离开生活了二十多年的家。伞下的我感慨万千，既有新婚的喜悦，又有对家的眷恋。我不停地搜索父亲的身影，却找不到，他大概是躲在房间里，不忍直视我的离开。

……

十多年过去了，父亲曾经极力反对的理由，现在都不值一提。海变白了，长胖了，变帅了；也因为我和海的努力，早早在繁华喧闹的小城置办了我们的家，偏远的乡下不过成了周末度假的安身之所。我和海就这样和美地演绎着柴米油盐，经营着五口之家。而这，都源于我当初的坚持，更源于父亲后来的许可和祝福。我曾无数次想象，如果当年我没有听到父亲那些宠溺我的话——“黑里透着一股白气”，后来的我会怎么样呢？可以肯定的是，取舍哪一边我都会心留遗憾。

世上优美的词语千千万万，但我觉得没有一个能与父亲独创的“黑里透白”所媲美——这词浓缩着父亲对我所有的爱！

春　晚

吴肖兰

中国传统节日历史悠久、源远流长，但在众多传统节日中，我尤爱春节。

说到春节，我想起了宋王安石写的《元日》：“爆竹声中一岁除，春风送暖入屠苏。千门万户曈曈日，总把新桃换旧符。”儿时记忆中，春节就是穿新衣服、烧烟花、贴对联、逗利是，有好多好吃的东西；长大后才懂春节的更深意义，春节是春晚，是团圆，是亲情，是一代一代的传承，更是一年伊始，万象更新的希望。

我是在1990年除夕那天，喜欢上春晚的。那天，在外工作的父亲风尘仆仆归来。我们对父亲的大包小包充满了好奇，迫不及待去翻看。当我看到了一个扎得严严实实的长方形箱子时，我问父亲：“老爸，这是什么呀？”父亲说：“这是电视机！今晚我们可以看春晚了。”我半信半疑，连忙追问：“真的吗？”父亲说：“当然！”我跑到伙伴们家里眉飞色舞地炫耀：“我家有电视机了，你们今晚都来我家看电视吧。”

天黑了，小朋友们陆续而至。我们围坐一团，小眼睛眨也不眨地盯着电视屏，生怕错过一个镜头，就连商家的广告，我们也看得津津有味。到了八点，春晚节目主持人隆重登场，揭开了春晚的帷幕。晚会内容很多，有小品、歌曲、歌舞、杂技、魔术、戏曲、相声剧等，我们都被节目迷住了，一会儿抱腹大笑，一会儿感动涕零；一会儿笑意盈盈，一会儿提心吊胆。时间就在喜怒愁乐中度过。当主持人齐呼：“3、2、1！”新年来到了。震耳欲聋的鞭炮声响起，璀璨的烟花在天空的四面八方绽放，真是“普天同庆，盛世欢歌”的繁荣景象。

从那以后，每年我都会和家人一起看春晚跨年。而2005年的春节晚会，我却是在医院里看的。

2004年除夕那天，我和家人快手快脚忙完活儿，早早吃过年饭，坐等春晚。一想那些大咖演员，我就觉得时间过得好慢好慢。

八点，春晚终于姗姗来了。我们一家人围坐一起，嚼着瓜子，有说有笑地看着春晚。突然，我的肚子疼极了，赶紧告诉爱人："我肚子很痛，可能要生孩子了。"家人顾不上看春晚了，连忙助我收拾东西，去医院待产。入院后，阵痛让我疼得死去活来，狂躁不安，只好在病房里踱来踱去，而爱人却津津有味看春晚，还时而发出让我觉得很刺耳的笑声。哎，这人一点儿也不懂我的痛苦！我愤愤不平，要他扶我到医院的走廊走走，缓解疼痛。但爱人"身在曹营心在汉"，总借故溜回病房，目的显而易见。真想大发雷霆一番，爱人见我情绪不对，连忙赔着笑脸说："不看了，不看了。"然后陪着我在走廊里踱步，但经过别人的病房门口，爱人又眼巴巴地看着电视。见他这般，我忍不住责骂一番。爱人却说："你太过紧张了，越紧张就越害怕，越害怕就越觉得疼。不如，我们回病房看春晚，转移一下注意力可能会好点。"

既然阵痛不可避免，我何不试一下爱人的建议，将阵痛转移或减轻呢？我叫爱人扶我回病房，一边看着春晚，一边扶着墙小步走。我被春晚吸引住了，特别是蔡明老师、赵本山大叔表演的小品，让我笑出了眼泪。

就这样，在春晚的陪伴下，我熬过了一次又一次的阵痛。当新年的第一缕阳光冉冉升起的时候，我的儿子呱呱落地。来医院探望我们的亲友都夸儿子是最聪明的宝宝，是赶着时间来领利是的。看着一大沓厚厚的红包，再看看儿子红嘟嘟的脸蛋，我笑得合不拢嘴。

从那以后，每年围坐一起看春晚的人，多了我的儿子。可能是特别的缘分吧，儿子也爱看春晚。今年爱人买了一台 70 寸的电视机，挂在新房子的墙壁上，儿子看见了，却没有什么特别惊喜。回想当年，我看到父亲带回的黑白电视机欢喜得三天三夜睡不着觉。哎，这大概是社会进步，人们的物质条件越来越好了，幸福感也越来越高了。

谢谢春晚，给我们带来了许多欢乐；更感谢春晚，伴我迎来新生命！对春节和春晚的喜爱，大概是一辈子。

作者简介：李颖，曾在“高凉文学”平台发表诗歌、散文等。代表作有诗歌《挥毫写意春天》《少女情怀》《回眸秋天》《若爱·无悔》等。

初 秋

李 颖

初秋的早晨，没有凉意，校园里依然满园春色。学生们在操场上进行体育训练，即使汗流满面，也要为了他们的梦想在坚持，在拼搏！

中午，我走在校园里。太阳火辣辣的，天空像一块覆盖大地的蓝宝石，飘着几朵白云，像一团团棉花，轻柔绵软地趴在蓝宝石上。校园里那个小小的荷花池睁着大眼睛，凝望着这美好的天色，池中已半枯萎的荷叶耷拉着脑袋，欣赏自己映在水里的影子，像在诉说着与夏天的不舍，害羞地与秋天握手言笑！荷花池边的树木郁郁葱葱，在金色的阳光下，闪闪发光，精神抖擞。树下的小花朵在微风中对着我绽放笑脸，笑得那样的可爱、灿烂！

校道旁的大腹木棉开满了粉红的花朵，一个个都裂开了嘴，笑容可掬，一朵紧挨着一朵。远望去，粉得像霞，恍若穿着粉色衣裙的仙女，笑吟吟地在校道上迎接莘莘学子，为校园增添了一道靓丽的风景线！一阵风吹来，枯花败叶飘落，像一只只蝴蝶在空中飞舞，旋转，像在诉说着它的青葱岁月，像在诉说着离开树木的不舍……花瓣和落叶为地面铺上了一层红黄相间的地毯，同学们走在上面，软绵绵的，滑溜溜的……

傍晚时分，阳光柔和柔和的。我和同事离开校园，走在乡村小路上散步，我们边走边擦着汗。忽然，年轻的妇女赶着一群雄赳赳、气昂昂的鸭子向我们迎面走来。这些鸭子都生着翠绿色的头，亮晶晶的眼睛，颈上有一圈灰白色的毛，就像是每一只鸭都戴上一串珍珠项圈似的。它们浩浩荡荡地从我们的身边走过，为初秋的傍晚绘了一幅美丽的图画。

我和同事边走边聊，走到了一块玉米地前，地里的玉米秆瘦削了下来，肥厚的玉米叶耷拉着，葱葱郁郁的墨绿色已蜕变为绿中带黄，玉米地也不再那么密不透风，稀稀疏疏地可以让人看清地里的一切。成熟后的玉米就像有了孩子的女人，怀中都抱着一个胖嘟嘟的玉米宝宝。那绿中带黄的玉米皮恰似襁褓，层层叠叠地将玉米宝宝裹在其中。它们在妈妈的胸前翘首张望，显得玲珑可爱。“多么诱人的玉米，好想摘一个生吃了！”同事说。我们对视一笑，笑声留在秋天的晚霞里……

初秋的阳光火辣，初秋的景色迷人，初秋的硕果累累……谁人不爱秋？

作者简介：丁思宁，女，爱旅游，爱美食，爱音乐，爱文学。

吾友琪琪

丁思宁

琪琪是我的大学同窗兼闺蜜。长发，大眼，阳光一般的笑容。她的才情，她的特立独行，是中文系的一道亮丽的风景。就算是多年以后的现在，仍是我们同学聚会主要的谈资。

琪琪擅绘丹青。刚开学，她就在新生绘画比赛中折冠而归。一时间成了校园新宠，慕名求画者甚众。她也从不推搪，有求必应，颇有江南四大才子以画会友的遗风。她的绘画水平可以媲美艺术系的学生，她的毛笔字却写得一言难尽，只有三岁孩童鬼画符的水平。她却不以为耻反以为荣，总喜欢在画上歪歪斜斜地画蛇添足。她曾作了一幅《牡丹图》，牡丹画得鲜妍明媚、娇艳欲滴。当然这幅画也没有逃脱她的魔爪，被题诗两行："牡丹花下死，做鬼也风流。"挂在男生宿舍里，一时观者如潮，令人叹为观止。

琪琪是个棋迷。她的棋艺超群，在女生区里所向披靡，打遍天下无敌手。高手寂寞之余，便把战线拓展到了男生区。诸男亦纷纷难以招架，溃不成军。不料一日在阴沟里翻船，栽在一个无名小辈手里。她恼怒之下，拍案而起，国骂冲口而出："他妈的！"此事传诵一时。

琪琪是个武侠迷，是金大侠的忠实拥趸。令狐冲是她的至爱，对于令狐冲的独门绝技"独孤九剑"，她每每说起更是眉飞色舞如数家珍。大二那年的暑假，我俩同为某出版社撰写历史人物传记。我写的是故乡的巾帼英雄冼太夫人。她写的是抗清名将袁崇焕。在她的书中首先粉墨登场的就是飞花摘叶伤人的武林高手，硬生生把历史人物传记写成了金庸式武侠小说。

琪琪是个舞蹈绝缘体。初见她时，我正在筹备迎新晚会，被她的笑容所迷惑，不明就里，竟然不知死活邀请她加入我们的舞蹈队。后来发现她居然可以把傣族舞跳成机械舞，不由得佩服得五体投地，然后毫不客气把她踢了出去。那一年迎新晚会我们的舞蹈以高分夺冠，琪琪却跑来向我邀功："思宁，你们应该感谢我，如果不是我顾全大局退出来了，你们又怎能获奖?!"不过，她的报应很快就来了：大二那年的体育必修课居然是健美操。琪琪四处拜师，每天闻鸡起舞地折腾，终于修成正果：健美操考了20分。

琪琪是个马大哈。在遇到她之前，我一向以马虎作风著称，遇到她后方知山外有山，天外有天，人外更有外星人。她的丢三落四可谓登峰造极，前不见古人后不见来者。她的饭卡、借书证、身份证和钢笔诸类皆属短命鬼，多数英年早逝，难有寿终正寝的机会。俗话说"城门失火，殃及池鱼"，所以我的各种证件也成了校失物招领处的常客。这倒也罢了，而最让我难堪的就是：要经常在众人猜忌的目光中，帮她把失了匙的自行车扛回来。

琪琪善变。大二那年，她恋爱了。其男友阿君是中文系的宣传部部长，新生书法赛的冠军。和琪琪的贼眉贼眼不同的是：阿君相貌英俊、斯文儒雅，是很多女生暗恋的对象。他们的相恋用酸溜溜的文艺小说腔调来写就是："两人一书一画，在工作和学习中互生情愫，在彼此躲闪不及的眼光中擦出爱的火花。"她初涉爱河时，每天都在我们面前做幸福小女人状，刺激我们这些孤家寡人。可是好景不长，过了一段时间，她就在我的面前历数阿君的罪状。因为阿君嫌她不够淑女，还对她的马大哈作风大肆抨击。而她则认为阿君太过于瘦弱，没有八块腹肌，又不及令狐冲武功高强。她只得在文章中发泄："瘦弱如君，恐怕我只有在梦里才能看到他为了保护妻小，而和数名大汉搏斗的场面。"可是抱怨归抱怨，她还是下定决心洗心革面：首先文章摒弃了苏学士的豪放之风，专攻花间婉约派；其次把运动服和牛仔裤打入冷宫，经常长发飘飘一袭长裙风姿绰约地出现在我们面前，加速我们细胞的新陈代谢。正当我们被这个翻天覆地的革命惊得目瞪口呆之际，她却又故态复萌，提了大包小包的小吃到阿君的宿舍楼下毫无仪态地大呼小叫，引得观者如潮也面不红心不跳。

毕业之后，我按部就班成了孩子王，而琪琪则做了无冕之王——记者。而她和君由于两地分居，最终难逃劳燕分飞的宿命。

听说我准备给她著书立说时，她打来长途电话："你这样做分明是企图破坏我的光辉形象嘛，好在我已经嫁掉了！"

放下电话，我不由得回想起毕业分离时的情景：原本我们已经说好了都不许哭的。因为我们都不想面对“一合一分话别甚苦，一喜一泣黯然神伤”的场面。可是，在我上车的瞬间，她再也忍不住了，一把拥住我号啕大哭：“思宁，我舍不得你!”

后记：我们会很美好地回忆起某个人，不仅仅因为这个人本身，还有他（她）身上存留着我们共同的美好回忆和青春的烙印。我们曾经一起绽放过有点懵懂青涩和年少轻狂的青春年华。我们曾经一起经历明媚与忧伤。回首逝去的大学生活，激动和憧憬仿佛就是昨天；青春和今天仿佛就是一夜之隔。离开校园多年，当如梦般的青春岁月悄然逝去，当如烟的往事随风飘散，当梦想被现实击得粉碎，当责任成为生活的主角……我们慢慢被磨去了峥嵘的棱角，变得世故和圆滑，可是在我们心底明白：就算是随波逐流，在我们的青春年华里始终沉淀珍藏着一些无法流逝的焦点，让我们无惧生活的无奈与沉重，微笑前行。

作者简介：车红梅，茂名市作家协会会员，高州市作家协会理事，广东省五星志愿者。

黄姚古镇

车红梅

盛夏，几个食粉笔灰的同学说，趁假期我们到外面逛一圈吧。于是，七个人决定出发桂林。很快，“黄姚古镇”四个字映入眼帘。黄姚，我来了！我终于来了！初入黄姚，迎接我们的是一棵大榕树，它像一把大伞，绿茵茵的，显得宽阔而温润。踏入黄姚小街，一阵惊喜，古色古香的味道扑面而来。那青石街上的木门，显得厚重而细节丰盈。轻轻推开一扇窗，“吱呀”一声，仿佛听到遥远而苍凉的时光在呼唤。慵懒的小狗在小巷窜来窜去；几只小猫蜷缩在墙角，它们不停地打着哈欠。我迫不及待地迈进门槛，竟然有种一脚踏空的晕眩，感觉如同穿越一条古老的隧道。那四四方方的青石板，光滑而圆润，我光着脚丫轻轻一踩，仿佛踩着一块棉花糖，软绵绵的，一股清凉直透脚板，整个人显得甜滋滋而神清气爽。我知道，今天脚下踩着的，除了岁月，还有百年厚重的历史。

听黄姚的老人说，这里的每一块石，都是千年可寻的古迹。漫步其中，一砖一瓦一石皆韵味。那一排排红红的灯笼，在风雨飘摇中洗白了无数光阴。岁月虽无情，人间尤物多。拐个弯，蓦然看见一间小酒吧，吧内有自由懒散的歌手，悠扬悦耳的乐曲，声音由远而近，轻轻飘出小巷，撞击着游人的耳膜，它顺着槐树的枝丫，挂上古老的砖墙，再沁入八月的阳光。这欢快活泼的民谣，代表着黄姚独特的品质。

一袭夕阳，映照着古老的黄姚小镇，三三两两的游人，轻踏黄姚，在古砖凉桥中掠过。小巷依河而建，露台，就是最好的餐厅。小鱼、稔子酒、白胡子爷爷，几张木凳坐着三五友人，诠释着黄姚质朴悠然的性格。清风徐徐，屋檐下的灯笼一晃一晃的，恍恍惚惚间，滑入一种“采菊东篱下，悠然见南山”的光景。

黄姚，你是时间的迷宫。当仰视那琉璃彩瓦、画栋雕梁时，你以为你发掘的是一幅历史画，其实，你凝望的是现代的时尚油画。当走过一条条静谧幽深的青石老街，仿佛，你穿越的，除了神秘，更有跨越的繁荣。当抚摸着那褪色的门楣、模糊的雕像，你感受的，除了古老，更有精致。黄姚的小巷，你是一匹流年秀镌、风描雨绘的精致布艺。黄姚，你宛如一位任性而娇媚的江南女子。闲庭信步，随意而走，但见一群追逐嬉戏的小姑娘，蹦呀跳呀笑呀，悠悠的阳光下，活泼而动人。那静坐檐下的老人，尚带七分古风。偶尔，一两间布衣房闪出小巷，里面的蚕丝布料出品的旗袍和满服，盈盈如仙女下人间，但凡此间风物，皆有一段洒脱悠然的独特态度。黄姚，你是一卷尘缘未染的清真画。在斜斜的夕阳中，袅袅的炊烟，就如古镇自由的呼吸，姿态分外优美。那幽香的桂花酒，像极女人的香水，浓烈又诱人，未入巷，已闻酒香，醉煞游人。还有，那捶衣舂米的“嗨哟声”，是古镇的远古脉搏；而悠扬悦耳的非洲鼓乐，更彰显着古镇的灵魂。每一个敲鼓人，均是世上的自由人。

黄姚是自由的，它如春日清风，款款而来；黄姚是热情的，它如夏日荷花，优雅大方；黄姚是迷人的，它如七夕的玫瑰，沁人心脾！黄姚，如一壶老酒，千年不醉；黄姚，如一江溪水，源远流长；黄姚，如大榕树上的那一片云，自由、浪漫而唯美。时光，是一条岁月的河。初次邂逅黄姚，颇有世外桃源之感。你的恬静、悠然和无私，定格在这个夏季。今夜，枕着阳朔，必定梦回黄姚。

作者简介：梁伯群，高州市作家协会会员。少年时，立志当农学家，后来顺应天意，在三尺讲台耕耘三十多年，至今依然深爱教书匠工作。爱好文学，热衷体育运动。

我的老父亲

梁伯群

我的老父亲，您永远是我心中最美的回忆。

曾经有人对我说："你父亲一表人才，很有福气的样子，不过，你没有他那么好看。"我听了，很高兴，尴尬地笑笑。父亲排行老大，与堂叔来往密切，堂叔对我说过："大公好福气，四世同堂。大公经常自豪地说，我生活上需要什么，儿女们都会及时提供。"父亲也说过："算命佬认为，我是谷仓老鼠的命，不愁吃。"

父亲勤劳一生，美味一生，我们一家人都不愁吃。

父亲凌晨到食品公司上班，下班后，经常回农村耕田种地，这样辛劳了几十年。到七十多岁，年纪大了，老父亲还是每天扛着锄头，去巡视一遍村里的田野，美其名曰："我去运动。"我问："空手去田间走走，不是更轻松吗？"父亲笑了，说："人们在田间辛苦劳动，我空手去闲逛，不好看，带着锄头，可以顺手挖出水沟的淤泥，可以顺手铲除龙眼地的杂草。"

到了晚年，老父亲潜心研究做菜，醉心于做菜，选材、配料、刀工和火候都很讲究，让儿孙们品尝了一道又一道的美食。

老父亲炒牛肉，我喜欢在旁边帮忙，听老父亲谆谆教导："斜着刀，切薄薄，切均匀；用油、盐、酱、酒、生粉腌十分钟；大火油锅，翻炒几下，洒几滴水，再盖上盖子，煮一分钟；出锅后，趁热吃。"父亲炒的牛肉多好吃啊！又嫩又香，我特别喜欢吃，经常买牛肉去看望父亲。有时，父亲一边吃一边说："你这次买的牛肉不错，好吃！剩下的牛肉汁，我今晚用来拌饭，还可以吃一餐。"我美美地尝着牛肉，看剩下不多了，就忍住不吃，留给父亲晚上吃。

扣肉，是老父亲的招牌菜。每次做扣肉，单是配料，都要买三十多块钱，扣肉蒸好出锅后，香飘四邻，香气飘啊飘，有时会吸引来路过的乡邻。“大公，您做什么菜？闻着好香喔！”人未到，声先到，父亲递上筷子，那人吃一块扣肉，满足得赞不绝口。父亲听了很高兴，用塑料碗装上几块扣肉，那人拿着，兴奋地谢了又谢，笑眯眯地走了。

鸡汤，老父亲能煮出超乎寻常的香味，可能是父亲养的鸡好、火候把握得好。咬一口鸡肉，满口香，喝一口汤，心满意足。我女儿总是感叹：“外公，怎么煮得这么香啊？太嫩太香啦！”

荷叶包着鸽子清蒸，也是老父亲的拿手好菜，清香滋补。老父亲焖鱼，入味香滑；炒猪肚、生鱿鱼等，脆口浓香；独家秘方焗甜薯、莲藕，软糯香甜……

我总是看到，父亲做好菜，看着我们吃，然后问：“好吃吗？”大家说：“好吃！非常好吃！”父亲就露出满足的笑容，高兴地说：“你们太瘦了，吃多点。”

老父亲，因为有您，我们享受了很多很多的美食，我们享受了浓浓的亲情和爱啊！

记得一个风雨交加的冷天，因为担心年迈的父亲，我打电话说：“爸，天气太冷了，雨又大，穿多点衣服，不要出门。”电话那头，老父亲大声说：“今天，我骑车出门三次了，去石鼓墟买菜，去石鼓中学给阿淼送午饭和晚饭。”我担心地责怪父亲：“给她送一次汤就够了，又冷又下大雨，骑车来来去去，多危险多辛苦啊！”老父亲说：“不辛苦，我有很好的雨衣。下雨天，她去饭堂打饭，很难的，我送热饭菜好汤水去，她才受得了这么冷的天气。看孙女吃得香，我心里高兴。”

父亲一生就是这样无微不至地关心儿孙们。

有一次，我们在家一起聊天，老父亲说：“过去，我老是担心，你们个子这么小，将来怎么生活呢？你们母亲说，一棵草，一顶帽，不要多忧虑。你们祖母说，细细麻雀飞上天，大大水牛过不了田。”说到这些，父亲笑了，颇满意地说：“现在好了，你们个个都有能力生活好。”看着老父亲欣慰的笑容，我心都笑了。

辛劳一生的父亲，总是忧虑儿女，总是给予，总是竭尽全力让儿孙们生活好。父亲，感恩有您！

悠悠岁月忆父亲，父爱如山铭记心，想起父亲浓浓的爱，心里暖暖的感觉，父亲的爱永远伴随着我，激励我勇往直前！温暖我笑对人生！

作者简介：梁月，高州市作家协会会员，有作品散见于报刊。热爱生活，热爱写作，喜欢运动，喜欢旅游，喜欢热闹品尝人间烟火，喜欢安静细嚼春花秋月。

狗尾巴花开，秋天不寂寞

梁 月

狗尾巴草，一种极易生长的植物，随便一处山坡水湄都可以蓬勃生长，在百花肃杀的秋冬，却盎然开放。

对于一个长年被绿色包围的广东人，尤其对于一个没有时间机会在秋冬深入北方的广东人，对五彩斑斓、层林尽染秋景的渴望，犹如涸辙之鲋对水的渴求，一片异色便是重生的甘露。听说郊外有那么一片地方，长满狗尾巴草，开遍了花，在秋风中摇出了一片迷人的金色，霎时被撩拨得心痒难耐。

一声汽笛，启动一腔深情。

秋日盈盈，和风送爽，云白天蓝，一幅令人屏息凝神的金秋油画出现在眼前。

这是一个僻静的乡村角落，在山与稻田相隔的地带，生长着一大片狗尾巴草，从山脚的这边延伸到山脚的那边。远远看去，像一块横卧的镶金观音吊坠。对面的稻田已收割，只剩下焦褐的稻茬，无精打采地等待犁耙。因而，这一片的金黄显得特别耀眼。草海在秋风中翻卷，仿如涌动的金色麦浪。黄澄澄的，从草秆到花穗，全身上下，散发着成熟的韵味。

我迫不及待地扑向草海，将这片金色揽入怀中。微风下，它们训练有素，摇动臂膀，齐刷刷跳起集体舞。有时又像娇羞的姑娘，调皮轻盈地扭几下腰肢便立正，等到下一路风来的时候，再袅娜起舞。

前面的半圈山像个靠背，将草海围住，仿佛让这些一直以来被人们轻视的狗尾草有了依靠。山上郁郁葱葱，将这片金色衬托得愈加绚丽。金色在蔓延，我一步步走向草海的深处。随着步伐，双手抚过一串串花儿。靠近去，翕动鼻翼，尽管只有淡淡的草香；努起双唇，轻吹花绒，尽管吹不出一个飞蝶。折下一根，叼在嘴里，像倜傥的男士叼着玫瑰走向心爱的姑娘。此刻的浪漫，是心头的朱砂痣，镌刻流年，珍藏在心底。

深秋的阳光，暖暖照下，许我真诚的笑容，温暖心房。从草间走过的油纸伞佳人，确定不是画中的人儿？

我如一尾小鱼，在“海水”里自由游弋，或微步，或驻足，或躺卧，沦陷在这里的每一寸光阴，放纵每一阙诗情画意。

不知何时踢掉了半高跟短靴。踩着软软的泥土，恣意着眼里的贪恋，忘情倾泻着心里的爱意，来回踟蹰无边秋色。躺在金色的“麦浪”，听风看云晒太阳，是心底的向往，是一个长久以来甜美的梦，我愿长醉不醒。

这些样子如毛毛虫的狗尾巴花，清淡单调，没有艳丽的花色，没有扑鼻的芳香，却恬静安然。小小生命，经受春的冷落、夏的风雨，忍受命运不公，待到金风起，拼尽全力，燃放自己独特的魅力。在赤橙黄绿青蓝紫豪华阵营，为浓墨重彩的深秋添上淡雅别致的一笔，为大地披上一袭金衣。

触摸着毛茸茸的狗尾巴花，我不禁思绪万千。在“人与山共瘦”的深秋，这些渺小的狗尾巴花，要经历过哪些痛和泪，哪些风刀雨剑，坚持、坚强和努力，才沉淀成这种内敛的金色光华！才有这种把自己奉献给大地的宽广胸怀！阳光下，金灿灿挥洒，令人精神振奋，燃放生命，燃烧激情，一点点解散愁思。自由开放，洒脱零落，不成诗不成画却成魔，我有我姿采。

把生活的磨难，把人生的褶皱，做成一穗狗尾巴花，别在空中，与蓝天对话，与风唱和，配上虫蛩的弹唱，在斑驳的岁月留下明媚的回忆，是多么动人的事情。

何来忧忧戚戚的悲秋？即使过了这一季，尘归尘土归土，努力过、绽放过、奉献过、付出过，纵使零落也无憾。不是吗？四季轮回，生命有时，阴晴圆缺，花开花落，每一季都是华章。

狗尾巴花开在深秋，是一曲静而不寂、美而不娇、成熟且明艳、斑斓而热烈的江南小调，悠扬婉约，吹向一个人的明月秋水夜。

绽放异彩

梁　月

春节期间，市场旁边摆了一个小型花档，红红的、绿绿的、嫩嫩的花草吸引了我。顾盼间，目光落在一个绿色植物盆栽上，叶子油亮油亮的绿，泛着幽幽的光泽。绛色的花盆，正口，呈倒梯形，既低调又奢华，两者搭配相得益彰。问了花主人，一个响亮好听的名字——绿宝石。嗨，怪不多那么绿！既有高贵的血统，又有雅致的名字，绿得亮晶晶的，绿得那么有韵味。

带回家后，宝贝一样地侍弄着，左看右看，怎么都看不够似的，生怕它有所闪失，生怕错过每一个精彩，嘴里时常叨念着李清照的“绿肥红瘦”。

每天起床第一件事就是搬弄它，看它是不是还肥还绿，看它是不是憔悴了；又把它搬到阳台，修理、浇水、施肥，看它在晨风中摆动，生出满心欢喜；再把它摆在客厅，像一位光彩照人的美女，整间屋子立刻生动起来，既鲜亮妩媚，又沉稳醉人。

天天如此循环往复。

正当我沉溺于它的美丽，陶醉它的风姿，对它的爱有增无减时，它却出其不意给我一击：茎不再饱满，叶子也卷边了。

我大为吃惊，心慌意乱，没想到它这么娇弱，受不了这么大的福分——我天天倾注的宠溺于它却是一种伤害。一时间，我竟然手足无措，忧伤满怀。慌乱过后，我开始竭尽所能对它进行抢救，既像医生救治病人那样全力以赴，又像母亲呵护孩子那样关怀备至。可是它竟然没有一点儿起色，病得更加严重：茎更加皱瘪，叶子卷缩得更厉害，也开始变黄干枯。

我知道，我与它的缘分将尽。那种将失去至爱的疼痛袭来，以致我好多天都无精打采，感觉到日子都是灰灰的。

如此好长一段时间，一直把它留在客厅，舍不得扔掉，仿佛留住它的残躯，就留住了它的魂灵。

枯枝残叶，看着终究伤心，长久留着也不是事儿。在一次打扫卫生时，把它连根拔起，扔进垃圾桶，那个漂亮的花盆也被扔到阳台的最边角。

日子恢复了平静：不再惦记，不再揪心，不再眷恋，不再心疼。

儿子感冒，需要薄荷用。到市场去买，居然价格不菲，一块钱才一小节，我嘀咕了一句，那女摊主却叨叨不止，愤愤不平。只听说过店大欺客，没想到摆地摊的也气壮山河起来！

唉，算了吧。

走出市场，路边竟然有带土的薄荷在售，价格也好，喜出望外下毫不犹豫带了几株回家。

种哪呢？犯愁了。在儿子的提醒下，把那个曾经宝贝似的、搁置已久的花盆找出来，培上土，把薄荷种下。因为有过伤心的经历，因为它既没有高贵的血统，也没有雅致的名字，对它冷冷淡淡，漠不关心，几乎是熟视无睹的地步。平时经过阳台，偶尔浇浇水，偶尔驻足看看。

日子不惊不觉地过去，不经意间发现薄荷长高长壮了，叶子颜色变绿、变浓，非常清秀可人，像亭亭玉立的少女，在风中自由起舞。

难以言说的惊艳，难以言说的欢欣。那段时间正值春夏之交，属于多雨的季节，即使不怎么搭理，它也能吸取足够的营养和水分，自由生长，长出属于自己的风采。

看来，生命本该如此：不应有过多的雕琢，不应有过沉的承重，只要找到合适的环境和条件，就能绽放异彩。

其实，无论是人还是植物，密不透风的爱，都是负担，都是伤害。给予足够的自由空间，给予适度的关怀爱护，生命才能在成长的路上健康快乐地奔跑。

作者简介：陈跃，文学爱好者，高州市作家协会会员。

一碟东门豆芽粉

陈　跃

生活里最简单的细节，永远却是当下的日常烟火，人间烟火气便藏在简单的一日三餐中。

——题记

"老板，来一碟鸳鸯！"

"靓女，来一碟豆芽！"

"伙计，来一碟瘦肉！"

在清晨高城东门豆芽粉皮店里的一问一答跟忙碌晚市港式茶餐厅伙计与食客暗语对白无异，店主夫妇与熟客用简洁的白话对答之间，一脸温柔的女店主轻轻地手起刀落，熟手地自大盆中轻拿出两条粉卷快速切割数下，装粉上碟，倒入秘制酱油，最后还会体贴地问一声：爱（要）花生矛？爱（要）加辣矛？得到肯定回答后，瓶子里的洁白的花生碎如天女散花般均匀落下十几粒到粉皮表面上，手切、上碟、浇油一连串动作行云流水般不带一丝阻滞地一气呵成，一碟散发着花生油香，外表晶莹剔透，躺在褐红色酱油中、白里略显透明、爽滑可口的豆芽粉便呈现在食客面前，食客同伴早已打好一碗清亮白粥或醋在等着豆芽粉端上桌子，一会儿便一消而光。这些情境日复一日地在每一天的平凡日子里上演着，食客与店主在时光流转的长河中渐渐地建立了一份浓浓的街坊情。早上在店里食粉时，耳边经常响起那些心急的家长的催促声：快点吃，够钟上堂了！学生们强睁着惺忪的眼睛快速地食完一碟豆芽粉。这情景似曾相识，而生活里最简单的细节，永远就在当下的日常烟火。

说起东门豆芽粉，在粤西古城高州里无人不知、无人不晓，至于名气在当地也不用提了。当地用大米磨浆制作的粉品种通常有捞粉、粉卷、粉条等，国内很多地方称这种用大米磨浆里面放馅料的食物叫作粿条。据查证，东门豆芽粉这一间老字号始创于1979年，原址在城中东门靠近看守所处偏僻横窄小巷，由于地处古城东边便加了东门这个辨识度高地理标志，后来搬迁到广客隆旁边市场继续经营，及至现在已是第二代接班人经营这一间老字号，营业时间扩展到24小时。其价格也由最初的两毛钱一份升至四元一份，童叟无欺，白粥、甜醋免费供应，市民在粉店创始初时去尝试，觉得粉皮放入豆芽味道更香、更嫩滑可口，加上免费送白粥、甜醋觉得经济实惠，于是便一传十、十传百，口碑传开后，每天一大早市民便大排长龙食豆芽粉，成为城中一景。东门豆芽粉店也做瘦肉粉，粉皮卷馅料采用瘦肉。如各混搭豆芽粉和瘦肉粉各一条，就称之为“鸳鸯粉”，周围几所学校城里走读学生都把它当成早餐饭堂。

豆芽粉需纯手工制作，耗时较长，由于早上食客较多，每天凌晨就要早早起床，提前把浸好水的稻米打磨成米浆倒入平托盘中，用刮板把米浆刮均匀平铺至托盘表面，厚度2—3毫米，之后把多层托盘放入蒸架中，过得五六分钟左右，取出托盘用切刀划成长方形，托盘上加入已蒸熟的绿豆芽卷起来就完成了，至于选材时使用绿豆芽而不用黄豆芽，店主解释是绿豆芽嫩、滑，口感度高，米浆则要选择独特的南方粳米才能保持口感爽滑。

记得初中读书放暑假时，家人有时没空煮早餐，便去到附近东门豆芽粉店食上一碟，心满意足地食完回来继续复习功课，而此后每次回来都要去到店里点上一碟豆芽粉以饱食腹，很多人从少年时读书、恋爱结婚、生子后都会回来店里食上一碟简单的豆芽粉，有人食着食着便突然说这粉怎么跟从前的味道不一样了？是的，以往食豆芽粉时有同学、有亲友、有情人的陪伴，时光倒流之下回忆的味道又怎么能一样呢，回不去的只能是青春那一刻时光印记，留下的友情、亲情、爱情都拌入一碟又一碟的豆芽粉里面，有谁就能说这味道就能回到过一模一样的呢？无论社会如何变迁，生活环境如何转变，情人之间感情如何变化，豆芽粉店依然坚守着那一份街坊情，因为人与人之间的温度依然是存在的，或许这也是味道变与不变之间的最好回答吧。

有一次趁店中人不多时，忽然好奇地问了下老板娘，为什么营业时间改成了24小时？她的回答很平和、简单，就是为了方便大家随时过来食碟豆芽粉呀。回答看似平平无奇，夜间不间断营业表面上看来也是很平凡的举动，实际却为有限的生活增添了无限人间烟火气味。有人的地方就有饮食的小店，有小店就有了生活温度。无论是在深秋的凌晨还是北风呼啸的寒夜，夜间搭客的摩托车司机、刚刚值完班的市民、下自修的学生肚子饿了都能很方便来食一碟粉和一碗热气腾腾的白粥，正是这一碟碟简单平凡的豆芽粉温暖了人们的胃，暖了人们的心，正是店主数十年如一日，守着街坊，坚持着自己简单的经营信念，在古城烟火中传递着生活温度。

有人说平凡生活人间烟火藏在菜市场里，其实也藏在简单的一日三餐里，大多数的人都会很平凡地度过，再高大的意义，最后都落入普通大地；再波澜壮阔的人生，最终都会归于日复一日的平凡生活中，不论是各处美食还是人世间热闹，其实只要有一颗浸透人间烟火的心，对生活有所热爱，有希望，活得有烟火气便已足够。

作者简介：朱水坚，文字、演讲爱好者，擅长国学与文学写作，并有多篇文章发表于各大报纸媒体与网络平台。

天　桥

朱水坚

读帕慕克的《伊斯坦布尔》，我记住了“呼愁”一词。呼愁，土耳其语的“忧伤”，却又比忧伤有着更深更复杂的宗教、历史、文化的内涵。另，其动感、象形（通感）的前缀词，又加了分——“呼”，是呼唤，是渴望，化被动为主动，化忧愁为快乐。好一个呼愁，有一种醍醐灌顶的顿悟之感：愁，除了用来哀，原来还可以用来呼。愁，可以如此令人期待与中意，真是难得、神奇。

第一次被“呼愁”击中，是看了一张多年没去走过的天桥的相片：哎呀，这就是“呼愁”呀！“故乡”“童年”“怀旧”“情感”这些词汇一下子便自动从脑海里跳了出来。如此的真实和清晰！

故乡有座桥，我们称之为“天桥”，虽被冠以“天”之名，但其实却只是一座普普通通的桥而已。它没有港珠澳大桥的雄伟，没有青马大桥的霸气，没有虎门大桥的名气，但对于我和故乡的人民而言，它，很重要。

严格来说，天桥算不上一条真正意义上的桥，反更像一个水槽。它位于一条河的中间，拔地而起，矗立于一片平原之上，连接河的两端，承担运水的功能。它长约800米，分上下两部分，下面是水泥做的大型水管，水流其中；上面两边是水泥板，各可通行一单车一行人。打我有记忆起，它就在那里了，也不知多少年了，时间也留下了岁月的痕迹，桥身已经变得残旧，护栏也褪了色，破破旧旧的，但它就这样一直静静地守护着我们的家园，陪伴着一代又一代的人。

若时光倒流，回到过去，倒又觉名副其实了。这座天桥，已记不起走过多少次了，行走其中，已然在半空，踏在一格一格的石板上，发出“蹬蹬”

的声音，颇为悦耳又富有诗意。多亏了它，去趁墟的乡民，去读书的学生哥，去寻找浪漫的理想主义者，多了一条捷径，多了一道风景，多了一份独特的体验。对于家乡的人来说，它就是家乡的方便之桥。

要知道，在经济还没发展起来的年代，在一个交通闭塞的小乡村里，对没见过多少世面的人们来说，有一座这样的桥存在，是多么的重要，又是多么的令人震撼啊。后来读到诗词“一桥飞架南北，天堑变通途”，第一时间想起的也是天桥，其气势，其意蕴，不言自明。

每逢河水涨了，到天桥上走一走，是很有意思的事。脚下是急促流逝的河水，在上面行走，如同踩着水在前行，那感觉就像正在使用袭千仞的轻功水上漂一样，过瘾！看汹涌澎湃的河水，听轰隆轰隆的水流声，如此近的距离，有一种扑面而来的豪迈，后来又学到诗词“滚滚长江东逝水”，竟觉得可以无缝借用（当然指的是心境）。我明白了，故乡的天桥，早就架在我的心间，陪我跨越漫漫人生的每一步。

少年之时爱幻想，爱寻愁。望着蜿蜿蜒蜒的天桥延伸到看不到的尽头，总让我陷入人生何为、前路何往的困顿中，若到傍晚时分，夕阳的余晖倾泻下来，则更添忧思，但这样的困顿与忧思，令我倍觉享受。多少次，和同伴在这里吹下了至今尚未实现的牛；多少次，在这里憧憬诗和远方，为不确定的未来担忧。我怀疑，我的细腻、多情与感性，和天桥有脱离不了的干系。一定是了，原乡，有着不可估量的、深远的影响！

最近读费孝通的《乡土中国》，里面说道：“种地的人却搬不动地，长在土里的庄稼行动不得，侍候庄稼的老农也因之像是半身插入了土里。”天桥，帮我们把插入土里的半身拔出来，置于半空中，它让我们站起来，还站得那么高。又说道：“人的‘当前’是整个靠记忆所保留下来的‘过去’的累积。”历史并不虚无，现在是过去的叠加。如此看，天桥以及天桥岁月在心中的分量如此重，不难理解了。

今年过年，终于再到天桥上去走了走，真好，它还在那里，只是早已经被翻新了，人们也再不需要从天桥上通过。是啊，在党和政府的领导下，人们已经过上了小康的生活，可以通过开小车、坐高铁、坐地铁、踩共享单车等多种形式出行，天桥已经渐渐地淡出了历史的舞台。但是，我永远都会记得它，因为它既是我童年的回忆、梦想的起飞点，更是今天幸福生活的见证者。故乡的天桥，永远是我的“呼愁”。

宽窄巷子遗梦

李伟成

秋日午后，斜阳夕照，金色的余晖洒在宽窄巷子的麻石街上，温煦地洒在游人的身上，使几分萧索的秋意增加了暖意。

余等几人徜徉在街上，看着街道两旁修旧的小房子，都是统一的青瓦顶、铺板门，或作特产店，或作玩意店，或作小茶馆……与渐稀的游人擦肩而过，看着他们的笑靥，倾听他们的细语，自己倒沉静地思索了一会儿。

在那二十世纪七十年代式样的房子的墙上，有那年代的四大件：永久自行车、蜜蜂缝纫车、卡式收录机与上海牌手表。而饰版下，静躺着一把旧竹椅，就如七八十年代农家里常见到的一样，也如三毛走在成都柳荫街赤脚静坐，小做休憩旁边的那一把。想当年，三毛穿走在柳荫街上，初始，没有人认得她，没有人会注意她从哪里来，要到哪里去，信马由缰。渐后，有游人认出了她，她便受到了惊扰，心情肯定有些不悦。如果时间可以穿越，我在宽窄巷子上邂逅并认出三毛，一定不惊扰她的闲情，让她舒心畅快地神游。

沿街漫游，街两旁的店家也有吆喝着招揽生意。但始终，我感觉店家不是热切期望成交的样子，连吆喝也带着悠闲，成不成交问题不大，开心满意便行。当我们走到一小茶馆门前，只见茶馆大门两边书写着一副对联，上联是“余生很长”，下联是“何事慌张”。店小二也微笑着招呼：“喝茶、听剧、看变脸。”连“川剧”的“川”字也省了。我们随店小二跨过木门槛，在小舞台一侧找个木桌坐下。

我们点了碧潭飘雪盖碗茶，一份葵瓜子，一份花生米。这时，一个右手持晶亮的长嘴铜开水壶的茶博士，将左手持着的木茶托扑扑扑地摆下，又挺准地摆上茶碗，装上茶叶，干净利落，然后，提壶从一尺多高处往碗里汩汩注开水冲茶，且茶博士的倒水动作有前倒、仰倒、侧倒、后倒等不同的高难度姿势，但开水就是不滴不溅，乖乖注进茶碗，单这招，足令我们拍案叫绝。

我们手捧着有“三才碗”之称的茶碗，闻着清清的茶香，吸饮着茶汤，小声地谈笑着，静候世界文化遗产之一的川剧变脸表演。据了解，变脸是运用川剧艺术中塑造人物的一种特技，是揭示剧中人物内心思想感情的一种浪漫主义表现手法，故十分期待有一次亲密的接触和了解。未及一盏茶工夫，台上走出一短打装束的主持，宣布川剧表演即将上演及表演者的介绍。主持退下后，一边的鼓点、铜锣等奏乐响起。两位变脸演员盛装而出，穿着川剧特有的戏服及头饰（帽子）等。腾挪闪转，踢腿扬臂，其中一手持折扇，另一手持木缨枪，在小舞台热烈地演着，每一精彩的动作的呈现，都引至热烈的叫好与掌声。当气氛渐高时，两演员在表演过程中，以迅雷不及掩耳之势进行了变脸，或掩脸，或背身，或转头，始终，在一刹那，就换上了另一张不同的脸谱，印象中有楚霸王、关公、张飞、包拯、孙悟空等。每一次变脸，就是一次高潮，如此反复换脸八次，看得真可谓畅快淋漓。当两演员脱帽致谢时，每一观众都意犹未尽，随着他们的离开均行注目礼。约二十分钟，添茶也约三四次，吃罢小吃，恋恋不舍走出小茶馆。

从小茶馆出来后，天色已渐暗，落日后也稍感凉意，华灯也次第亮了起来，但，亮也慢吞吞的，由暗渐明地亮，几友人见之都相视而笑。可能新有游团的到来，游人也渐多。当我们到一小店时，发现有七八个掏耳郎在那儿候客。也好，既然在成都，怎能不资产一次呢？来一次地道的掏耳吧！掏耳也是成都另一项非物质文化遗产，更应感受感受。我们半躺在卧椅上，掏耳郎搬弄出他的那一套掏耳工具，在他的工具在内外耳道深入浅出的掏刮中，在鸡毛扫脸、采耳的瘙痒中，全身毛孔都扩张，汗毛立竖，身体酥麻，再加上工具敲击金属盆子后的震动于耳，并有金戈之声响于耳际，是一种难以言清的舒畅，从头顶至脚底都说不出的通体安泰，酸爽难言。这就可谓是成都的另一小舒服。

在宽窄巷子，盖碗茶已喝，川剧变脸已看，掏耳也已享受，那一份闲适自得，在我回归故乡广东后还能再次感受吗？记忆如梦，一份悠闲，一份随心。

年味是儿时那甜甜的糖

甘军亮

过年是每个小孩子都喜欢的节日，不仅有的吃，有的玩，还能穿新衣服、领红包。在我儿时的记忆中，过年有糖吃就是最幸福的事了。

童年生活总是离不开各种口味的糖果。不管是谁，都不能否认童年时期对糖的偏爱。在我看来糖的甜味有着幸福的含义，每当自己的嘴巴被香甜围绕时，总觉得自己是世界上最幸福的小孩。我是一个爱吃糖的“小馋猫”，凡是带个“糖”字，是甜的东西，我都喜欢吃，比如冬瓜糖、莲藕糖、糖莲子，甚至是白糖、红糖、片糖等。

我记得小时候，外公家里有一个很大的玻璃瓶，是专门用来装糖的。外公在村里面算是比较年长的人，而且读过几年书，大家都很敬重他。每到过年过节，大家都会拿一斤半斤白糖送给他。由于比较多，外公就用一个大玻璃瓶储存起来，并把它放在高高的阁楼上。每年年初二，我早早就起来，嚷着让妈妈带我去看外公，其实我是惦记着外公家那罐糖。外公家离我们家有30多公里，那个时候还没有公交车，更没有小车，我就跟妈妈一人骑一辆自行车往外公家里去，遇到比较陡峭的山坡，还要下车推，通常要骑上三个多小时才能到。一到外公家，我就急着寻找外公装糖的玻璃瓶，变着花样吃糖，喝开水的时候要放糖，喝白粥的时候要放糖，去树上摘了几只橄榄，也要用糖腌制……大家都笑我是“糖痴”。

记得有一次，估计是我在拿糖的时候不小心，把糖撒在地上了，第二天起来的时候，发现外公的糖罐上爬满了蚂蚁，那些蚂蚁还不停地搬糖。我看得急跺脚，拿来一把火，把蚂蚁给烧了，但糖罐里还有很多蚂蚁，怎么弄也弄不出来。妈妈叫我把糖拿去倒了，我哪里舍得？我想来想去，最后决定把糖都倒进白开水里面，等糖都融化了，蚂蚁就都浮起来了，我再把上面一层层的蚂蚁都捞出来，这样就有糖水喝了。但，喝完那一大盘糖水之后，第二天我的肚子就开始折腾起来，好几天才好起来。

肚子好了之后，我又开始惦记糖了。但外公家的糖都没有了，我又实在不好意思开口问大人要钱去买糖果，每天在外公家里踱来踱去找不到糖，也不见有人送糖过来，整天都闷闷不乐的。终于，我在外公家里发现了糖的踪影，那是一个白色塑料瓶装着的一颗颗的药丸，那药丸外面包裹着一层红彤彤的糖衣，用舌头一舔，那甜甜的味道立刻渗透到了心里。等家里的人都出去之后，我偷偷地把药丸都倒出来，足足有 37 颗药丸。为了不被发现，我每颗药丸都是舔两下就马上放回到瓶子里，舔完之后，我又偷偷把药瓶放回了原来的地方。我以为这样神不知鬼不觉，但第二天还是被外公发现了。外公把我叫到跟前，严肃地对我说："这可是药丸啊！不是糖果，误食了可会死人的啊！你想以后都要有糖吃的话，就要认真读书，等你有出息了，以后糖有的是！要享受甜的幸福，你就要先承受苦的滋味。"我似懂非懂地点了点头。

从此之后，每当我学习有进步或者考试考好了，外公都会让人给我捎来糖果或者几包白糖，以作为奖励。

但，兴许是吃多，吃腻了。渐渐长大的我，再也不喜欢吃糖了。

如今，外公已经 80 多岁了。每次去探望外公，我都会带上一包糖，尽管我知道他有糖尿病，吃不得有糖分的东西。但我知道他会小小翼翼地储藏起来，就像是储藏着一份甜蜜，让人想起就觉得幸福。

儿时，那甜甜的糖包裹着的年味，滋养了我的一生。

作者简介：郑永兰，女，高州市作家协会会员，茂名市作家协会会员。在《茂名日报》《茂名晚报》发表多篇文章。

忆父亲

郑永兰

我的父亲是一名教书先生，个头不高，喜欢穿白衬衫、黑西裤，着中山装，穿一双拖鞋。在2000年的夏天，父亲因胃静脉血管破裂，永远离开了我。每当忆起父亲，不禁红了双眼，泪湿衣衾。

父亲一生爱烟，爱酒，爱书。少了这“三宝”，父亲像丢了“宝贝”一般，无精打采的。

孩童时代，经常看到父亲拿着高州特有的水烟筒，大口大口地吸着烟，然后慢慢地吐出烟雾，父亲闻着这烟味，深深地陶醉，仿佛此刻所有的烦恼都抛到九霄云外了。除了烟，酒也是父亲的最爱。父亲每天三餐必饮酒，二十世纪七十年代那时物质生活艰罕，一碟花生米，一碟鸡蛋，半碗肥肉，一盘青菜，已经是人间美味佳肴了，父亲就叫上同事或好友，饮上大半天，餐桌上，谈人生百态，谈世态炎凉，谈风花雪月，也谈家长里短。父亲爱酒如命，每当上完一节课，就倒上半杯酒，一饮而尽，仿佛还不过酒瘾，还想喝上几大杯。母亲怕父亲饮酒伤身，有时劝父亲少饮酒，父亲虽口上答应，但面上却露出不悦的神色。

如果说抽烟喝酒是父亲人生的两大乐趣，那么读书则是父亲精神上的食粮。我在孩童时代，总会看到父亲的卧室床头摆满书，有《红楼梦》《西游记》《三国演义》《水浒传》《地府演义》……父亲只要一有空，就会拿上书，看上半天，每当看到精彩之处，就会眉飞色舞、拍手叫好，看到伤心之处，也会眉头紧锁，和书中主人公同呼吸、共命运。父亲上卫生间时，也会捧上一本书看上半天。父亲有时看书忘记了时间，把饭煮糊了，就少不了挨来母亲的一顿臭骂，但这改变不了父亲对书的痴迷。每当夜晚休息时，父亲也会躺在床上，借着床头昏黄的灯光，津津有味地看着，真是废寝忘食。也许是从小受到父亲的影响，我也深深地迷上了书，父亲看的书，我也会拿来看一遍。长大后，我也成了书迷。

父亲一生与人为善，热心助人。在我读小学时，有一天晚上，邻居有位叔叔来向父亲借五百元钱。五百元在二十世纪八十年代是一笔不小的“巨款”了，邻居说是因为他亲人生病了，等着救命。父亲听了，二话不说，就把自己仅剩的几百元拿出来，递给那叔叔，说救人要紧，先拿去吧。父亲对那邻居的帮助，那人至今也还记得。我的邻居有位孤寡老人，父亲看到他三餐不饱，总会时不时给他一些菜、米或面条。在那物资匮乏的年代，父亲自己节衣缩食，接济这老人，实属不易呀！

光阴似箭，岁月如梭，父亲离开我们已经二十多年了，又到清明，远在天堂的父亲，过得好吗？

离别感怀

郑永兰

金秋九月，金风送爽，丹桂飘香，又到开学的日子，车站里到处挤满了坐车回校的学生。九月一日那天儿子坐火车回校，我和丈夫送他来到火车站，当他进入车站的那一刻，我的眼眶湿润了，儿子向前走了几步，又往后向我们挥手告别，我知道儿子虽然不说话，但内心也是有一种淡淡的离愁。此情此景，让我记忆又回到了我读书时父亲送别我的情景。

记得那一年我刚考入县城读高中，我不认识学校，父亲决定送我回校。二十世纪九十年代初，那时生活还比较艰苦，出远门，全靠家里那辆二十八寸的自行车，父亲决定骑车送我回校。那天，我和父亲早早吃了早餐，父亲骑着自行车，载着我，上路了。来到半路，只见公路上满是黄泥，那时因为修路的缘故，又因为刚下了雨不久，路上坑坑洼洼的，积水和着黄泥，自行车胎沾满了黄泥浆，骑不动了，我和父亲只能下车步行。父亲推着自行车往前走，走了一段距离，车胎沾的泥太多了，推不动了，父亲只得停下来，用木棍将自行车清理干净，又再往前行。父亲那时穿着一双拖鞋，每走一步，拖鞋就将泥溅到裤脚上，那样子真是狼狈极了。我看到父亲如此狼狈的样子，就对他说："爸，你回家吧，不用送我了，我走路到圩再坐车回校。"父亲说："你不认识学校，又拿着行李，怎么行呢？还是我送你到校吧。"见父亲这样说，我也不好再说什么。

我和父亲骑一会儿，又下车走一会儿，好不容易才出到大路口，在路边请人打来清水，洗干净车，再往学校方向行驶。父亲载着我，一边对我说："女，回到学校要认真读书，不能虚度光阴哦，还要食饱饭，才能有力气读好书。"我听了连忙说："知道了。"父亲还和我说起一件趣事，我小时候，有一次他载着我，我在车上睡着了，掉在地上，他也不知道，幸得好心人告诉他，他才知道漏了"宝贝"，我听了忍不住笑了起来。我和父亲骑了一个多小时，终于到了学校，父亲帮我找到宿舍，交了学费就准备回去了。在离开学校时，我看到父亲一步三回头往我望来，眼里全是爱和不舍，我向父亲挥挥手，让他小心骑车回家。当看到瘦小年迈的父亲骑着自行车远去的背影，我的眼泪忍不住流了下来。

父亲送我上学的情景还仿如昨天，我毕业后第一次参加工作父亲送我去车站的情景也历历在目。那天，父亲骑着自行车送我到车站，叮嘱我坐公共汽车要注意安全，别睡着了，小心摔倒，还买了矿泉水和干粮给我，让我在路上吃。汽车还有半小时才出发，我让父亲先回家，但父亲说："我不赶时间，我看着你上车才放心。"当汽车开走了，我还看到父亲站在原地，目送我的离开，直到看不见了，才依依不舍地离开。父亲虽然不善言辞，但我知道父亲对我的爱如山高、似海深。即使我老了，在父亲眼里永远是个孩子。谁言寸草心，报得三春晖？

呜——呜……火车鸣笛了，将我思绪拉回到现实中来。火车开始启程了，载着亲人的思念和牵挂，奔向远方。在这个离别的车站，我看到了人间太多的悲欢离合，每一次离别都是为了下次更好的相聚，但愿人长久，千里共婵娟。

作者简介：佩恩，高州市作家协会会员，喜欢看书、旅游、听音乐，热爱生活，热爱工作，喜欢用文字记录生活中温暖的点点滴滴。

有关菜头儿，致我失去的青春

佩　恩

很久很久没有吃过菜头儿了，它还有另外一个美丽的名字：萝卜干。前些日子，表弟的岳母送我一包，呵呵，好吃极了。

在准备晚餐的时候，我炒着萝卜干，闻着萝卜干熟悉的味道，看着它在锅里翻滚，思绪飘得很远很远……

时间回到二十世纪九十年代，1996 年到 1999 年，那是我的初中时代，最青春的日子，也是最艰苦的日子。每到星期日午饭过后就开始准备回校了，煮饭、食饭、洗头、冲凉等一系列工作，最重要的就是不忘炒一瓶菜头儿带回校。学校伙食本来就不太好，加上家里前两年建楼房，欠了一屁股债，更是没钱给我零用加菜了，所以，萝卜干是陪伴我最多最好的朋友了。

家里人忙着干农活没空理我，我都是自己先炒一遍，再放点进去糖炒一炒，等凉了就装进玻璃瓶里带回校，每顿饭都拿出来吃一些。只要一打开瓶盖，香味就扑鼻而来，吃起来咯吱咯吱响，与饭堂的菜比起来可好吃了，惹得舍友很多人都流口水的。也会分些给最好的同学吃，因为瓶子小，萝卜干也显得珍贵多了。有时候同学们带来的菜也会互相分享下，萝卜干换了其他的菜回来，呵呵。当然，也有馋猫不问自取的，常有被偷吃的现象，吃亏多了也有学聪明的时候，后来把瓶子锁进装衣服的木箱子里，那个时候保护萝卜干比担心衣服染上萝卜干味重要多了。

每天放学回宿舍打饭，在校道两旁挤满了送菜的家长，可我从不在那群人里寻找我家人的身影，因为我知道我家里人很忙没有空来，家里活那么多，周末我回家都要拼命帮忙干：上山开荒种荔枝，下田插田割禾种冬种，放牛、割草、煮饭、喂猪鸡、淋菜……活都干不完，哪里得闲送来？反正我有萝卜干。

不知道是不是我曾无意在他们面前说过家长送菜的事，他们看到我流露出来的那个羡慕，后来，读初三了，爸给我送菜来了。深深地记得父亲第一次给我送菜的样子，心里一股又一股的暖流在涌动，我强忍着不让泪水流出来。父亲送来的是什么菜我已经忘记了，看着父亲离开的身影，我暗暗在心里发誓：“我一定要努力读书，长大了让爸不要那么辛苦；我一定要努力读书，跳出农门，让爸过上好日子。”现在我已经长大了做到了，可是父亲却老了，脾气也犟了，喜欢干些他喜欢干的事情，说是自由。

生活越来越好，美味的菜肴也越来越多，连萝卜干也可以变身做出许多不同款式、不同口味的菜肴了，可我还是喜欢原汁原味的干炒，再加些糖，这就是我青春最深的味道之一。你是否也尝试过这滋味呢？

暖　流

伍世添

又一股寒潮来袭。粤西的冬天不会很冷，但8℃的低温足以令我心生寒意。打开衣柜，正准备找一件御寒外套，突然，我的目光落在衣柜角落里挂着的一条围巾上——霎时，一股暖流从心底升起。

这条围巾白里泛黄，是我大学入学前织就的，陪伴着我已整整二十五年。记得大学时，曾有同学打趣说我这是“温暖牌围巾”，我只是微微一笑，不置可否。这围巾，确实很温暖，至于是否是同学口中的“温暖牌”，当时从未恋爱过的我，自然知道是怎么回事。事实上，这围巾是我嫂子亲手为我而织的。自我收到湛江师范学院的录取通知书，全家人一直沉浸在欢乐之中——毕竟，在当时的乡镇高中，能考上本科，是非常了不起的事情。当时家里穷，我实在找不出一套像样的衣服，更别说冬衣了。嫂子看在眼里急在心里，于是到集市上为我买回了两套新衣服，还有几团毛线，然后花了几天时间，加急为我织就了一条围巾和一件毛衣——围巾纯白如雪，毛衣棕黄似霞。当嫂子将这两件“宝贝”郑重地装进我的行李袋时，我的泪水终于禁不住夺眶而出。此后的每一个寒冬，当我裹上围巾或穿上毛衣，都会浑身暖洋洋的。遗憾的是，在我毕业第二年，一个寒气逼人的冬日，我的一位好友要开摩托车回一趟乡下，匆忙中借走了我的那件珍贵的毛衣，几天后回来时，他却说毛衣不知所踪。我虽然从不因此而怨恨好友，可至今还是会对毛衣的失踪而耿耿于怀。不过，于我而言，围巾还在，暖意就在，对嫂子的感激之情也是与日俱增。

印象中，嫂子是在我读高一时进入我家门的。我当时想不明白，嫂子怎么愿意跟从我大哥，怎么愿意嫁入这么一个村中穷得响叮当的人家。只是，我很清楚，自嫂子到来后，我的家庭就时时充满着“温暖”。

嫂子跟大哥长期留在家乡的时间也就两三年，其余时间都是在珠海、广州或东莞的建筑工地上。而嫂子在家乡的那段时间，家里连摩托车也没有，平时都是跟大哥骑着单车到二十公里外的茂名市郊做建筑工。那时，只要嫂子在家，扫地、洗衣、挑水、做饭等家务活，她都会全揽过来做，而且，她能做的事，往往都不会让我同妹妹帮手。嫂子常对人说，她小时也因为兄弟姐妹多，家里太穷而没读过什么书，华哥（我大哥）本来读书不错的，却因爸妈身体不好而高一没读完就退学了，好可惜，但华哥的弟妹成绩一直很优秀，无论如何都要栽培好，直至读完高中大学。

还记得，我读高中时，每每周末回到家，嫂子只要在家，都会想尽办法为我做好吃的，尽管对我家来说，再好吃也不过是一周才会吃一次肥肉、豆腐或鸡蛋，最多也就一两个月才杀一只鸡。在我临近高考的日子里，每次从学校回家，嫂子依然挺着怀孕八九个月的大肚子为我做饭。“你高考若成功，我和你哥做啥都值得!”这句常挂在嫂子嘴上的絮语，至今还是时时萦绕在我耳际。

也还记得，我大学入学那年暑假，懂事的妹妹考虑到家里难以支持继续读高中，中考一结束就去东莞打暑期工，直到高一开学都不肯回校。嫂子听说后，就让大哥连夜乘车从广州赶到妹妹打工的东莞某厂家“抓”妹妹回去读书，而大哥到达该厂时已是深夜，门卫坚决不让大哥与妹妹见面，当时大哥急得有如热锅上的蚂蚁，以致爬墙进去时被巡厂保安抓住并拘禁了一夜。还好，第二天早上，大哥软磨硬泡，还是说服了厂家管理员和妹妹，最终顺利将妹妹带回家乡读高中。时至今日，每当有人提起此事，嫂子都会因大哥被拘禁一事而笑得花枝乱颤，而我和妹妹却潸然泪下。

曾听大哥的一位工友说，在我读大二那年，嫂子跟大哥在广州工地上干活时，同在工地上的一位同村大叔说嫂子真傻，说世间哪有大嫂挣钱给小叔和姑仔读书的，况且小叔和姑仔都大了，让他们出来打工挣钱，你两夫妻趁年轻，应该早点分家过自己的小日子去，不必自找苦吃。嫂子听后，只是微微一笑道：“谢谢您的好意。都说长兄如父，长嫂如母，丢下他们分家另过的事，我们实在做不出。”每每想起嫂子的这番话，我都禁不住热泪盈眶。

是的，嫂子总能在我们陷入困境时送来寒冬中的“暖流”。

两个月前，母亲深夜时患急病，头晕肚痛肚泄，我只能赶紧将她送去中医院住院。那一夜，看着母亲有气无力、神志不清的样子，我有点手足无措，再加上要不断扶母亲上厕所，还要洗屎尿盘，实在不堪重负。嫂子听说后，知道我和妹妹都要上班，第二天一吃完早餐，安排好建筑工地上的工作后，就从东莞赶了回来。当天下午，看到风尘仆仆、满脸憔悴的嫂子来到病房，我劝她先到我家里休息一下，到晚上吃完饭再来接班。但嫂子说不累，平时在工地惯了，这点辛苦算不了什么，反倒说我昨夜不能休息，今天又辛苦了大半天，让我早点回家休息。我只能心存愧疚地离开了病房。此后的几天，直至母亲出院，嫂子都日夜守护在母亲边，除了送饭时间，嫂子都会以我和妹妹工作忙为由，将我们“赶走”。

其实，我和妹妹都很清楚，没有好大哥，特别是没有这个好嫂子的话，将意味着什么——我和妹妹俩能读完高中、大学，能成为光荣的人民教师，能有今天的幸福生活，毫无疑问，都离不开嫂子一直以来给予的“温暖”。我们能做的，就是尽量对哥嫂的儿女好，对我们的父母好，这样才可以让哥嫂在外安心工作，而这，也许就是回报哥嫂的最好方式。

现在，依然寒气逼人。我轻轻地取下珍贵的围巾，再轻轻地裹在脖子上——瞬间，一股暖流溢满全身。

作者简介：周建红，女，高州市作家协会会员，热爱生活，喜欢唱歌，喜欢旅游，喜欢拍照，喜欢一切美好事物。

锅粬粑情怀

周建红

那天是父亲节，我一如既往地回到了娘家。吃过午饭，弟弟买回来两袋锅粬粑，我好奇地问："为什么突然买锅粬粑吃啊？"他说："今天是奶奶的生忌。"我说："真巧。"

这时，妈妈走过来，说："先吃一袋，留一袋下午回去烧纸给奶奶。"我说："好。"于是，我打开袋子，拿起一块品尝，这个锅粬粑只加了点葱花，是小时候最朴素的味道。因为奶奶生前最爱吃锅粬粑，所以每年到了她的生忌，家人都会买来拜祭她。

记得小时候，我也喜欢吃锅粬粑。家人一般都喜欢在夏天下雨的天气做锅粬粑，因为下雨大家干不了农活，刚好可以做吃的。有一天中午，乌云密布，电闪雷鸣，天下起了大雨。正在睡觉的我被吵醒了，我兴高采烈地跑去奶奶的床边叫起来："奶奶，奶奶……"奶奶刚想起床，打断了我的话："叫刀啊？"我笑着说："我不叫刀，我叫奶奶。下雨了，奶奶做锅粬粑吃好吗？"奶奶看了看天，摸着我的头，爽快地回答："好啊！机灵鬼。"只见她去米缸那里，舀了几升米，然后把米洗干净，放在一个桶里泡着，最后还加了几把花生。奶奶告诉我，米和花生要泡一个小时左右，然后再拿去磨。我家的石磨放在门口的新屋那里。泡好米后，雨也渐渐小了，奶奶和婶婶们就带着我们几个孩子去磨米浆。婶婶先用清水反复把石磨洗干净，然后把米、花生和水一起放到石磨的"眼睛"里，就开始不停地拉起磨来。不一会儿，白花花的米和红红的花生就变成了粉色的米浆。我们几个孩子在一旁欢呼雀跃，很快就可以吃到香喷喷的锅粬粑啦！

大概过了一个多小时，雨停了，奶奶和婶婶们终于把米浆磨好了。奶奶去房里装了满满的一瓶花生油，接着把从菜地里摘回来的葱切好，放在米浆里，最后加上几勺盐搅匀。我在一旁高兴地说：“奶奶，我来烧火吧！”奶奶笑着说：“好。”于是，我学着大人的样子，先把一小撮柴草放进灶口，接着用火柴点火，然后继续加柴，火旺起来了。奶奶急忙说：“不要烧太大火。”她一边说，一边往锅里倒花生油，锅热了，花生油“嗞嗞嗞”地响起来。奶奶用舀水的勺子舀起一大勺米浆倒进锅里，接着用锅铲把中间的米浆铲起往锅边淋，然后盖上锅盖。“阿红，再烧两把火就可以了。”奶奶说。这时候，我已经闻到了葱花的味道。大概过了两分钟左右，奶奶把锅盖拿起来，然后用铲子划了几下，把锅𫗉粑分成好多块翻了过来。我烧完最后一把火，站在锅边直吞口水。奶奶擦了擦汗，把锅𫗉粑铲起来，叫我们几个孩子先吃。我夹起一块跑到奶奶身边，说：“奶奶辛苦了，您先吃！”奶奶高兴地笑着说：“好好好，奶奶先吃一块，阿红最懂事！”弟弟妹妹们一边吃一边叫“真香”，也顾不上有多烫了，哈哈！

每次做锅𫗉粑，家人都会做很多，第二天可以加青菜煮着吃。煮过的锅𫗉粑，滑滑的，青菜汤也很鲜美，如果加点肉片或者鸡蛋就更加好味。

后来，我随爸出镇上读书，家里做锅𫗉粑就很少参与了。随着生活的改善，锅𫗉粑也少吃了。有一次，奶奶出镇上探我们，我陪她去趁墟，发现墟尾卖粉皮的店居然有锅𫗉粑。奶奶比我还要高兴，她说：“赶快买点来吃，看看好不好吃。”我买了一袋，锅𫗉粑加了葱花、芝麻，也挺香的。自从那次以后，奶奶每次来镇上探我们，我都陪她去买锅𫗉粑吃。

毕业工作后，我有一次跟朋友去东岸胜记饭店吃饭，发现那里也有锅𫗉粑，跟小时候吃的不一样，好像是加了高粱打的米浆，锅𫗉粑上面撒了一层花生碎，更加好吃了。

那天回老家烧纸给奶奶，我在六叔家门口发现了那台石磨，我仿佛看见奶奶正在拉着石磨，粉色的米浆缓缓地流着……

作者简介：林启文，喜读书，喜写作，平时有空就动动脑、动动笔，曾有作品见诸报刊。

老梁印象

林启文

今天，阳光灿烂，温暖如春，是这次寒潮后难得的好天气。下午，伴着暖融融的阳光，我随文友们驱车来到地处南塘镇的胜利农场场部，拜会我们尊敬的老梁。

老梁住在场部职工住宅区内一幢漂亮的三层单家独户小洋楼，绿树环绕，空气清新，环境十分清幽。房前一个袖珍花园，桂花树米黄色的花蕊和白玉兰的素色花瓣，散发出沁人心脾的清香；铁栏杆上爬着的一簇簇嫩黄色的炮仗花，令人赏心悦目。

最早认识老梁，是在三年前市作协组织举办的一次文友活动上，也是在胜利农场。初次见面，他给我的第一印象是憨厚的笑容——笑得真诚自然，既有蒙娜丽莎的恬静、淡雅，又有藏族青年丁真的憨厚、纯真、温暖。他笑的时候，稍稍眯缝着眼睛，嘴角微微上翘，笑容甚至还带点羞涩——这是一种发自内心深处毫无造作的笑，一种对朋友真诚的笑，给我留下了深刻难忘的印象！

听老梁说，他老家在大潮，那是高州最偏远的山区之一。1958年修建高州水库（良德水库）时，政府组织他们全村移民到了胜利农场，从此他在农场扎根，上学工作。他当过十多年的胶工，半夜起床，摸黑上山，栉风沐雨，受尽艰辛，但他无怨无悔。后来，凭着一支生花妙笔，一步一步走进场部机关，成为一名国家干部；他怀着对文学的不懈追求和一股韧劲，笔耕不辍，一步一步闯进了神圣的文学殿堂。

老梁擅长写作小说、散文，二十世纪八九十年代起，他的不少作品就刊登在《羊城晚报》《中国农垦》《广东民间文学》等报刊，并有多篇作品被选登在具有全国影响力的《小小说选刊》，声名远播，成为高州、茂名地区文学创作的翘楚人物。

我读过老梁的《豆腐王》《黄鳝三卖鳝》《钓王》等多篇小小说，深深为他塑造的栩栩如生的人物形象和浓郁乡土气息的语言所折服。

“不是吹，成伯做豆腐确有两下子，他制作的豆腐不光香、甜、嫩、滑。好味儿……啧啧，压下肚后打个嗝都是香的。”（《豆腐王》）

“他卖豆腐不用秤，只拿块豆腐拎一拎，然后轻轻一抛，再轻轻一接，八两。斤两就会冲口而出，多或少不会超过五钱。”（《豆腐王》）

“当电筒光束照着黄鳝儿，但见黄鳝三伸出食指、中指、无名指成三叉形状快速朝鳝儿插去，尔后一夹一屈，整条鳝儿就乖乖地进了鱼笼，得！”（《黄鳝三卖鳝》）

“黄鳝三赶紧用舌头压着碗内侧，把碗转了一圈舔净碗中猪杂味儿，才抬起头……”（《黄鳝三卖鳝》）

……

多么生动传神！没有深深扎根泥土的生活底蕴，没有深入底层的生活体验，没有厚实的语言功底，哪里写得出这样朴素动人的文字？

我们来到胜利农场场部老梁家门口的时候，老梁也刚从自己的果园回来不久。他穿一件灰色衬衫，外套一件黄色夹克褂子，下着一条褪了色的灰黄色长裤，脚蹬一双满是皱褶的旧布鞋。朴素的装束，朴实的举止，丝毫也看不出他曾经是一位国营农场的办公室主任，一个挥洒笔墨多年的文人。真是“文如其人”“人如其文”！

老梁热情地跟我们打招呼，握手。他的双手满是老茧，我和他握手时感觉到就像接触到一层粗糙的老树皮。老梁向我们介绍他的果园，二十多年前他就承包了一个小果园，种下六十多棵桂味荔枝树、一百多棵石硖龙眼树。这些优质果树现在正是挂果丰产期，每年都为他带来一笔可观的收入。果园里还养了一群山地鸡，每天都可捡到不少新鲜鸡蛋，为他家提供环保的食品。他一双儿女都在珠三角就业成家，很少回来。夫妻俩平时利用休息时间除草除虫施肥，控梢促花保果；收获季节，摘果卖果数钱。如今夫妻俩都退休了，就全副身心都放在管理果树上，每天忙得不亦乐乎。

我们都为老梁这种艰苦勤奋的精神所感动！

走进他家客厅，我们闻到了从厨房里飘散出来的缕缕馨香，老梁的夫人正在厨房里为文友们准备晚餐。老梁见状，也马上系上围裙下厨，洗菜切菜炒菜。同来的文友大象先生也下厨操勺，制作名菜香油焗狮头鹅。不多一会儿，一盘盘香喷喷的菜品就摆到桌子上了——焦黄香嫩的东岸豆饼角，嫩白香软的油煎锅贴粩，猪头皮爆炒辣椒洋葱，嫩滑滋补的石金钱龟肉，还有粉皮、青菜等。最值得称道的是摆在桌子正中的一盘油焗狮头鹅，香气四溢，力压群芳，成为今晚的“菜王”。

文友们分两桌坐下，看见如此美味的菜品，一个个都让手机镜头先“尝”味道，并分享到朋友圈。文友宝哥率先在群内发“红包”，大家纷纷争抢，接着又有一个个文友发“红包”，欢声笑语不断，热闹非凡。

老梁看到这种热闹情景，竟快乐得像个小孩似的，手舞足蹈，笑得合不拢嘴。他赶忙打开一个深红色的酒缸，给每个文友都斟满了一杯，然后给大家敬酒。这是他从山上采摘地稔果，用高度米酒浸泡而成的地稔果子酒。

我受了这热闹氛围的感染，更为了老梁的热情好客，破了自己不饮酒的戒律，举起酒杯，一饮而尽。啊！香浓甜醇，真是好酒！

我自己又斟满了一杯酒，走上前去给老梁敬上。

哦，说了半天，忘了告诉你们老梁的尊名。老梁，“居壬先生”是也！

乡村广场舞翩翩

林启文

天刚擦黑，村道的LED路灯就亮了，村中间小广场的灯也亮了。一会儿，小广场上就响起了强劲的音乐，一位位大妈踏着音乐的节奏，从村的四面八方接踵而至。

小广场旁边一棵大榕树下，一张桌子上面，摆着一台49寸屏幕的广场舞跳舞机，地上还有一个大音箱。大妈们跟着跳舞机领舞者的舞步跳起来。说是大妈，其实并不准确，来跳舞的，多数是四五十岁以上的妇女，年龄最大的七十多岁，也有二三十岁的媳妇，甚至还有几个年轻姑娘。在乡村，跳广场舞可是件新鲜事，大家都来凑热闹！

我的老伴也不例外。她早早就喂好鸡鸭，把鸡鸭关进笼子里，吃完晚饭，洗刷完锅盆碗筷，就要赶去小广场。我笑着说："你去凑什么热闹？水桶腰，大象腿，跳跳什么舞？"老伴白了我一眼，说："我偏要跳，跳成水蛇腰、白鹤腿，让你看看！"我又说："白天都累到腰曲了，还跳舞？"老伴说："就是累到腰曲了，才去跳舞，让腰挺直。"我知道自己说不过她，就由着她去跳。有时晚上从七点多钟直跳到十点钟。回到家，还哼着舞曲，好似一身轻松。

我忍不住好奇心，也逛到小广场旁边看看。大家跳得正起劲，一个个手舞足蹈，旋转自如，跳得倒也似模似样。舞曲，大都是老歌曲，动感十足，比如《北京的金山上》《美丽的草原我的家》等，也有《九儿》等新歌曲。听着这些熟悉的歌曲，看到这些好看的舞蹈，好像回到了年轻时代。难怪大家都这么着迷！

"林叔，快来跳舞呀！"有人叫我。循声望去，是村中最活跃的陈姨，她大概是跳累了，坐在旁边的石凳上休息。广场舞就是她一手组织搞起来的。这个小广场原来是一块长满杂草的空地，陈姨组织大家清理杂草杂物，组织大家捐款，然后铺上混凝土，做成了一个小广场；再购买了音响，组织大家学跳舞。

我摆了摆手，不好意思地笑笑。

陈姨说："你家廖姨跳得多好！你也来伴她跳跳嘛！"

我说："我们这些农村卜佬，跳什么舞？叫人笑掉牙齿！"

"农村卜佬？农村卜佬怎么啦？今时不比往日，现在我们农村人过得不比城里人差！空气比城市好，又没有城市的噪音，天天吃没有污染的新鲜蔬菜。城市人有这些吗？有些原来从农村迁到城市的人，又想迁回农村来了。他要迁回来，还要我们同意呢？"陈姨说话声音又快又响亮，哒哒哒，好像打机关枪一样。

我不住地点头。陈姨说得在理！党的好政策惠及农村，从通路、通电、通自来水、通电视、通网络，精准扶贫，到乡村卫生清洁、美丽乡村建设，新农村建设正在展开一幅崭新画卷！

"来吧！跳舞就是走路，你还不会走路？开始不会跳，不要紧。跟着我，看着我怎么跳，慢慢学就会了。"陈姨对我说。我心动了，便站在大家后面，跟着陈姨跳。呵！原来跳舞也不是很难的事，还真的跟走路差不多，不过开始时走得有点歪歪扭扭罢了。

跳完舞，回到家里，已是十点多钟。老伴好像意犹未尽，还沉浸在刚才的舞蹈中，轻声哼着舞曲。我想起女儿今天来过电话，就告诉说，女儿叫她过几天去佛山帮带小孩。她想了想，说："要不你去帮女儿带小孩吧。"

"为什么？"我有些意外。

"我原来肩周炎，跳舞好转多了，还想在村里跳舞！"

哦，原来是这样。

我哪能带得了小孩，就劝她说："你去佛山，那里一样有跳广场舞的，去那里跳不行吗？"

"在家里惯了，村里好！去那里人地生疏，跳不了。加上城市噪音大，不习惯！"

我一时语塞。唉，都是这广场舞弄的！……

作者简介：张玉婵，女，喜欢看看闲书、写写小字。

浅斟低酌诗中酒

张玉婵

或许是某次在朋友面前夸海口，说自己从未醉过，以致朋友以为我嗜饮，一有小聚就叫我去小酌一杯。我不禁哑然失笑，赶紧解释：向来少饮酒，又怎么会醉呢？事实上，生活中我对酒兴趣不大。但是，对古诗词中的酒，我却沉醉不已。

古典诗词中，美的意象比比皆是，譬如幽远迷人的“月”，变幻莫测的“风”，又如复杂醉人的“酒”。诗中之酒，恰如人生，有苦有甘，有悲有喜。正如我们无法在一饮而尽中品出酒的复杂滋味，我们也无法在一时三刻中就领悟人生的真谛。故品诗中之酒，宜浅斟低酌，反复回味。

诗中酒，让好男儿喝了豪迈激扬、热血沸腾

诗中酒会让人豪迈激扬、热血沸腾，皆因诗人具有远大的理想抱负和舍我其谁的自信。“天子呼来不上船，自称臣是酒中仙”（杜甫《饮中八仙歌》）的李白，感叹人生苦短、光阴易逝，因而在《将进酒》中高声宣言：“人生得意须尽欢，莫使金樽空对月。”表面看来，李白是在宣扬及时行乐的思想，但他除了陪在君王身边奉诏作诗，又何曾“得意”过呢？正因为一直都处在郁郁不得志中，所以他极度渴望自己能有一展抱负的“得意”时刻。可人生中的“得意”时刻何时才会到来呢？为了勉励自己，他特意叮嘱自己“天生我才必有用，千金散尽还复来”，更告诉自己要始终坚信“长风破浪会有时，直挂云帆济沧海”（李白《行路难·其一》）。所以说到底，他是用积极乐观的态度去面对失意暗淡的人生，充分肯定自己的存在价值。正因为李

白对理想和生活满怀希望，对自己的未来充满自信，所以他的诗中酒让人豪迈激越、热血沸腾。

又如唐代诗人王翰在《凉州词》中写道："葡萄美酒夜光杯，欲饮琵琶马上催。醉卧沙场君莫笑，古来征战几人回。"耳听着阵阵欢快激越的琵琶声，手持着斟满葡萄美酒的夜光杯，将士们推杯把盏，意气飞扬。开怀畅饮之后，有人醉意微醺，想暂且停杯，座中便有人叫嚷：醉就醉吧，就是醉卧沙场，也请诸君莫笑，反正上了沙场，就不打算活着回来了。这样珍贵的美酒落入喉间，与将士们杀敌报国视死如归的爱国热情相会合，仿佛便有了血性，让人禁不住意气风发、激情飞扬。

还有南宋词人张孝祥在《念奴娇·过洞庭》中说："尽挹西江，细斟北斗，万象为宾客。"词人设想自己是主人，想汲尽西江水为酒，并以北斗星为酒器，慢慢将其斟满，然后请天地万物为宾客，陪伴自己纵情豪饮。彼时作者因受政敌谗害而被免职，可他身上却丝毫不见悲观颓废。那博大的胸怀和无比的自信，让他笔下的酒成为天地间最让人热血沸腾、荡气回肠的美酒。这样让人豪迈激扬、热血沸腾的酒啊，充满了正能量，每一个中华儿女都应该好好品尝。

诗中酒，让好朋友尝了便觉甘醇芳香、回味无穷

我们来看陆游的《游山西村》："莫笑农家腊酒浑，丰年留客足鸡豚。"在柳暗花明的春天，在暖意融融的春社日，农家朋友不仅杀鸡宰猪，还拿出自家所酿来招待贵客。尽管酒色有点浑浊，酒器也有点粗劣，可当中却有着农家朋友的真情厚意。这样质朴甘醇的酒，又如何不让诗人生出"从今若许闲乘月，拄杖无时夜叩门"的念头呢？再看看孟浩然的《过故人庄》："开轩面场圃，把酒话桑麻。"坐在农家院子的小轩窗下，面对着打谷场和菜园，朋友之间喝点小酒，说说农事，聊聊家常。这是人生何等高级的享受！我们隔着诗行，仿佛也闻到了那杯酒散发出的醉人芳香。好酒总让人意犹未尽，我们不妨再来品一品白居易的《问刘十九》："绿蚁新醅酒，红泥小火炉。晚来天欲雪，能饮一杯无？"在寒气逼人天将欲雪的傍晚，诗人拿出新酿的还没过滤的酒，又烧红了用于烫酒的红泥小火炉，然后对好友热情相邀：留下来吧？我们共饮一杯吧？严寒的冬夜，读到这首诗，心该有多暖！这样甘醇温暖的

酒喝下去，让人回味无穷，真的是酒不醉人而人自醉啊。

诗中酒，让离别人尝了觉得甘中带苦、滋味悠长

中国的古典诗歌中，送别诗占了相当大的比例，传诵千古的也不在少数。表现爱情的送别诗让人无限伤感，可表现友情的送别诗却让人觉得无比温暖。其中，最为感人而又影响深远的当是王维的《送元二使安西》。一千多年前的渭城，早晨一场微雨过后，客舍青青，杨柳色新，王维正举杯与好友元二话别："劝君更尽一杯酒，西出阳关无故人。"想到好友要经受万里跋涉的艰苦和踽踽独行的孤寂，诗人内心不免担忧牵挂，但更多的是对好友的理解、支持和祝福。千言万语最后还是落到了这杯酒上：朋友啊，再喝一杯吧。喝了这杯酒后，走出黄沙莽莽的阳关，一路向西，你就再也找不到故人了啊。诗人的殷殷情意让这杯饯别酒变得甘甜芳香，虽然它还带着一丝丝离愁别绪的苦涩，却显得滋味更加悠长。也是在一千多年前，岑参在轮台送武判官归京，"中军置酒饮归客，胡琴琵琶与羌笛"（岑参《白雪歌送武判官归京》），虽然帐外"瀚海阑干百丈冰，愁云惨淡万里凝"，可帐内却有特色鲜明的胡乐演奏，有殷勤劝酒的军中主帅。尽管很快就要策马告别，可这份厚待，这份情谊，是何等温暖，何等珍贵，它让本来苦涩无比的饯别酒变得甘中带苦，让人品尝之后只觉滋味悠长、永生难忘。

诗中酒，让失意人尝了觉得无比苦涩、酸楚难言

诗中酒的苦涩，主要来自理想上的不得志。中国古代的知识分子，壮志难酬后都爱借酒消愁，反映在诗歌创作上，就是爱借酒来抒发内心的苦闷彷徨。一代抗金名将辛弃疾，由于与南宋当政的主和派政见不合，被弹劾落职，只能独居乡村，投闲置散。可是饮酒之后，依然"醉里挑灯看剑，梦回吹角连营"（辛弃疾《破阵子·为陈同甫赋壮词以寄之》），甚至在死前仍不忘北伐大业，高喊"杀贼杀贼"。他满腔的热血和内心的酸楚又岂是几杯苦酒能够浇灭的？忧国忧民、年老体弱的杜甫在《登高》中感慨："艰难苦恨繁霜鬓，潦倒新停浊酒杯。"在别人登高祈福、合家团聚的重阳节，在异乡漂泊的自己却只能拖着残躯，独自登台，独自苦饮，既痛心国破家亡，又感怀自己壮志

未酬身先老。辛弃疾也好，杜甫也罢，理想、仕途上的不得志，让诗人笔下的酒充满了酸楚苦涩。

诗中酒的苦涩，还有来自爱情上的痛苦和刻骨的相思。“都门帐饮无绪，留恋处，兰舟催发”（柳永《雨霖铃》），柳永不仅描绘了男主人公与恋人在饯别时不忍别离却难舍难离的情景，更设想自己别后“今宵酒醒何处，杨柳岸，晓风残月”，一语道尽了自己爱而不得、漂泊江湖的无限凄凉。“三杯两盏淡酒，怎敌他、晚来风急”（李清照《声声慢》），经历了国破、家亡、夫死的女词人李清照，在晚风正急的时候正想喝杯淡酒暖暖身子，孰料天边孤雁一声悲鸣，让她忆起往昔鸿雁传书、夫妻恩爱的情景，于是不禁悲从中来，伤心欲绝。爱情上的痛苦和刻骨的相思，让诗人笔下的酒融入了眼泪，让千百年后的读者品尝后也黯然神伤。

诗中酒，更能让高贤之士尝了变得豁达乐观、从容自若

人生不如意者，十之八九，我们最需要的就是学会豁达乐观、积极面对。而品尝诗中酒，能让我们在历尽磨难后依然对生活有着一颗豁达乐观的心。

东晋大诗人陶渊明年青时渴望建功立业、匡时济世，但在亲历了官场的险恶污浊之后，他毅然选择了归隐田园、洁身自好。他如飞鸟一样，“久在樊笼里，复得返自然”（陶渊明《归田园居·其一》）。尽管生活穷困潦倒，所幸“故人赏我趣，挈壶相与至”（陶渊明《饮酒·十四》），他们“班荆坐松下，数斟已复醉”。醉后的陶渊明明悟世态，摆脱了现实的压迫。他说，“结庐在人境，而无车马喧”（陶渊明《饮酒·其五》），为什么身居闹市也不觉有车马喧闹的烦恼呢？那是因为“心远地自偏”，思想上做到了真正的豁达，自然就不受困扰，所居之处也就不觉得喧闹嘈杂了。回归田园后，他“采菊东篱下，悠然见南山”，这“南山”，是自然之景，也是心头之境；是悠然之所，也是心静之地。他见到了“山气日夕佳，飞鸟相与还”，他欣喜地说“此中有真意，欲辨已忘言”，在这里可以领悟到生命的真谛，可是刚想要把它说出来，却发现已经找不到合适的语言。那是悠然自若到极致而忘乎其形啊！陶渊明的这一系列饮酒诗，写出了诗中酒的最高境界：豁达悠然，从容自若。

而把诗中酒喝得最豁达乐观的，古往今来当数苏轼为第一人了。公元1076年的中秋之夜，在密州任职的苏轼与胞弟苏辙已经七年未能团聚，孤独

寂寞的他“把酒问青天”，渴望“乘风归去”，逃离现实，但最终还是选择勇敢直面痛苦却不失温暖的人生，理性地认识自然和社会，深刻地认识到“人有悲欢离合，月有阴晴圆缺”，并衷心祝福天下离人“但愿人长久，千里共婵娟”，这是何等豁达开阔的胸怀。因为豁达乐观，苏轼的这杯酒啊，一直到现在还散发着迷人的芳香。

三年后，苏轼因“乌台诗案”被贬到黄州任团练副使，受当地官员监督，仕途上更是走向了绝境。某日，他与友人春游时突遇风雨，却泰然自若，信步前行。在《定风波·莫听穿林打叶声》中，他写道：“料峭春风吹酒醒，微冷，山头斜照却相迎。”仕途上的沉重打击，并没有让苏轼一蹶不振，尽管他也会喝酒解闷，可他却没有悲观厌世、怨天尤人，而是用一颗豁达平和的心去看待生活，既能淡然面对骤雨冷风的料峭萧瑟，也能欣然接受斜照晴日的光明暖意，因而在归去后回首走过的路，自然觉得“也无风雨也无晴”；面对未来的人生道路，也能从容自若地“一蓑烟雨任平生”。他的这种淡看得失、泰然处之的人生态度，使他笔下的酒具有一种让人豁达乐观、从容自若的力量。

生活中，每个人都会经历这样或那样的挫折和磨难，但愿我们都能好好地品尝一下豁达从容的诗中酒，它可是我们人生修行中不可缺少的灵丹妙药。

诗中酒，还藏有许多许多……

中国四千余年的酒文化，香味馥郁，它飘过先秦，飘过盛唐，飘过两宋……它在文人们的诗词曲赋中，演绎出诸多悲欢离合、爱恨情仇等丰富而动人的感情。诗中之酒，其味道和诗人的人生经历密切相连，和诗人的思想个性息息相关。故品诗中之酒，就是品味人生，体会人性。今夜月华如水，晚风清凉，让我们打开那本微黄的古诗集，浅斟低酌，细细品尝吧，相信你一定会沉醉其中，不知归路。

亲情如水

吴伯寿

盛夏，家乡的山稔子熟得最火红的时候，农忙时节又到了。

不用去信催促，每年此时，我外出务工的姐姐，准像恋家的候鸟，又步履匆匆地赶回来了。

姐姐踏进门槛的那一刻，寡言少语的父亲，眉宇间总会掠过一丝欣慰。姐姐每次回家，尽管行囊羞涩，尽管农忙辛苦到极点，但父亲夜里的叹息声经意或不经意地少了。于父亲而言，家里的农忙有了得力的帮手，几个月来的赊账总可以减轻一些，而我，秋季返校的学费或多或少有了着落。

农忙一过，姐姐又成了异乡的候鸟，早晚奔忙于长长的流水线。每次离家，送别姐姐的任务，我义不容辞地承担下来。

感念姐姐的克己，始于我拿到师范代培生录取书的那年暑假。惊喜过后，父亲一声长长的叹息，急得我眼泪直打转，同时也打碎了姐姐的大学梦。二十世纪八十年代末那一年，姐姐正在县城一间中学念高二。显然，倾尽家里的所能，母亲的病情一拖再拖，但凭农家人的微薄收入，那笔昂贵的学费会压弯父亲的腰。

眼看入学的日子一天天临近，父亲的叹息声也越来越重。那天晚饭后，一直沉默的姐姐说话了："爸，我不上学了，省点钱让弟弟去上吧。"沉默中，无奈的泪水早已夺眶而出，"娃，难为你了，家里……难呀！"父亲已泣不成声。

第三天，姐姐联系好在东莞打工的堂叔，背起行囊上路了。山旮旯的那条小路上，我默默地跟在后面，伴姐姐走过从家园到车站这段离家时的最初旅程。

三年的师范生涯，姐姐的汇款总是寄到学校，每次捧着薄薄的汇单，我鼻子都发颤。有了姐姐的付出，我顺利完成了学业，并走上三尺讲坛，成为一名乡村教师。几年后，姐姐也出嫁成家。

经年似水，岁月流深。如果爱情似酒，友情像花，亲情则如水。酒醉酒醒，花开花落，都随了那个“缘”字。有缘时，浓郁醇厚、馨香四溢，缘尽了，则形同陌路，只有一段心路历程而已，而亲情则是无法抗拒的生命所需。

没有轰轰烈烈的誓言，没有信誓旦旦的承诺，却有骨子里的牵挂，心灵深处的呼应。当我们走过生命的春夏秋冬，离开你的也许是友情，背叛你的也许是爱情，而陪你流泪，为你梳理心绪的却总是清淡如水的亲情。

作者简介：朱凤玲，笔名风铃，偶有文章发表于地级市报刊。擅长写散文，喜欢在文静与活泼中寻找工作与生活的乐趣，用文字记录和刻画心中的思想火花。

家乡的房子

朱凤玲

“阿玲，我看你朋友们圈子发的你娘家的图片，觉得你娘家好靓哟。真正的别墅式小洋楼！”前几天回了趟娘家，拍了几张图片发上朋友圈，让同事朋友见了，纷纷留言：“土豪，我们做朋友们吧！”“别墅式的小洋楼，风格我中意。”“装修豪华，真正有钱人家。”……而我的思绪不禁飘飞开了……

依稀记得小时候家里的那栋房子，是瓦房泥地板的那种，房间只有一个小小窗户，光线不是很足，有点阴暗。地板是硬泥的那种，而且有点凹凸不平。屋顶是用瓦片盖住的小平房。记得有一次，邻家小孩贪玩掷了一块大石头到我家屋顶上，“咣”一声，父母闻声走出来，那孩子一灰溜地跑走开了。“唉，不知砸烂屋顶了没有？如果烂了，遇到下雨天就惨了。”父亲拿来梯子，小心地爬上屋顶检查了一遍。这种瓦片盖住的屋顶，缺点就是容易烂，有时遇到小孩子贪玩掷石头，风吹到房子周围的枯枝砸到上面，日晒雨淋等因素，都会令到屋顶受损。有时，要等到下雨天，哪里漏雨了，你才知屋顶哪儿的瓦片烂了，要更换了。

随着生活慢慢好起来，家里建起第二栋房子，是用红火砖材料建造的，中间有天井，水泥硬化底的那种，一楼用来做其他用途，比如有鸡房、柴房、食饭厅、厨房、冲凉房、杂物房……二楼主要是住人，做睡房，还一个客厅，当时家里的这栋楼是全村仅有的几幢楼之一，而且还买回来了全村第一台黑白电视机，可威风了。那时晚饭后，村民们就会来我家蹭电视，老爸为了方便大家，将电视机搬出客厅，搬到走廊外，让大家有更多的地方看。我还记得那时的电视机是用天线的，有时接收信号不好，画面不清晰时，老爸总是叫我上楼顶摇天线，摇到合适的位置，图像清晰，“可以了，可以了！”听到下面喊这话，我就会固定好天线。慢慢地，大家生活好了，也各自买了电视机，也就不再往我家里跑了，但我特别怀念村人们欢聚在我家一起看电视的日子，充满了热闹与欢笑。当然，家中电视机也由黑白变成了彩色电视机。这是第二栋房子给我印象深刻的故事。

后来，随着我长大，外出求学，远离家乡，在家里待的时间也越来越少了。大学毕业后，我参加工作，在家里待的时间就更少了。2006 年，家里人又提出建新房，但那时，我已外嫁，结婚生子了。所以建这第三栋房子的事，我没有过多地感受到，给我印象深刻的是，这第三栋房子建好后，其装修豪华，是附近出类拔萃的。当初老爸叫人设计，也参考了相对当时附近来说最先进的方式，从 2007 年初动工，到 2008 年尾进宅。建成之初，就不断地有人来参观借鉴，这也成了父母的骄傲。这幢四层半的别墅式小洋楼，装修花了大手笔，室内装了水晶灯，天花嵌了石膏线，外面是罗马柱，还有顶楼做了小凉亭，一楼外面用栅栏围起来做了一个小花园。远远去，像欧洲罗马风格的洋别墅，难怪从 207 国道经过的人（家里就在 207 国道附近），都忍不住想来参观下这房子。是呀，有什么比得上通过自己的奋斗，让家人先一步过上好日子来得更让人幸福的呢！

家乡三栋房子的变化，让我深刻体会到，在党的政策带领下，人们过上了美好的生活，祖国也越来越富强。幸福的生活就在我们的身边！

说　碓

周万芬

“碓（duì）头响，灶厦（厨房）香。”这是电城话，反映的是四十多年前的生活场景。这说的是事实，也是祈盼，更是当时农村百姓的肺腑心声。碓头响，不是舂米煮饭，便是舂粉做粿。

随着科学技术的发展，碓将离我们越去越远。我也四十来年没见过碓了，二十年前在罗定太平见的碓，那是水碓，用水为动力带动碓杵舂制纸浆的碓。对于碓，即使完成了历史使命，退出历史舞台，我觉得人们也不应把它淡忘，而更应把它当成图腾，永记心间。庚子年 7 月 22 日，拜一百岁父亲忘寿，在老家旧宅旮旯看到一石窝，长宽高均约 60 厘米，一面凿个喇叭状凹窝，家乡话称碓臼。触景生情，一下子便想起了碓和碓臼的故事，以此致敬我们苦涩的童年。

碓是一种利用杠杆原理制作的农用工具。《新华字典》解释：碓，捣米的器具，用木石制成。古时候的高粱小米和谷麦要脱壳，离不开碓；谷米木薯麦子要碾粉，同样是要碓；舂药丸，捣蟹浆，也需要碓。碓与人们的生活已连在一起，也就像碓与碓臼，你离不开我，我离不开你。碓随祖辈而来，离吾辈而去，碓如飞机模型，似蜻蜓化石。多年的接触使用，我觉碓头舂的有农耕的血汗，碓尾踩的有前辈的足迹；一副碓就是一部农耕历史，一个农家故事；碓还是一位历史真实的记录者，一轮一轮地书写着岁月沧桑，记载着农人勤劳于生计，也留有我们苦乐时光。当我想把碓的记忆跃于纸上，却遇到几个难题。碓用什么为单位，碓的其他零部件又怎么称呼，确实从未见过。以个为单位，叫一个碓，我觉不行；以座，一座碓，有点形象，但座应有个高度，作为碓，只紧贴地面，用座为单位我看不妥；想到用条，那条，是因碓是一条长木头制作而成，但仍不敢肯定；电城人称碓的单位是有个读音的，但找不到确切的字来表示，“一榕碓”，这是电城人的称呼，我想这种说法肯定是行不通。

碓的各个部位怎么称呼，各个部件都叫什么名称，我真的爬了一个坡，又过一道坎。我把之作为一次重新学习、获取知识的过程，咨询本土作家、学者无果，又找乡土文史名人，仍无标准满意答案。想到外省也有碓，打开百度输入“碓”字，只出现碓的解释：碓是农耕工具，碓是石臼，木与石做成的舂米（物）器具；水碓又称机碓，水捣器，翻车碓，鼓碓，是脚踏碓的机械化结果。并没查到碓应以什么为单位，更找不到各部件与电城话称呼相适应的依据。输入“碓以什么为单位”，出现《西游记》的一段文字描写“取出一条碓嘴状的短棍”，一下如获至宝，以为找到了碓的量词“条”，与我原想的一致。但细想不对，再查百度，在湖北李克胜的文章中找到碓的单位是用“副”；在湖南祁东彭建华的文章中看到是用“座”，湖南的碓搭上个像门框一样的支架，方便扶手和休息，称“座”也算贴切。湖北、贵州的木碓与我们电城的碓相同，那单位用“副”是不错的。很小的时候，记得我家就有一副碓，安放在坐东向西两间泥砖屋墙外北侧，为不让碓马日晒雨淋，让乡亲邻里风雨天气都可用碓，父亲为碓围起来一间泥砖屋，俗名叫作碓头屋，屋顶是用禾草盖的，墙壁开了很多的小窗。碓是用一条长约 1.8 米、粗约 40 厘米的尤加利木做的碓马，电城人称碓㑩。碓马一端较粗，装整得也有点八角柱型，往中间稍小着顺下来，到尾端又整成扁平状，活像鱼尾巴，大概是方便踩踏。家里的碓有碓头、碓腰、碓尾之分。碓头用一段约 50 厘米长、粗如膀子的小圆实木楔入碓马，形成 7 字。小圆木的末端镶嵌着铁盅，以便于与石臼磨擦，圆木叫碓头，又叫碓杵，电城人称碓头拍（合）。碓马的三分之二处，楔入一条小实木，碓马与楔入的小木成十字状，此十字处电城话叫碓腰，小木叫碓插或碓榫。碓榫架在两块 U 字形石头上，形成碓的支撑点。碓臼埋在碓头的地下，周围铺上火砖，荡上水泥。

我家村子的人不算多，那时才二十来户，一百多人。平时的碓少用，我们屁巅小孩，会三五成群坐在碓头玩小扑克，或骑上碓㑩学骑马或驾飞机，有时也会在碓头屋里做作业，碓头屋成了我们的小乐园。要是东家的新谷丰收了，要把几斤新谷舂个新米，还是西家抓桶螃蟹来捣个螃蟹浆，我们也得让他们先用清水把碓头碓臼洗刷干净，用破布头将水抹干。待到碓头传来“叱咚喔，叱咚喔”的响声，我们也在外面用家乡话学着叫“一动轰，一动轰”，还一边叫一边手舞足蹈地演着节奏，那高兴劲儿，难以形容。那时我们的肚子虽然还没有吃饭，但并没有人表现出愁眉苦脸。新米饭煮熟，蟛蟹浆整好，特别的香气在村中弥漫缭绕，我们路过，主人总是会给我们递上一团黏粑，不论谁家的孩子，有时还会给倒几粒白糖，让我们吃得更加津津有味。煮蟛蟹浆的邻居，见不到我们，也会给东家送一碗，给西家递一团，有点像生产队分东西，见人见份。我们吃着黏粑，吃着蟛蟹浆，感觉着村风纯朴、村民和谐。

我家的碓头，除了春节，响得最频的就是七月十四了。中元节是七月十五，但我们村七月十四就做节了，听说我们的祖先是福建迁来的，村民也沿袭着福建的习惯，七月十四家家户户做着千层粿，家乡人称“姑崇”，也有人称簸箕炊。千层粿是选好黏米，用水泡得手捏可碎，滤干倒入碓臼舂粉，粉舂好后用清水调至浆状，稀稠适中，然后用只大簸箕，铺上白纱布，放入烧有滚水的锅中，把米浆一层层灌进簸箕里，蒸熟一层再灌一层。

七月十四节前的初七至十三，这一周，我家的碓头都是“咚嚓咚嚓”响个不停。村东的二奶，拿来一桶白米，“咚锵咚咚锵”，一下变成白白的粉，二奶的头发更白了，好似染了一层雪，连面蛋鼻头也白得一点点，无不令人好笑。村西的二婆，炊千层粿的米也来了，自己一人舂一人筛，敲锣出工一把手，她的碓声响得令人有点烦，大有“累死累死”的感觉。米粉舂完出来，二婆的米浆已在面颊小腿上流。我们知道，那是汗水把黏在身上的粉尘弄成的难堪，但二婆的吃苦耐劳很让我们同情，她的精神，只是当时农家人的缩影。千层粿蒸熟了，南村二奶的撒上炒花生，北村三婆的淋上花蟹肉。我们吃着各家的千层粿，谈论着祖先的传统和传承，从中元节感受祖先的根、民族的魂。碓凝聚了先辈的智慧，也减轻了吾辈的负荷。

春节前夕，我家的碓头可以用热闹非凡来形容，你舂米粉来做粿，我舂木薯粉蒸年糕，他要舂花生仁调馅料，排开长队，你退出我登场，从东方天吐鱼肚白到夜落公鸡啼，碓头屋里都是“咚嚓咚嚓”响。说话声、喘气声、“咚锵咚锵”的碓响声，犹如春节的脚步，好像丰收的歌谣，又如节日的变奏曲，在白天中响彻，在夜空中飘荡。

我父亲善良，母亲纯朴。父亲工作不在家，姐参加做水利，哥读书未放假，家里舂米粉的事全落在我与母亲及妹妹身上，尽管碓是自家的，但母亲总是外人优先，我家的米粉多舂在下半夜。晚上吃完饭，母亲把米泡在水里，做完家务，帮我们洗刷，捞米上来滤水，安排好我们的睡眠。等待更深人静了，母亲便轻轻地拍醒我们，把米倒入碓臼里，带着我们在碓尾用力踏。我们的脚一起一落，碓头便一上一下。我们气喘吁吁，碓头便“哐当哐当”。等到眼看没了米粒，我们便把碓停下，母亲挪到碓头，怕我们体力不支，便用条长竹把碓拍（合）架住，再用手一撮撮把米粉掴上筛斗上。母亲筛完了，取出碓拍竹子，又过来同我们踏碓尾，我们的脚仍是一起一落地出力，碓头也是“哐当哐当”发出响声。

母亲知道我们都累了，便让我们坐在碓母上，一边筛着粉，一边说故事。母亲说：“舂米和筛粉，就像碓头与碓臼，要配合，做工才快，干得才顺；碓头和碓臼，又似是夫妻，缺一都不可，否则不和谐。”母亲还说：“我们在这里舂碓，外边响声是听得出心情的。古时有一大户人家在舂碓，因分工不平衡，舂碓的舂累了，便消极，他家的主人听着碓头的响声先是‘懒舂得，懒舂得’，后来又出现了‘各奔各各奔各’，主人回去即把家庭人口分开了。最后舂碓再无‘懒舂得’和‘各奔各’的朵音了。”我们说着说着，米粉便舂好了。舂碓从体力上说，是感觉到比较辛苦的，但我们在舂碓中得到了意志的锻炼，感受到了“碓头响，灶厦香”的喜悦，感受到了另外的欢乐。碓虽被那碾米机所取代，“哐当哐当”的碓头声再也难以听到，但我还是把碓当成图腾，铭刻在心中。

作者简介：张春丽，女，闲来无事最喜读书与写作，崇尚自然与美，向往诗与远方。

老爷子的退休生活

张春丽

这是高州市西北部的一个边陲重镇，这是荷花，这是我家老爷子的家乡。

“从哪里来，到哪里去”“我是农民的儿子，自然是要回到农村去”，这是老爷子时常挂在嘴边的口头禅。老爷子还在职时，百忙之中只要有时间总会回村里转一转，尽管荷花距离高州城四十多公里，尽管要花上一个小时的车程，尽管只是回村里逗留三五分钟，他也是很满足了！

老爷子的生活兴趣很单一，不进娱乐场所，不爱打扑克，不会玩麻将，除了在办公室工作，便是在家里的书房泡上一杯清茶继续工作。2014 年，老爷子退休了，我们担心他习惯于忙碌，一下子清闲下来，会不适应，我们说毕竟辛苦了大半辈子，如今退休了，趁机可以享享清福，建议他去旅游，去参加老干局、老年大学的活动，去公园散步、打太极……

老爷子说，他比较喜欢爬山和养花弄草，我们说只要内心欢喜，喜欢干什么就去干什么吧，无论您干什么，我们都支持您。

说完这话的第二天，老爷子回到了生他养他的家乡，我们才知道他所喜欢的爬山和养花弄草肯定与我们所想的是不同含义的。

2014 年是国家“精准扶贫”思想落地并开始实施的一年，回到家乡的老爷子目标坚定地进入了他人生的第二个战场——带领乡亲们脱贫致富。老爷子说，有言“路通财通事事通”，要脱贫致富，首先要建设好路。老爷子与镇、村干部几番商讨，终于定下方案，然后奔波上下，几经周折，终于争取到项目资金。某个周末，我们回到村里，看到老爷子穿着一双胶鞋，挽高衣袖，站在工地上，满头大汗，一脸泥浆，正在指挥着工程队。在场的还有许多乡亲，站在工地边上的隔壁伯爹边抽着水烟筒边对我们说：“打动工的那天起，二叔（村里的人对老爷子的尊称）就亲自上阵了，他说这是我们村自家的路，必须亲力亲为；二叔又说，自家的路自家建，踏实、安心。后来呢，乡亲们也自觉地加入了队伍。”抽完一口烟，伯爹赶紧拍了拍满手的泥浆又走进工地里去了。我们在边上看着老爷子指挥着挖掘机、推土机，一指一挥之间，满满的归属感；看着乡亲们运水打浆、搬砖砌石，干得热火朝天，满满的成就感。

历时几个月，终于打通并硬底化了村道，而后，老爷子自掏腰包，把自己的积蓄、退休工资，连同筹到的善款一起，在村道上装上了几盏路灯，明亮的灯光，洋溢着乡亲们对美好生活的向往，也点亮了他们追求小康生活的希望与信心。

在这一段村道上，我们明白到这里是他的故土，这里有他的乡亲，帮助乡亲们脱贫致富，这就是老爷子喜欢的退休生活。

2017 年习近平主席在党的十九大报告中提出了乡村振兴战略，借着这股东风，老爷子又带领乡亲们开山辟地，拉长扩宽村道，牵管引流，开展了美丽乡村的建设。三清三拆，建起了红瓦小洋房，前有庭院，后有菜园；在荒草杂生的山岭种下了各种绿树，群山青秀之下是祥和人家；在村道边上的绿化带栽上杜鹃花，连绵起伏之中注满了来自乡村独有的淳朴与浪漫；充分利用农田，秋收之后，撒下油菜花籽，待到春来，油菜花灿烂盛开，“田园空阔无桃李，一段春光属菜花”。漫无边际的油菜花，阳光沉淀在薄薄的三叶或四叶花瓣尖上，美得耀眼，黄得无瑕，渲染着湛蓝的天，散发着金黄的魅力，招蜂惹蝶，予人无尽的甜蜜与幸福。

我们终于明白老爷子喜欢的爬山，是爬家乡的山；老爷子喜欢的养花弄草，是在乡土田间；老爷子退休的这几年，在他的第二个战场又打了胜仗。于父老乡亲们，老爷子是夕阳，无限好；于我们年轻一辈，老爷子是我们的太阳，光芒万丈，指引我们正确方向。

将退休生活寄情于故土，寄情于高山，寄情于大地，予人以美好，予人以幸福，予人以快乐，予己以无怨、无愧，这就是老爷子喜欢的退休生活。

梦溪幽情

苏丽莎

终日囿于一室，俯首案牍，独对电脑，对于美的敏感与日俱降。近日，同事提议，下班后一起出游采风。

夜幕轻垂。我们向着目的地“梦溪小舍”奔进。抵达时虽天色已微暗，但“梦溪小舍”四个鎏金的字在夜色中却熠熠生辉。

走进门口，是蜿蜒的竹篱笆。在绿叶和繁花的簇拥下，我们沿着小径前行，探究起这一方幽境来。

前方别有洞天，豁然开朗。这是一个开阔的水上平台，平台下流水淙淙，平台上摆设着摇椅、板桥、游船和各种珍奇植物。大家不禁好奇：如此一个世外桃源般的地方，是哪个有心人建造的？

此时天色全暗，我们一时无从求解，正欲失望而归之际，忽然闻听得前方石阶上传来一阵敲打声，循声而往，只见一位老人蹲在地板上敲敲打打修补小路。他约莫六十岁，穿着一件绿色的军大衣，由于年久，大衣已褶皱褪色，他头上还戴着一顶军帽，帽上的五角星折射出红色的光泽。专注工作的他似乎还没有发现我们这些不速之客。我们向他打招呼，他抬起头，放下铁锤，抬抬帽檐，清光下，我看到他长期使用劳动工具的右手手掌粗大无比，手指粗糙，裂开了一道道血痕，手背凸出一根根蚯蚓般的青筋。“你们是……？”“我们来这里游玩的。”“哦，欢迎你们，我叫梦生。”

梦生老人是这间小舍的主人，听我们说明来意后，他蹒跚地走向电闸，“啪”的一声打上了电源，瞬间院落里霓虹彩灯齐亮，原本幽暗的空间变得璀璨夺目：烟雾袅袅升起，身处其间仿若腾云驾雾；霓虹灯光芒四射，五彩斑斓；珍稀的石斛攀爬枝丫而上，垂下一缕缕藤蔓，抬头，就像看到印刻在天幕上的一幅版画。置身清冽的夜空下，光明在刹那间带来的希望，带来的暖意，带来的欢乐是如此真实，仿佛可以触摸。

久困于樊笼，复得返自然。夜色中，灯光下，美景里，我们的心情就像陶醉在一壶温热的小酒里，借着那小小恣意，用手机留下一幅幅“醉美”的照片。

一番放肆下来，我们才想起要感谢小舍的主人来。梦生老人也打开了话匣子，他把建造小舍的缘由娓娓道来。原来，他曾经是一名军人，当年在战场上不幸失去了左臂。转业回家后，他毅然放弃了进入机关单位的机会，坚持回到家乡。

返乡后，他发扬军人精神，积极投身家乡建设，修路建桥，捐资建校，资助学子。为了支持丈夫的选择，梦生的爱妻长年劳作，积劳成疾，抱恙多年后不幸辞世。话到此时，梦生忍不住喃喃着妻子的临终之言——“希望把骨灰安放在一方宁静之地”。怀着悲痛与愧疚，他决定亲手为妻子打造“梦溪小舍”。村民们得悉他的故事后，纷纷赶来帮助他，有的送来树苗，有的送来花苗。在大家的帮助下，小舍终于建起来了，梦生安放了妻子的骨灰，并在上面种了一棵槐树以表怀念。顺着他的目光，我们看到小路的尽头，有一棵槐树在夜色中茁壮成长，再看他，泪眼中深情款款，晶莹的泪珠滑过脸庞，那一刻，我们心头也随之涌上一股热潮。

茫茫夜色中，我们不禁对眼前这位看上去有点羸弱的老兵肃然起敬。那是一种怎样的情怀？一位老战士，在戍边卫国的战斗中，用青春和热血换来和平与繁荣；在和平建设年代，又把爱深深融入家乡的每一寸土地。他尘封了战功和荣誉，埋首默默建设家乡，将乡梓之情化作“梦溪小舍”里那勃勃的生机和浓浓的思念。

原来，市井之外，返璞归真的小舍里，竟沉淀了这样一个扣人心弦的故事，令人沉吟于这样一段如歌如泣的幽情……这瞬间的感喟，不就是对于美的那份领悟吗？

作者简介：张丽红，笔名絮儿，高州市作家协会会员。

一棵棵树成园林

絮　儿

我曾多次在树下仰望，惊讶于它的枝繁叶茂；曾多次在树下驻足，感叹于它的错节盘根。如今，这一棵棵令我牵魂的树已成园林，扎根于高州石板镇灯笼坡。

这片参天古木是不平凡的树，每棵树身上都有个古老的故事。这一带是竹园村江姓人家的山岭，有一个很美的名字叫“凤坡岭”。传说一大师路过，指点此处需要“绿树环绕，要有背靠”。于是，村民便在山上种起了树。20世纪80年代分家到户时，这些树也被分到了每家每户，或两棵或三棵。村民去掉树皮，在树上刻上自己的名字作为记号。时光流逝，树木一天天长大，树上的皮长了一层又一层，当年作为记号的名字早已看不到了。若砍伐的话，怕砍错别人家的，大家就任随这些树木安家乐户。慢慢地，这里成了一片葱郁的树林。后来，政府把这些树木列入该镇林业生态保护，建立了“石板镇森林公园”，还成立专门护林队伍。

这片参天古树，四季常绿。春天，叶抽新蕊，嫩出水汁。夏天，叶子密密层层，青得发亮，所有的酷热到了这里都能化为清凉。秋叶满地后，树上仍青翠。只要叶不离树，它就本色不变。

我特别迷恋树的冬。冬一到，浑身就感觉痒起来，一心想去捡锥子。我家屋前屋后都有锥子树，出门便能捡到锥子，可我偏要舍近求远。在森林公园山脚的好友，在冬日的清晨给我送来了一大包鸡锥子，有四五斤重。惊喜之余，又煲又炒，引来了左邻右舍，一人一小把，几斤很快就消灭了。鸡锥子生吃是甜香的，在煮熟或者炒熟之后再吃，比板栗还要好吃，又香又糯。于是，我决心每年开启捡锥子之旅。

我的家离森林公园不远。带上小胶袋，来到公园附近，不用上山，山脚便是一排锥子树，又高又大，伸手都抱不过来。地上是树叶子以及一堆堆带着“盔甲”的鸡锥子。有些锥子调皮地跳出了外壳，独闯世界；有些娇气的，还躲在“盔甲”里偷笑，像在玩捉迷藏。这时没有厚手套的话，可以随手捡两根木棍，用一根木棍压住外壳，另一根木棍把另外的壳往反方向压开，便可摘取里面的宝贝了。可还是要小心，那刺可不管你的手娇不娇嫩，一不小心被刺上，酸酸疼疼的。我独自一人不想爬山，每次就在山脚那古树下流连。有时，我感觉自己并不是冲锥子而来，只是迷恋在大树底下的那种说不清的感觉。

今年冬，灯笼坡的荔木子老师向我们高州文友发出了邀请，一起去森林公园捡锥子，我连忙举手举脚赞成。有志同道合者同行，人生幸事也！

一行二三十人穿梭于树丛中，惊呼于大自然的神奇，沉醉于捡锥子的乐趣。我跟着杨明标老师下山，他一路给我们介绍哪棵是杉树，哪棵是楠树，哪些叫锥树，哪些是松树，还有山茶树……杨老师如数家珍，我才知道山上有这么多种树以及这么多小植物！

山路上，遇一本地阿姨，她一边上山，一边捡锥子。我说：“阿姨，你眼力真好！”阿姨笑呵呵地答：“我天天来，现在我刚吃完晚饭又来散步啦！这锥子是捡不完的，只要风一吹又会有新的落下来。你看，多新鲜，多甜口！这是真正的无公害产品，原汁原味。”说完，她把一颗刚捡起的锥子放到嘴里，“咔嚓”一声，锥子破壳，露出了雪白的肉。是啊，真正的原生态！

原来爱捡锥子的不只我一人！以前它是孩子们的乐事，慢慢地它也成了大人的乐事。清晨和傍晚，村民们爬山散步捡锥子；周末，孩子们树下游戏，捡锥子；假期，游客专门来看古树捡锥子。这座山岭喧闹起来了。

看着这一棵棵树构成的园林，听着乡村振兴的进行曲，我仿佛看到了乡村美好的未来，如树长绿，如锥溢香。

美丽的绽放

絮　儿

喜欢花花草草的我把一团刺带回家，用个精致的花盆种养着，养了足足七年。

放在阳台上有一种好，便是阳光充足，雨露润泽，不用怎么管理。其他的花儿开了一批又一批，换了一盆又一盆，而这团刺风采依然，绿绿的，满身刺。

过了些时日，它似乎长大了，有花瓶口大了。继而在旁边长出了很多小球儿，密密麻麻拥簇在大球边，像守卫队般，井然有序。我怕小花盆供给不了足够的营养给这么多球，于是常常辣手摧球，将球疏减，仅留圆的、绿的。

日子一天天过去，一次我发现它头顶长着两点毛茸茸的丑八怪，连忙拿剪刀把那团毛修剪掉。当看到朋友圈有人发了一组美煞眼睛的仙人球花，不禁差点眼珠都掉了——那团丑八怪毛竟是花蕾，我已把那天仙般容貌的花儿杀害于花胎之中。

心中懊悔，常常自责。我种了它那么久，也渴望着它能开花啊！它真的有花蕾了。它懂我，我却不懂它。

我早晚看它一次，也常把它转着盯着观察，期望着那怪花蕾出现。或许是我把它的心伤得太重，一晃又一年，我依然没盼来我心中的花。我也不敢奢求，随遇而安吧。不变的是，看着它，便有幻想，幻想那花儿重新投胎，以慰我肤浅见识造成过失而后悔的心。

别人的球又开花了！我不禁有点焦急。脑袋里闪过：是不是这种球是不开花的品种？我换一种球来养？可还是算了吧，这么多年了，留着吧。

种它到了第七年，一夜之间，它居然在头顶冒出了几个毛茸茸的点，不是一个两个点哦，是五个六个……我欣喜若狂。这回有经验了，不会做破坏王了，天天看着花蕾长高一点儿，即使是蓬松的丑八怪，也觉得有所期待。

我就是想不明白，怎能这么丑？

静待花开的时光总是漫长的，我养足了耐性去守候。因为我相信，它绽放必是惊艳。

半个月过去了。历经六月无常的风雨洗刷，那一根根高傲地立着的花苞骄傲地绽开了笑脸！洁白无瑕的花瓣，微黄娇嫩的花蕊，刹那间亮了整个阳台！

苦苦守候了七年，我终于听到了花开的声音。我从来不知道自己有这种耐性去守候，一如我从事的教育工作，不过相信从今往后，美丽的时刻一定会如约而至，让在奋力奔跑的我可以享受到一路的果实。

作者简介：莫然，小学六年级学生，爱好演讲、舞蹈与画画。

乡下的鱼塘

莫　然

每次回到乡下，我最喜欢往鱼塘跑，那是我最喜欢的地方！

乡下的鱼塘有时像个腼腆的小女孩，淡绿的池水就像一匹铺开了的绿丝绸，平滑、柔和；有时又像个活泼的小男孩，层层小浪花随风起伏，欢快地跳着摇滚舞。乡下的鱼塘，不论什么时候都有着一种独特的美，或阳光、或清雅、或静谧……

旭日东升，鱼塘在温和的阳光中苏醒过来。池里一片又一片荷叶揉了揉惺忪睡眼，伸了个懒腰，都舒展了开来，一朵朵荷花含苞待放，几只蜻蜓却已闻香而来。我站在池塘边上，感受到了生命的苏醒与新生，也欣赏到了“小荷才露尖尖角，早有蜻蜓立上头”的美景。

艳阳高照，鱼塘像个发着脾气的暴躁老头子，开始躁动了起来。一群群鱼，大的、小的，红的、黄的、黑的，在水里欢快地游来游去，几条调皮的小鱼还时不时跃出水面，玩起了跳高比赛，我能在这里观看到“鲤鱼跃龙门”的动画片。一群鸭子排着队，扭着屁股在池塘边踏步前进，走着走着，突然，领头的那只鸭子双脚一蹬，“咚”的一声，一头扎进池水里去，其他的小伙伴们随之也跟着往水里扎，“咚、咚、咚”，溅起了一束又一束水花，在阳光的映射下，闪闪发亮，呈现出缤纷的色彩，这分明是在上演着一场烟花与交响乐混合的盛会。

夕阳西下，余晖铺洒在池面上，池水受光处呈现出红色、黄色，未受光处呈现出墨绿色，仿若满池红的、黄的、绿的宝石。奶奶割来鱼草，我和小伙伴们就抢着帮奶奶喂鱼，比赛看谁扔的草最远，看谁扔下的草引来的鱼儿最多，我们在池边上一边扔着鱼草，一边兴奋地叫喊着，响亮的叫喊声把太阳公公都吓得赶紧躲到大山背后，而鱼儿就在池里跟随着我们的喊声兴奋地游来游去争夺粮食。

夜幕降临，“哔”的一声，爷爷按下开关，池塘周围的小灯一下子全亮了起来，倒影在池水里，仿若一颗又一颗夜明珠。池塘里、池塘边上响起了蟋蟀声、蛙声、纺织娘声……各种小虫的叫声有节奏、有层次地汇集在一起，我们就一边吹着夹带着乡土香味的凉风，听着这些催眠曲，一边围坐在鱼塘边上的石桌旁，吃着烧烤、零食、水果，听爷爷奶奶讲那过去的故事。

乡下的鱼塘，无论什么时候，都是如此美丽、可爱，如此富有生机、富有活力，她是我永远的乐园！

作者简介：陈勇志，高州市作家协会会员。闲时品茶读书听音乐，喜欢旅游，尤爱游山玩水。

石鼓琐忆

——端午故乡行之一

陈勇志

发小来电询我可有兴趣“端午”小假期回石鼓转转、看看同学。穿勾拉线相约后，乡思已微荡。端杯白兰地，我踱出阳台，静静眺望着高州方向，心魄早已离体出窍，飘飘悠悠……

魂儿飘回石鼓，我知道它会先去造访南安街 28 号那座小小四合院。说是四合院，它可没有皇城根下那些四合院的深厚底蕴。但无论它多不起眼，终是我在石鼓“呱呱坠地”的所在地。小院后门，是一片四季蔬菜瓜果轮换翠绿的菜园子。菜园边上有一湖柔柔碧水，被石鼓圩地人称为“大塘”，湖面宽泛。湖东边有棵大叶榕，估摸树龄百岁有余，枝繁叶茂，郁郁葱葱。向南凌湖斜伸出一枝圆桶般粗树干，高出湖面丈余，恰似跳台天成。树干布满细长气根，迎风垂荡，洒洒散散，气度飘逸如仙。夏日里，榕树下，碧水间，小伙伴们鱼贯成排，从树干上勇敢地往水里翻跃，动作自创且可笑。有头插湖面，双脚朝天入水式；有笨如猪娃，屁股直撞水面式；还有双手抱头，身体翻滚如圆木下山堕水式……那欢快沸腾时光，哪是一个“爽”字那么简单！这清凉世界，蕴藏着多少儿伴和我的童年快乐？无从计。但有一点能肯定——我那一身“浪里白条”的本领，定是在这湖碧水里浸泡出来的。

“大塘”湖畔有个小码头，码头坡地上有棵老阳桃树，是 32 号门牌一位患有癫痫病、人称“发死八奶”的。据说是她被逼嫁入地主家时执意种下的。她原是佃户人家女儿，曾许配同村一位杨姓青年，这棵阳桃树是八奶为“情”而种的，为此八奶受了不少苦，从而患上了“癫痫”症。每当果熟时节，八奶就会端上张凳子，手里摇着那把大葵扇，坐在树下，乘凉看果两不误。八奶阳桃树上的阳桃，那是脆甜可口，果汁如蜜，很诱人。阳桃成熟季节，每每午后时分，小伙伴光着身子在水里打闹够后，总会围成一圈，各出“高招”看怎么才能躲开八奶的视线，得以上树，一饱口福。

那天，又是中午，酷热让小伙伴们在水里滚腾得忘了归家，饿了，不约而同望向那阳桃树。树上，条条细枝上挂着串串阳桃，在阳光下，闪着似黄龙玉般的色泽，看得伙伴们口水直咽。突然，只见树下正摇着大葵扇的八奶向侧一晃，身体着地，四肢发抖。咦，好机会。我们不约而同一冲而起，直奔树下，光着屁股似猴般直窜树上。先摘一只往嘴里塞，“甜”。然后再摘两只，正准备撤退时，大事不好，八奶苏醒了。只见她若无其事地坐起来，从地上捡起那柄葵扇，掸掸身上尘土。正当她用扇子拍打肩膀两边时，抬头发现了光着屁股伏在树上的我们。她那一脸惊愕神情，至今我都未忘。当时的我们，一阵惊慌，不知如何是好，纷纷往树高叶茂处藏。只听树下八奶在大喊：“你几只死仔包，爬咁高，裤都冇着，跌落来就死咯！快下来，冇使怕，冇使怕，我冇打你哋。”她话虽如此，我们几个谁也没胆量下来。正在僵持间，只见八奶突然又坐地上倒下，四肢又发抖，口吐白沫。见状，吓得我们赶紧溜下树，冲回“大塘”边，拿起衣服一溜烟落荒而逃。

刚进家门，母亲见我光着上身，神色慌张，忙问什么事？听我磕磕巴巴说出事情原委。顿时勃然大怒，抄起家中常备随时收拾我的竹枝，手起枝落，迅如急雨般抽在我光溜溜的身上，痛得我如猴四跳。母亲边抽边骂：“我让你吃，我让你吃。八奶无儿无女，就靠扬桃换钱来买盐油过日，鬼咁可怜。”母亲打完骂够，依然不饶我，扯着我的耳朵，出门走向32号，找到八奶。八奶此时正坐在椅子上，旁边还放着我们逃跑时掉下的十几个阳桃。只听她对我妈说：“孩子冇识事。”说完拿起我的手，将几只阳桃塞在我手里，叮嘱说：“以后想吃，就来找八奶，搬梯子上去摘……”听这话，我哭了，不知是被八奶感动还是被母亲打得痛而哭，总之，我十分肯定是哭了，这是不容置疑的。从那以后，我再也没有爬过八奶家的阳桃树，也是从那以后，每月母亲给我一角钱去供销社买一斤盐时，总会多给五分，让我买五分钱的盐拿去给八奶，并反复叮嘱我，一定要晚上没人时才可以送去。这种“地下活动”直到我家搬离南安街28号才停止。噢，你问送点盐，为什么还得偷偷的？那是因为八奶的身份是“地主婆”，那个年代，咱多少还得讲点阶级觉悟吧，是不？

聊完32号，魂儿应该掉头向西，对，到24号。那里曾住过一位叫“亚花二爹”的竹器制品手艺人。他有一双灵巧的手，经过修削后变得软软的竹条，在他的巧手调度下，左穿右插，上下翻飞，幻变出一个个漂亮实用的家庭生活用品，美如花！故人称其为“亚花二爹”。每当我上门找他儿子周德玩时，总会蹲在他跟前，小眼睛眨巴眨巴看着他手上渐渐成形的竹器，心里总是不明白——他的手怎么可以这么灵巧呢?!

我和周德，是三年级同学，是一对最会来事的“猴精”。两人“狼狈为奸”做的坏事太多。说一件吧，想来，揭露一件丑事大概率不会影响周德同学光辉形象的。

记得石鼓的圩期是“二、四、八”，每逢圩日，远近都会有许多人挑担拉车装货往石鼓云集，趁圩做买卖。记忆中，远在佛山南海水东博贺的客商都时有趁圩期到此收购渔网或做海鲜生意的。从早到晚，人流如过江之鲫，热闹非凡，时称石鼓为粤西地的“小佛山”，肯定名副其实。那天，逢圩期，又是周日，不用回校，这绝对是我们寻开心的最佳时机。上午，我和周德结伴往圩市里走。在北巷转弯角处，一乡下人挑着两捆甘蔗，长长蔗叶拖地，气喘吁吁的，十分吃力。乡下人见我俩在前面不让路，开口就吼：“圩地狗，走开走开。”我一听，气不打一处来，反讥道：“乡下猪，我就冇让俾你，你咬我咩。”就这样，双方一来一往地用石鼓方言对骂，十分激烈。那乡下人找到一个位置放下甘蔗，还在骂。我脑袋闪出个念头：咁恶死，得抢佢条甘蔗食?歪头想想，嗯，有主意了。我低声伏耳对周德说了一通“如此这般”，然后我就绕入人群，躲开乡下人视线。只见周德弯腰从地上捡几颗石子，抬手指着乡下人狂骂：“丢你老 x，你敢闹我做圩地狗。”然后狠狠地将石块向乡下人投去，乡下人火冒三丈，提起扁担追向周德，周德转身拔腿就跑。乡下人追不上，骂骂咧咧要返回蔗档时，周德又转身投石块，一口标准的石鼓方言粗语随嘴喷出，将那乡下人的祖宗八代都问候了一遍（罪过罪过）。如此反复追逐挑逗，惹得那个乡下人更是怒不可遏，大步流星直追周德。周德此时见他离蔗堆已有几十米之远，脚底抹油一溜烟穿街过巷，望风而遁。机不可失，我箭步杀向蔗堆，拖起条甘蔗往巷子里就跑。跑出十来米，回头再望蔗堆那里时，一个场景吓坏了我。只见好几个人以我为样，抱起甘蔗就跑。那乡下人回头发现，反应过来时，人群早已散开。我也凭着地形熟悉，东弯西拐，穿过北巷从咸鱼街奔回南安街，气喘吁吁赶到大塘边上那棵榕树下和周德会合。可俩人爬上树干，找个树杈，在绿荫下分享这“胜利果实”时，本该是甜滋滋的甘蔗，却莫名地有点味同嚼蜡……

几十年后，在石鼓小学同学第一次大聚会时又见周德，聊起青葱往事，件件桩桩，总让我俩笑得“有牙冇眼”。唯独聊起这件事，我俩都笑不起来，留下沉默。周德幽幽一句“太不懂事了”的话触动了我。是呀，年少无知，混沌初开时调皮作的坏，可以原谅自己。成年后呢，可不能再犯无耻的错误啊！想到此，我拍拍周德的肩膀，轻声说：“我们长大了。”

都说“雁过寒潭不留影”，都说“人生往事如云烟”，可有些往事，心深处一定是有痕的，在合适的时间遇上合适的节点，它就会蹦出来，冲撞你的心灵，促你回望，使你双眼湿润，让你心潮如浪，就似今天的我。

作者简介：梁郁强，茂名市作家协会会员。作品散见于《南方日版》《茂名日报》《茂名晚报》《茂名文苑》《茂名教育》《高州文艺》《高州教育》等刊物。

最是风流大叶榕

梁郁强

菁菁校园，嘉树林立，乔木丛生，各显风流。春之木棉花如火如血，夏之凤凰花如锦如霞，秋之桂花如星星如碎金，冬之三角梅如火焰如蝴蝶，凡此种种，疏朗清阔，喜爱者甚众。而我，独爱那棵落寞的大叶榕。

在运动场的一个角落，生长着一株大叶榕。没有人知道它的实际“年龄”，我只记得它是被移植过来的，在那儿安家已有十数春秋了，由“客居”变成了名副其实的“土著”。

刚移植过来那两年，这棵大叶榕普通得如同一只丑小鸭，并不曾进入我的眼内，更不要说驻扎在我的心里了。没过几年，我便惊喜地发现，它竟然亭亭如盖，别有风韵了，一如二八年华的女子。这时候的它，征服我的不单是它那“木秀于林”的颜值，更有那“遗世独立”的品性。

这些年，我一直对它情有独钟。无论是严寒酷暑，还是日晒雨淋，工作之余，只要有空，我都喜欢到这棵大叶榕的树底下坐坐，近距离地感受一下它的神韵，听听它在风中的低语，瞧瞧它在雨里的乱舞，看看它在夕阳下的舒展。其实，四季流转，它的变化并不大，一年当中有三百三十天是叶满枝头的，只是在立春过后，它会落叶，然后迅速地抽穗吐绿，前后不过三十天，它又会成为原来的那个样子。

每年，我最期待的就是这短短的三十天了。在我的心目当中，这三十天是这棵大叶榕最“高光”的时刻，比其他的日子精彩多了。在这一段时间里，我时刻被它感动着，并细细感受着它的变化。

隆冬来了，大叶榕毫不畏惧地与之抗争着，身上披挂着的始终都是那件绿衣战袍。冬天走了，它变得迷惘而憔悴。没有对手的日子，突然间，它变得失落而无奈，竟然茶饭不思，甚至面色蜡黄。

风儿吹过，叶子带着对母体最后的一丝眷恋，如一只只翻飞的蝴蝶轻轻坠落。一天、两天，大叶榕仿佛看破了红尘，抖落了全身的万千“烦恼丝”，光秃秃的如剃度的和尚。心伤的鸟儿依靠在大叶榕的肩膀上，声声叫唤着它那远去的魂魄；多情的风儿摒弃了对大叶榕的成见，温柔地抚摩着它那疲惫的身躯；羞涩的小雨收起了昔日的矜持，忘情地吻着大叶榕那青筋突起的枝干。终于，在沉睡了几天之后，它慢慢地苏醒，它要快速地回到人间。

春光明媚，岁月静好。大叶榕怎么舍得多耽搁片刻呢！它贪婪地吮吸着甘霖，忘情地汲取着养料；它谨慎地伸展着枝条，迅猛地焕发着生机。

我在树下深情地仰望着，耳边不时传来人们的惊叹，惊叹于大叶榕那勃发的生命力。可又有多少人知道，从冬天到春天，大叶榕为了给人们奉献一树绿荫，它付出了多少艰辛？

大叶榕只是校园里一棵平凡的树，它不曾以艳丽或素雅的花朵来博取眼球或取悦人们。它扎根于脚下的土地，默默地为人们呈上满树青翠。它所展现出来的旺盛生命力、惊人爆发力直抵人心，震撼着我的灵魂。

多少个失落或苦闷的日子，我是靠凝视着这棵大叶榕而满血复活；多少个迷惘或无助的学生，被我领到这棵大叶榕的树荫下感化而豁然开朗。

大叶榕啊，不知不觉间，你竟然成了我心中的一位挚友，这真是奇妙！有时候我想，如果非要为大叶榕写几句赞语，我该怎样写呢？我会用拙劣的笔头写下：“冬去春来一身绿，不矜不伐显本色。满园乔木与嘉树，最是风流大叶榕。”

一封来自伯父的家书

梁郁强

我的伯父梁远强是一位科学工作者，他一直都是我们梁家子弟学习的榜样。小时候我便从家人口中得知，他于1955年离家，先是到北京林业大学求学，毕业后积极响应国家号召投身于新疆建设。他在新疆这块热土上挥洒着热血和汗水四十余载，为当地的防沙治林工作作出了一定的贡献。

1978年，伯父分别获全国和新疆科学大会奖；1985年至1990年，主持国家“七五”攻关项目“新疆梭梭林更新复壮试验研究”，获林业部1990年科技进步二等奖；参与编著五部著作（《改革、崛起、发展——新疆林业道路的选择》《护林员手册》《中国杨树集约栽培》《梭梭》《新疆防护林体系建设》）；独立撰写或参与发表科技论文70余篇；1992年获国务院政府特殊津贴奖；2001年获国家林业局颁发“三北”防护林体系建设（1978—2000年）先进工作者奖；2002年荣获全国绿化奖章。

前段时间，我在老屋整理旧书籍的时候，意外地发现了一封62年前他寄回来的家书。尽管家书已经残破不堪，尽管家书已被蟑螂啃成了网状，但经过我认真推敲，还是勉强还原了书信的内容。

几十年过去了，伯父也从翩翩少年步入了耄耋之年，今天有幸展读他几十年前写回来的家书，我依然激情澎湃，敬佩不已。

现将书信内容整理出来，以飨读者。

尊敬的五叔、五婶：

见字如晤。

此刻侄儿正在数千公里之外的克拉玛依给你们写信。上次收到你们的家书还是在我读大四的时候，想不到回信却是在另外一个地方了。我也由一名大学生变成了一名光荣的援疆热血青年。

犹记在信中，你们问我大学毕业之后是留在北京市还是回到广东工作，我思考良久。我觉得应该积极响应国家的号召，到祖国最艰难、最偏远、最需要我的地方去。我出生在旧中国，度过了饥寒交迫的童年，是你们含辛茹苦地抚育我。新中国成立之后，我才有机会进入学堂学习科学文化知识，从家乡到高州县城，从高州县城到北京林业大学，这一路走下来实在不易。生我者父母，养我者你们，育我者国家。我固然想回到你们身边略尽孝心，但祖国在召唤、新疆在招手。我在大学里读的专业是水土保持与荒漠化防治，我到新疆去，我想这更能体现出自身的价值。

侄儿不孝，不能够在你们左右伺候。但我真是想为国家贡献自己的微薄之力，我想你们也应该是支持我的吧。你们不也是一直希望我做一个对社会有用的人吗？自我来到克拉玛依，举目所见皆为沙尘滚滚，这里就是我施展才华的舞台。我觉得和我一起奔赴边疆的同学天生就是属于这里的，我们会边治沙边造林，让同志们能够更好地投身新疆建设。

自古忠孝难两全，希望五叔、五婶你们能够理解、支持我的选择。

另外，在家书中你们还说，家乡正在建设一座大型的水库。四叔、四婶他们一直都在工地忙碌，而你们也忙着照顾家里的老少……试想，水库一旦建成，必将惠及高州县城、茂名一带的工农业及生活，这是功在当代、利在千秋的好事呢！

修建水库，我们的房舍田地必将被淹没，估计黄塘地区必定要搬迁一部分人到外面安置，无论是自愿也好，还是被人动员也罢，如果需要我们搬迁，我们也要无条件服从组织安排。我们不能够被眼前点滴的利益羁绊，我们的眼光要放得长远点，对吧？

秋天的克拉玛依已经是寒风凛冽，我不会被严寒酷暑吓倒，我会尽快适应新疆的环境，全身心投入到建设中去。如果有必要，我也会把家安置在上面。

纸短情长，思念无期。侄儿离家千里，家里一切责任还望五叔、五婶多多担当。不胜感激。

祝家人安康。

侄儿远强（书）

1959 年 10 月 1 日于克拉玛依

作者简介：大与，文学爱好者。

我的武林生活

大　与

夜深人静，闲茶一杯以赏明月。雅兴之时，嗡嗡之声霎时从耳边掠过，我防御心顿起，脖子一右侧，影触动头发微微作动。我屏住气，气压丹田，右手一招反手降龙十八掌之亢龙有悔正拍脖子上去，谁知扑空！我居然用力过猛，未曾收力，自毁一招，顿时火怒三丈，脖子一侧通红。

我大声一呼："妖孽如此猖狂！"

捕风捉影，根本未发现高手身处何方，如此低贱偷袭，不为君子也。透过光，突现一小影从桌面掠过，我一眼锁住目标：蚊子！我顿时弹起，一招鹤立鸡群，伸高右手，华山拳一抓，蚊从拳缝飞出。蚊猛直飞正空。我意已收拳，松口气重新坐下来。心怀微笑，觉得已经显武威吓这厮，想必它早已逃命去也。

不一会儿，声音重现，只见蚊子双眼通红，嘴如一把利箭向我扑来，好像已有死士之决心，此厮猖狂！

我挥动右手不屑一顾背掌一招神龙摆尾，正掌达摩十八手来回两次都扑空，但想必掌风震伤如斯小物。蚊子毕竟目标太小，难以长期跟其行踪，难道蚊有日本忍者功夫不成？

终让蚊逃脱。

一晚尽招蚊子挑战，视为不甘；未尽诛杀之意，实为不才。虽我表为无事，实为怒火中烧。君子闲情表柔意，偶尔怒火亦无情。自己重整心态，似作气定神闲，心已谋思布下天罗地网，以待蚊再来犯。

果然不出我所料，蚊子已经慢慢降落在我的大腿上，我故意欲擒故纵，心早已气定丹田，右掌已经慢慢伸出，凝聚一功力在掌中，此时感到掌心发热，想必这斯必死无疑了。顿时，我迅速用这一招如来神掌向大腿的蚊子拍去，掌风吹过我的眉毛，“啪”的一声，我大腿发麻，蚊子竟还可以用凌波微步闪开。我也迅速反手一招龙爪手继续追杀蚊子。腾起，左右开弓，摆出太极拳的马步，运用太极掌的掌风将蚊子锁在我的太极八卦阵内，让其在我的阵法范围乱飞。

可惜“道高一尺，魔高一丈”，蚊子也是个武林高手呀，我得随机反复运用各种武功才能将其打败。大圣拳、八仙拳、天罗拳、地煞拳、七煞拳、哪吒拳、金刚拳、观音拳、迷踪拳等来捕捉，终未果。

足足战了三百回合，我已经身心疲惫，无力再战了。但蚊子却未如受我所伤，仍然在挑衅。我累了，稍作休息，蚊子也停在我的杯沿上。我冷不意将随手可得的一纸团用弹指神功击出，纸团刚好打中蚊子，却掀翻了杯子。杯子从桌面掉下，我猛一擒拿手接住，但茶水烫到我的手，杯子却从手心落下，碎了一地。蚊子却觉得微伤，停在桌面的一角暂为休息。可恼我也！

唉，新时代的功夫已经不以为然了，我要借助新时代科技才行。拿起一把电蚊蝇拍，我如李靖手持玲珑宝塔，按钮一动，电闪雷鸣。我一下扫过去，蚊子欲起，刚刚撞中如佛掌大的神兵利器中，啪的一声，灰飞烟灭。

笑傲江湖，“功夫再好，也怕菜刀”，没把好兵器还真不行。

作者简介：南娇，女，教育工作者，热爱文学和运动。

“神仙眷侣”初印记

南　娇

初识“神仙眷侣”是在玮盛体育馆的羽毛球场上。

因小儿酷爱打羽毛球，放假时节，便约上二三好友前往球场打球。球场上多次遇见冲哥娟姐这对“夫妻高手”。深深佩服冲哥和娟姐二人配合的羽球双打，超级完美，一前一后配合得宜，打败无数对手。

一日，小儿蒙冲哥和娟姐夫妇二人调教，我便得以和冲哥娟姐夫妇闲聊。方知冲哥为高州市“某某杯羽坛双打冠军”，于是便经常向夫妇二人讨教，愈为冲哥夫妇的谦卑柔和所折服。虽曾为“双打冠军”，毫无高高在上之势；虽育儿有方，毫无父凭子贵之傲气；虽是地方名人，毫无明星架子。小儿是少年，又是羽球新手，冲哥娟姐时不时地、适时地为小儿点赞，发出由衷的称赞：“这个球打得不错哦！”“这个球好嘢！”语气温和，笑意温润，神情儒雅。冲哥也时不时温柔地称赞娟姐：“老婆好嘢！”众人打球，时不时会心一笑，气氛温润如碧玉。休憩时，冲哥说：羽球是很绅士的运动，讲究礼仪，讲究团队合作精神——输球而不互相埋怨，彼此扬长避短，互相配合。让人喟叹：儒雅礼仪正是如此！待人处事之道最赞是“不埋怨！”我内心不由自主地想到了一个“神仙眷侣”的词语，放在冲哥夫妇身上是非常合适的。他们伉俪深情为大家所称道，谦谦君子风范正是传统知识分子的本色！想当年以色列人出埃及，因为互相埋怨，本只用四十天走的路程，却在旷野走了四十年，还导致老一辈以色列人无法进入流奶与蜜之地。打球如此，生活何尝不如此呢？

又一日，小儿缺席，我依然前往打球，回家后与小儿倾诉今日奇遇。在球场上冲哥夫妇屈尊调教我们这些“羽球弱鸡”，难得他们有这个耐心，一般很少人愿意陪我们这些又老又残的“弱鸡新手”打球：一则力度体力不够，二则球技不好，打起双打，实在是失球多多，遗憾多多。正准备开打之际，有几个常来打球的球友到了，冲哥说："我们到另一个场子上打吧！"我们还在懵懵之际，娟姐补充说："这个场子他们常打（用手指了指他们），已经习惯了，我们换另一个场吧。"心中感慨一番，回家后对小儿说："当今世风谦让之人不多，身居高位而又谦让的人更不多，先到而让后到之人更寥寥无几，为人处世待物，礼让真是我们要向冲哥娟姐学习之处。"小儿点头称是。

再一日，拜读冲哥的佳作，如《等你，我在桥头等你》《美好的生活正在纷至沓来》等佳作。深感其文如其人。文章质朴醇厚，充满了生活气息，如沐春风，如临其境。足见冲哥创作生活底蕴的丰厚。如题目"等你，我在桥头等你"，桥头意指高州新农村元坝的桥头，又蕴含无穷的想象：是好友相约吗？是情侣相约吗？是夫妻相约吗？又让人想起卞之琳的诗："你站在桥上看风景，看风景的人在楼上看你。""桥头"意蕴丰富。而且"等你"一词的重复，可见等人者的真挚和热诚。"等你"的前置，强调了动作和等待的对象。仅仅是题目，已让读者回味无穷。读冲哥的文章，让人在品读文章中不断地被他的文字思想所打动。一个人有高超的实力，却不让人感到有高高在上的压力，而是愈加佩服，愿意向其讨教，向其学习，不仅学习其能力，更是学习其人品，这当是一个人活在世上的最高价值、最佳生存状态。读其文，羡其人品，仿其行为，冲哥夫妇实乃"以德聚人"。

古语有云："高处不胜寒""高山仰止"。然而在冲哥和娟姐这里，没有"寒"和"孤独"。因为冲哥曾是羽坛冠军，主持界的美声主播，粉丝众多，文艺界的写手……冲哥和娟姐可谓众多高山围绕而成的盆地，阻挡寒流，一年四季，温暖如春，宜物怡人。

感恩生活，这个寒假的收获就是遇见冲哥娟姐这对"神仙眷侣"，深深为他们身上散发的谦卑柔和之气所折服。回想自己的前半生，再看看周遭之人，深叹待人处事，何须咄咄逼人，何须不断地发表自己的"高见"，以让世人得见自己的存在；不如冲哥娟姐般恬静，用心关顾周围人，鼓励身边人。大家一起沐浴在和煦温润的春风里，共享这伟大的新时代所赐给众人的大好时光和美好人生！

作者简介：周敦瑜，文学爱好者。

鸡笼顶看杜鹃花开

周敦瑜

“走过人间四月天，杜鹃花开满山红。”

高凉城北出马贵，鸡笼顶横卧阳春、高州、信宜三界，闻山上峰峦叠嶂、山脉纵横、山石耸立、绿树葱葱，山顶高山草甸与漫山杜鹃享誉四方。

最近微信朋友圈都晒杜鹃花海，妻便欲随团往之，被我劝下。皆因妻娇弱，爬小山尚可，若是要爬七八小时的鸡笼顶，掉队则无人照顾，甚忧。看她郁闷的心情，又不忍，便决定由我带她前往。

出发前的清晨，风好像夹杂着远处的杜鹃花香飘进了城市，我们早早准备了水、面包、一次性雨衣、药品等，装满了整个背囊。从城里出发，伴着她的歌声足足走了一个多小时才到马贵茶场。停好车，妻遥看高山，只见山高草长，不见杜鹃花开，难免有点失落。问路人才知花海在高峰后。

刚上山的路开阔，却是陡峭，坑洼不断，爬十几分钟便气喘吁吁，看妻的汗冒满额，心疼不已。开阔的山路走完，便是羊肠小道，是人们在蕨草、灌木丛中硬踩出来约 50 厘米宽的一条小道，近乎 60 度倾斜的山体，每走几十米，我们就要停下来歇歇了，不断地给妻子擦汗、递水，细问她的体能如何。

后面不断有队伍超越我们，一批又一批地把我们甩得远远的。好不容易遇上刚从山下下来的人，便问还有多远才能到达花海，那人说还要走一个半小时。妻子觉得有点崩溃了，从山脚到现在都爬半个多小时了，感觉已经筋疲力尽了。我便安慰她说：“都基本看到这山的峰顶了，应该不远了，可能是他比我们走得还慢才这样说的。爬上这峰后便没那么陡峭了，平路多。我们慢慢走就行。”“嗯，有你在，我不怕!”

我搀扶着妻子慢慢走，再花了二十多分钟，终于登顶了，果然峰顶是比较平坦。山上的风好大，圆圆的黑乎乎的石头就像豆子一样放在平坡，遥看远方，妻子纠结的心情一下子就豁然开朗起来了，伸开双手迎风转了一圈又一圈，向山下大声呼喊……

我们继续走过石头丛，穿过长满青苔的林荫小道，花了二十多分钟来到了鸡笼顶峰的山脚。那是一片比较广阔的草甸，很多水牛悠然自得地吃草、滚水坑，空气中充斥着牛尿的骚味，好自然的味道。众游客都纷纷拿出手机相机抓拍着牛的每一个动作。妻子也不例外，看见牛比看到我开心多了，返璞归真的样子。

鸡笼顶峰不高，时而有点云雾飘过，能看见上面登顶的驴友在上面欢呼。按计划，我们先看完杜鹃花才回来登顶，所以便匆匆拍完牛照赶路去了。一路开始往下走的感觉，前面的山峰一个连一个，都不高，走得很轻松。约又走了半小时的路，遥看眼前山谷中突现了一壁杜鹃花，像似涂抹在画上的色彩，是那么的鲜艳，红的白的交错有致，妻子欢呼雀跃，好景尽在眼前。

最欢迎我们的是一棵孤独守在山谷口的杜鹃卫士，树高 3 米左右，像一把大花伞，墨绿的叶子中镶嵌着粉红绽开的杜鹃花，还有含苞欲放的花蕾乱了芳心。妻子近距离地拍了很多照片，说是第一次亲密接触，像是遇见梦中情人那样开心，不能自已。

山谷里面都是密密麻麻的云锦杜鹃，真正的花海。里面的游客众多，大家都开心地在杜鹃花下摆动作拍照，欢呼声一浪接一浪的。妻子更像是“久在樊笼里，复得返自然”的小鸟，她得意地在杜鹃林里穿梭，人比花娇，情比鸟跃。看那一朵，喜欢；另外一朵，也喜欢。在一片的落英中畅游，捡花瓣堆字，散花，像一个仙子一般，美了心情。她开心的笑，也让我觉得背囊轻松多了。

山谷后面是千年杜鹃林，需要穿过一个林荫小道跨过小山，如同穿越，上到山上，豁然开阔，四周的山坡又是一壁壁云锦杜鹃。花儿正开得灿烂，引来蜜蜂嗡嗡作响，奇异的蝴蝶翩翩起舞，妻子赶紧拿起相机捕捉这欣欣向荣的情景，已连续不知拍了多久。她太爱杜鹃花了，是痴迷。这里是她梦的天堂，这里是她心情驰骋的地方。

我们盘膝而坐，沉浸在花的海洋，呼吸着甜蜜的花味，享受着大自然的馈赠。我闲着捡来落下的花儿，结成一个杜鹃花环，戴上妻子的头上，已过不惑之年的她仍美得像个仙子，开心得像个孩子！

游人不经意提醒我们要继续往前走了，要不就赶不上太阳落山之前下山了。而“大地母亲”景区就在对面山头不远处，我们继续往下走，那轻松感随着心情而释放。半路上有一条小溪在杜鹃林荫下横穿小道，捧一把水，那清凉从手中透凉到心脾。还有那杜鹃花瓣在潭中转圈，时而随水流去，好一句“落花有意，流水无情”。长在溪边的菖蒲葱葱郁郁，随风摇摆。落水的响声，给自然轻吟了一曲乐韵。

终于来到了另一个山头，看到了山下是一片大草原，一个个圆圆的大土堆像是蒙古包，连着的两个高峰更像是女人的胸脯，畅想着若能骑着马驰骋是多么畅快的事呀。看着离那边还很远，估计还要一个多小时的路程，又看看时间已经下午三点多了，便和妻子商量不去了，因返程还要时间，我们在这俯视看看就算了。我们带着一点儿遗憾走，期待下次再来。

看了美景的我们忘记了来时路，以为返程是比较轻松的事，全是误解。走了几小时的山路，肌肉都开始酸痛了，时而感到有点抽筋的感觉。我忍着偶尔的疼痛，搀扶着娇小的妻子上到山上稍作休息，便拿出活络油出来搽搽，她也轻轻帮我揉揉，看着她今天开心的样子，我受这一点点苦，又算什么？

经过鸡笼顶的时候，山雾逐渐大了，山谷中有云海的景观了。归途的路分叉多，仅凭着记忆找对方向，希望赶在日落之前下山，否则就更容易迷路了。在返程过程中，总感觉很快就回到停车的地方了，但忘记了来时到底爬了多少个山头，跨过一个又一个，失落一次又一次，不停地叹气，不停地往前走，不停地笑……

终于在一个半小时后，回到了停车场，心终于安稳了。妻子回望山上，再看看我，我们都笑了，实属不易。回城的车上，她睡着了，面带微笑困顿地睡着了。我拿一件衣服给她披上，让她好在梦中回味鸡笼顶的旅程。

人生风景如鸡笼顶的云锦杜鹃，去的路漫长，很难也很苦，却是坚持就能看到。然而，我最美的风景，是她脸上的笑；她最美的风景，是一路有我陪伴……

作者简介：朱菊香，高州市作家协会会员，茂名市作家协会会员。喜欢用心去感受生活中可以触动内心的点点滴滴。

远去的石磨声

朱菊香

今天中秋节，我和弟弟回到老家。在刚刚推开院子大门时，我便看见我们家那盘石磨沉寂地躺在老屋左侧屋檐下，整盘石磨布满了灰尘，像一位孤独的老人，它顷刻间激活了我的记忆，使我无法不想起它的敦实浑厚带给过我的童年充实；想起它在奶奶的推动下，它的悠悠旋转带给我的美食醇香……

我生长的村子，是个小村庄，全村十多户人家，我们整个村子就得这一盘大石磨。石磨就安置在我家老屋左侧屋檐下，靠近我睡房的窗口。

石磨是爷爷请师傅用大石头打凿而成的，石磨分两扇，两块圆石叠成，各都有二十多厘米高。磨推杠是用木材做成的，呈 T 字形状，它一头插在石磨旁的耳子中，另一头则用麻绳系在房梁下方。

平时是不怎么用石磨的，就是在每年的端午节这天，全村家家户户都会拿大米到这里来磨，把大米磨成米浆，然后炊成簸箕炊或粉皮。

父亲去供销社上班，妈妈忙于农活，我们家磨米炊粉皮这件事也就由奶奶一个人来完成了。

端午节这天，来磨米的乡亲比较多。石磨虽然是我们家的，但奶奶让乡亲们先用。等乡亲们都把米磨好了，然后奶奶才开始磨。

只见高高瘦瘦的奶奶把泡软的大米端到石磨前，往磨眼里加入适量的大米和水后，便双手紧握磨杠，弓着身子推动石磨，石磨悠悠地旋转，发出细腻而均匀的“喔喔”声。

奶奶不停地推动石磨，豆大的汗珠从奶奶的脸颊流淌下来，奶奶顾不上擦一擦，专注地推动着沉重的石磨。

我说：“亚婆，我帮你推磨吧？”

奶奶说："你还小，推不动，你去玩吧。"

"亚婆，让我加米吧？"

奶奶允许了我的请求，她不停地推动石磨，我慢慢地往磨眼里加米。开始那几次还好，有一次动作慢了，奶奶推动的磨杠将我手上的米撞飞了开去。奶奶担心地问："妹头，你手有没有痛？""亚婆，没事，我练习多几次就会熟练了"。米浆磨好后，奶奶便往灶膛里加柴点火，准备炊粉皮了。

"亚婆，我帮忙烧火吧？"

"好的，妹头真勤快。"

奶奶把米浆炊成了粉皮，奶奶做的粉皮薄如蝉翼、晶莹剔透，吃起来香气满口、细腻爽滑。她把粉皮切成条状，拌上花生油和芝麻，盛了两大碗，吩咐我送一碗给大公祖，另一碗送给二婆。奶奶说："大公祖和二婆他们无儿无女，年龄大了，行动不便了，推不动石磨，做不了粉皮了。""好的，我这就送去。"

有时候，下雨天，不方便下地干农活，奶奶会把一些米和花生混在一起，泡软后，用石磨磨成浆，然后用家里的大铁锅给我们煎锅𩜹粑。奶奶把锅𩜹粑煎得金黄金黄的，轻轻一咬，浓郁的香味充斥整个口腔，越嚼越香，这是我童年里美滋滋的回忆。

在小弟弟出生后，妈妈经常生病，奶水不足。奶奶每天天未亮便起床，用石磨把大米磨成浆，煮成米糊喂给弟弟吃。那段岁月，我经常被奶奶推动石磨发出的悠悠声唤醒。

偶尔，奶奶会用石磨磨豆浆，做成豆腐给我们吃。在那个物质缺乏的年代，能吃上一顿豆腐已很满足了。

一天天，一年年，我和弟弟长大了，而奶奶一天天渐渐老去。

童年里，年少的我，也曾接过奶奶的推磨杠，推动着那沉重的石磨，石磨旋转，发出唧唧的欢乐声，我长长的辫子不停地前后摆动……

流年匆匆，一晃几十年的时间就过去了，我离开石磨到他乡谋生已三十多年，奶奶离开我们亦已三十多年。

那悠悠的石磨声，已随着岁月的流逝，随着奶奶的离开，远去了，留下了一份牵念、一抹温暖。

老　屋

朱菊香

今晚在清理房间的时候，翻出了一些旧相片，其中有几张是年少时在家乡的老屋照的。我生于老屋，长于老屋。老屋有我血浓于水的亲情，有我无忧无虑的童年。

老屋建于二十世纪七十年代初，墙由泥砖砌成，老屋经历四十多年的风风雨雨，依然结实牢靠。屋顶上架着粗壮的木质横梁，一根根桉木檩条横跨在上，所有的木材都是父亲和母亲从自家山头上把桉树砍回来，请师傅加工做成的。屋顶是一排排整齐灰瓦。

老屋分隔成十间，分上下搭，四个大厅，六个房间，中间有个大天井。从正门进入老屋，下搭左侧第一间是存放粮食的地方。里面有几个大瓦缸，瓦缸里盛放着稻谷，盛放着丰收的喜悦。地上经常堆放着番薯或南瓜之类的杂粮。

从正门进入老屋，右边第一间是厨房，厨房里有一个很大的柴火灶，每逢过年过节，天未亮，我就会被妈妈剁馅料的“咚咚咚”声吵醒。每个节日的早晨，妈妈会在厨房里做煮汤粄，妈妈做的煮汤粄，大小均匀，香滑软糯，韭菜的清香伴着糯香，每一口，都是我童年里最美味的回忆。

到了节日的傍晚，我们全家人会在厨房一起做晚饭。劏鸡杀鱼这些活妈妈做得干净利索。妈妈吩咐我烧火，奶奶洗菜洗碗，妈妈负责切菜炒菜，不会儿，整个厨房就弥漫着饭菜香。

妈妈问我：“妹头，小鸡长大了变成什么鸡?”

我说：“不是公鸡就是母鸡。”

妈妈端起一盘白切鸡，笑着说：“小鸡长大了，不是变成白切鸡就是烧鸡。”

奶奶笑了起来，我也笑了起来。我们一家说着笑着，笑声撩动起幸福的涟漪，一圈圈温润着心房。

老屋的正厅，雪白的石灰墙上，一直挂着叔叔写的书法“宁静致远”“厚德载物”。年轻时的叔叔，刻苦练字，他是当年村上写字比较好的人。

正厅也是我们一家人经常聚在一起的地方。妈妈经常在正厅一边做着家务杂活，一边跟我们聊天。有时候妈妈会给我们讲故事，故事的内容大都是一些民间故事，教人向善，教人勤劳之类。我儿时的素质形成，是启蒙于妈妈讲的这些故事和妈妈的一言一行。

靠近正厅左侧第一间是书房，爸爸有时间就会在书房教我写字，他要求我字要写得方正，刚劲力挺。爸爸说：“字如其人，一定要把字写好。”爸爸在供销社上班，他算盘打得飞快。在我未上学时，爸爸就在老屋的书房里教会了我珠算口诀，教会了我用算盘计算一百以内的加减法。

时光匆匆而逝，三十多年过去了，奶奶离开了我们，妈妈也离开了我们。弟弟早已在远离故乡的城市安了新家，爸爸也跟随弟弟到了城里生活。而我亦早已远嫁。曾经满屋笑声的家，现在变成了寂静的老屋。多少次，受叔叔伯伯邀请回到故乡饮喜酒，看到老屋紧锁的大门，我觉得，我已经不再是这个家的主人，我成了客，再也不能随意迈入这个家门。那个充盈着温馨的家，我再也回不去了。老屋寂静地坐落在村口，像一位孤独的老人，在守候他的儿女们归来。

走过繁华，更愿把细碎的日子磨成欢笑，心如素简。而今，心中装的更多是柴米油盐；走过轰轰烈烈，而今更渴望平平淡淡，更渴望回到老屋，采一缕岁月的影，化作柔软的馨香，寄存在内心深处。

愿将老屋的模样，小心翼翼地珍藏在心底，时刻温暖着我。

作者简介：黄梅英，高州市作家协会会员。喜欢阅读，也喜欢偶尔舞文弄墨。有空则喜欢出游，深信读万卷书，不如行万里路。课余则常常到高州市青少年快乐促进会做志愿者，乐于帮助人，喜欢和人打交道。

过年随想

黄梅英

征文比赛课上，看着台下的学生在安安静静地奋笔疾书，看到征文上赫然写着的题目“过年，中国人的集体记忆”，我的心陡地翻腾起阵阵的波浪，五味杂陈，百感交集，有种如鲠在喉不吐不快的感觉。不禁提起了久以生锈的钢笔，把封存在心中的记忆倾泻而出。

作为一个中国人，一年一度的过年佳节成为人们最热切的向往、最强烈的期盼、最深刻的记忆。对于过年，可以说，一代人有一代人迥然不同的方式，一个人有一个人刻在骨子里的独特感受，而这记忆也见证了每个人的成长历程。

作为二十世纪七十年代出生的这一代人，虽然到八十年代初期已吹来了改革开放的春风，但对于当时的农村人来说，还是那么的穷困闭塞。那时候，因为我家姐妹众多，我家比起其他家庭来说，更显得捉襟见肘。也因为如此，平时肉星也见不着的我们五个姐妹，更加热切地期盼着过年的到来。正如钱谦益《丁卯元旦》说的：“奉母犹欣餐有肉，占年更喜梦维鱼。”

我还深深地记得，每年放了寒假后，离过年还差不多有一个月的时间，我就已经开始天天掰着手指头倒数着日子，心中满是过年时的画面：有肉可以吃个饱，有联欢晚会可以看，有对联可以贴，有压岁钱可以领，还有电视里穿着大红衣服的当红明星的祝福，有收音机里重复播放的喜庆歌曲……

但是，过年的新衣服对我来说，还是奢侈得很。因为我排行第二，常常穿的都是大姐不合身的衣服，或者是“新三年，旧三年，缝缝补补又三年”。

偶尔有一两件新衣服，就高兴得每天贴着穿，总不舍得脱下来。现在回头想一想，可能那个时候的春节就是唯一的与平时大不相同的日子吧。而且可能最大的原因，就是不用从早到晚下地干农活了，可以完全地放松和休闲一下，充分地享受一下生活的乐趣。

那时的年味，可能正是因为这种心情才显得最为浓烈的吧？对比现在的孩子，不缺吃不缺穿，要什么有什么，天天都好像过年一样，倒显得“过年真没意思”了。特别是有了手机之后，孩子们的心思都沉浸到手机的虚幻世界里去了，对过年的气氛感觉已熟视无睹。

这份记忆一直保留到大学毕业之后。

从参加工作，结了婚，到还没有在城里买房的这段时间，我的过年记忆都与丈夫的老家有关。那时我们都刚毕业，住的都是单位宿舍，还没有属于自己的真正的家。因此一到过年，我们都是回他老家和他的父母及两个哥哥——三个小家庭一起过年。而大伯他们，也只有在过年时才从外地赶回老家。

那时候，我们一大家子人聚在一起，足足有三大桌子人。我们一起准备年夜饭，一起下棋、打牌、聊天。小孩们更是乐颠颠地一起放烟花，放鞭炮。正如苏轼《守岁》里说的一样：“儿童强不睡，相守夜欢哗。”到处充满了欢声笑语，气氛融洽而又热烈。

可以说，在中国的传统习俗里，大家族式的欢聚过年应该是比比皆是的吧？《乡土中国》里的乡土情结，正是以血脉为纽带，把几代人联结在一起。特别是一到过年，无论相隔多远，不管国内国外，都一定是一家老小守在那一张满满当当全是菜的桌前，共享天伦之乐，一同倾诉一年以来的喜怒哀乐。

后来，我们在城里有了自己的房子，丈夫的工作也有所变动，每到过年都要坚守着岗位，不能回家团聚。而且城里也有规定，不许燃放烟花爆竹。我们母子还像平时一个样子，吃了年夜饭后就守着电视看春晚，整个除夕的夜晚显得无趣又漫长，往日的年味已渐行渐远。这可能与所处的环境有很大关系吧？

不过，我也没有因此而和丈夫闹情绪，从来没有抱怨过他。因为，为了整个社会的和谐稳定，还有许许多多和我一样的人，她们的家人一样坚守在自己的工作岗位上，我们应该理解家人，体谅家人。只希望天下的老百姓都能“千门万户曈曈日，直把新桃换旧符”。

现在儿子已读大学，心底有个小小的愿望：期待着儿子参加工作后，尽早娶个好儿媳，生几个小宝宝。正如清朝《压岁钱》诗说的："钟打五更又一年，儿孙长高笑开颜。分食枣糕与橘荔，更喜遍赐压岁钱。"让我们这个小家也热闹起来，让我重新找回过年的真正感觉，重回儿时对过年的热切企盼，重回结婚后过年时的热气腾腾，让这个中国人心心念念的过年日子，焕发出其应有的真正的"年味"。

不知不觉地，下课的铃声响了，学生们纷纷交上了他们满意的答卷，我的思绪也一下子拉了回来。我在心中长长地吐了一口气，有种如释重负的快感：我只是亿万中国人中的一员，我如实地记录了我对过年的记忆和感受，也当作留下过年生活的痕迹交了份答卷吧。

作者简介：风信子，高州市作家协会会员，喜欢看散文、小说，喜欢听音乐，偶尔用文字记录生活。

忆外婆

风信子

外婆离开我们不知不觉已经十年有余，想起她老人家爬满皱纹的脸上总是露出慈祥的微笑，她乐观的性格，对人和善的态度，总是深深地吸引着我。外婆生于封建社会末期，小时候曾经给大户人家当过丫鬟，长期在大户人家中干活，教书先生教主人家孩子识字，外婆耳濡目染，便略识字一二，相比于同龄的女孩子，算是幸运。外婆一生朴素，瘦小的身材，花白的头上别着一枚发夹，衣服整洁干净。外婆的标配就是面上总挂着恬静的笑容，村里的人有需要，总是尽自己所能，帮助左邻右舍。

孩童时代，那时候物质匮乏，姐弟们在周末便喜欢结伴步行探望外婆，外婆见到我们的到来，准会带上我们到村上的商店，买上我们心仪已久的小零食，嘴馋的我们便心满意足。外叔父们早年移居湛江，回来便常常捎上湛江海边的鱼，外婆这时候就花些心思，变着样式为我们准备饭菜：香煎鱼片、豉汁蒸鱼。鱼儿们在外婆的巧手下，让我们总是赞叹不绝！

在农村乡间，大家都散养一些农家鸡，这些公鸡、母鸡在村头或在路中间树木底悠闲地散步。每逢黄昏炊烟袅袅，村中总会听到村民声声的唤叫声，鸡群们便会竖起灵敏的耳朵，辨别主人呼唤的方向，结队回家。有个傍晚，邻家的母鸡在村中游荡，跌跌撞撞迷失了方向，找不到归家的方向。这个时候，邻居家便会发动地毯式找寻，外婆得知缘由，便主动加入寻找队伍，在村中每个角落仔仔细细寻找着，直到在葱葱郁郁的草丛中，发现可怜的母鸡被细长的藤蔓拴绕着，外婆便抱着母鸡送还回主人家，主人家连声道谢，外婆莞尔一笑说：“谁家都有困难的时候，这个不算什么的。”

村中有邻家建成三四层楼房，偶然一次机会得以参观，外婆高兴地对邻居家不住地赞叹：“你家的房子真漂亮，太华丽啦!”这时候我便纳闷，这些词语竟出自从没有上过学的外婆。我偷偷地对外婆说：“外婆太厉害了，你会使用文绉绉词语!”这时外婆收起往日的笑容，严肃对我说：“孩子，凡事多说造就人的话语，叫说的人和听的人都得益处。”随着年龄的增长，慢慢便悟出了外婆所说的话。

前段时间，小表妹大婚，宴请亲明戚友，我们便回到了外婆的故居。小小的四合院房子，如今小舅舅拆了一面来建房子，大院里的客厅摆设依旧，但外婆所居住的房子里的物件按照风俗全部清空。虽然故人已逝，但我依然怀念疼爱我的外婆，希望她天黑有灯，路上永远有光!

作者简介：冯禄添，微信名锋语者，文学爱好者，茂名市作家协会会员。

摘菇稔

锋语者

小山村里长大的孩子，谁没有摘过菇稔？

夏至过后，蝉声凋谢了，学校正放着暑假，山岗上，丛林间，菇稔像晓得孩子们的心事似的，最合时宜地成熟了。

“摘菇稔，鬼会啄，啄入林，鬼会摁，摁入窿，鬼会瓮。”我至今仍弄不明白，奶奶教给我们的这首歌谣，究竟是要告诉我们什么呢？说是告诫我们上山摘菇稔是危险的，是大人们所不允的吧？好像又不全是，当我们带着菇稔回家的时候，大人们很少责骂，反而会帮忙把菇稔摊在簸箕里，分拣出未够成熟的部分，装进竹筒里，喷上一口土米酒，告诉我们到明儿就熟透了。

到了第二天，我们却常常把竹筒里的菇稔忘得一干二净，径自把牛儿赶上山，把松松垮垮的背心束进短裤头，做成一个大大的衣兜，把菇稔从背心的领口处、两则胳肢窝放入衣兜里。菇稔贴着肚皮，酸酸的，坠坠的，衣兜渐渐鼓了起来，个个都成了“大肚子”。收获最丰的，荣封“猪八戒”。彼此取笑间，忽然看见一颗丰盈饱满的菇稔，满心欢喜地伸手去摘，蓦然发现果身上有一道裂纹。“那是山鬼做了记号的，千万不能碰！”奶奶的教诲犹在耳际，赶忙把手缩回来，小心地绕了过去。这种菇稔，因过于饱满而自然爆裂，最是香甜，然而当我们明白这个缘由时，已经远离了那个时代。

村子前面对着的一座大山，叫结菜岭，山高林密，是我们心中的乐园。在村子与结菜岭之间流过的鉴江，江面宽阔，水流湍急，却阻隔不了我们对彼岸的向往。我们在渡口上流连，瞄准机会混上一趟人多的船，和老艄公玩起了猫捉老鼠的游戏，老艄公在船头收钱，我们赶紧挤往船尾；老艄公到了船尾，我们又慌忙钻到船头。有“倒霉蛋”不小心被一把逮住：“你们的钱呢?”小伙伴定了定神，学着大人的口吻，结结巴巴说：“回来时一起付。”老艄公面无表情，抬头却与身旁的乘客会心一笑。

船靠了岸，我们欢欣雀跃地跑上山，一头扎进丛林里，犹如猴群进了桃园，欢声笑语漫遍山岗。大半天下来，肚子里胀胀的，满是菇稔，肚子外的大衣兜涨张的，也满是菇稔。然而欢乐的时光总是那么短暂，随着太阳的西沉，怎样过渡的愁绪，悄然泛上心头。

在时光面前，我们束手无策，被夕阳驱赶着，忐忑不安地回到渡口，不见能为我们打掩护的商旅，只见老艄公悠哉游哉坐在船头，咕噜着水烟筒。

等我们上了船，老艄公缓缓站起身，伸了伸懒腰，不紧不慢挥动竹篙，好像忘了我们来时的承诺，自顾向着被晚霞染红的江水，悠然自得地唱着木偶戏：“夸啦啦！大王爱食辣椒酱，仲使豆芽炒猪肠。笃笃笃笃笃锵!”

我们先是一愣，继而心中一乐，互相对视一眼，莫非老艄公像爷爷一样，是个健忘的糊涂虫？于是稍稍放下心来，嘻嘻哈哈跟着老艄公滑稽的腔调：“笃笃笃笃笃锵!”

正当绷得紧紧的神经，在这声声喃唱中渐渐松弛下来，但见那竹篙忽地一直，船稳稳停在江中，“笃笃锵”戛然而止。该是算账的时候了，我们惊慌失措，不自觉地往后退，侧目打量着滔滔江水，算计着船离岸的距离，衡量着自己能游出的距离，心怦怦地剧跳。

“别动！谁也别动!”老艄公似乎看透了我们的心思，竹篙一伸，拦在我们身旁，稳步从船舷走过来，喝道，“小小年纪敢跟老子耍心眼，老子吃的盐多过你们吃的米。”前前后后打量了我们一番，大手往“猪八戒”的怀里一探，抓出一把菇稔来，挑几颗扔进嘴里嚼，猛地一口啐在江里：“呸！生勾勾！明天来就有人抢去了？说！你们的老子是谁！待我明儿讨账去!”

我们面面相觑，明知回去少不了一顿打骂，但好汉不吃眼前亏，只好吞吞吐吐报上了父亲的名字，老艄公不再言语，把手中的菇稔往竹帽窝里一撒，回到了船头。

船终于靠了岸，我们如临大赦，未待停稳，仓皇跳上岸去，跑出十余丈，缓了下来，调皮地回头冲老艄公做鬼脸。老艄公猛一跺脚，作追赶状，我们连忙拔腿就跑，猛然听见身后一阵大笑：“想不到那红鼻狗、阿奀公、大只广，昨天才来执菇稔，还欠着老子的账，今天他们的蛋也会滚过江来了，还是来那一套，哈哈哈。”竹篙往岸边大青石上一点，船向着江对面荡去。

我们惊魂甫定，从老艄公口中，终于明白了父辈们为什么对小时候的“大宝号”讳莫如深。不知道在这菇稔成熟的时节，我们小时候的“大名”是否也借老艄公之口戏谑在晚辈的谈资里？

愿老艄公安在。

做“禾了”

锋语者

晚秋的凉风吹红了西天的云霞，把泛黄的树叶吹得飒飒作响，吹弯了狗尾草的腰。鸟雀在收割后的田野里忽高忽低地迎风飞跃，寻觅散落在田间的谷粒。庆祝丰收的戏台，搭在仍然散发着太阳余温的晒谷坪上，戏台前整整齐齐地排满了长板凳。这些长板凳上没有名字和记号，却牢牢记住了主人的脸。

今天村里做“禾了”。

这是人们在晚稻收割完毕后举办的一个庆祝活动，庆祝一年来的获得，慰劳一下自已和家人，祈求来年风调雨顺、五谷丰登。

小时候不懂“禾了”是什么节日，反正是一个充满喜庆的、可以打牙祭的好日子，这个节日没有固定的日期，只知道是在秋收的时节。于是总是祈盼着，祈盼晓晴夜雨，水稻茁壮成长；祈盼水稻开花吐蕊，祈盼稻子成熟变黄。看村子被金色的稻浪包围着，又经粗糙的手、锋利的镰刀突围而出。大地像交出了一份满意答卷的孩子，骄傲地昂起头颅。

云淡风轻，阳光正好。金灿灿的稻谷均匀地铺晒在晒谷坪上，又被拢成小山包一样的大谷堆，一簸箕一簸箕地被高高举起，迎风抖落。杂质和干瘪的谷子，顺着风，被吹出了晒谷坪的边沿，吹进了抢食的鸡群里，吹进了捣蛋孩子的颈脖里，引发一阵欢快的笑声；饱满的稻谷，被满满地装在箩筐里，把扁担压得弯弯的，在肩头上发出吱吱的声响。同样金灿灿的干稻草被垒成了高高的草垛，那是接下来的日子的柴火和耕牛过冬的口粮。

晒谷坪上的热闹，就这样被一簸箕一簸箕地迎风扬起，被一担担地挑走，慢慢沉寂下来，人们的心情渐渐变得焦躁。终于有一天，村里掌事的长者庄严地宣布：xx 号是个好日子，腿勤的赶紧去订一台木偶戏来。

各家各户像得了命令似的，迅速忙活起来：圈好鸡鸭，买肉置酒，蒸簸箕炊……村子上空炊烟袅袅，弥漫着晚稻新米的香气。还有哪个节日，比做“禾了”更能体现人们对丰收的喜悦呢？

学校放学了，我挎着帆布书包，飞快地跑回家。日常由我照料的那只跛脚鹅，却没有像往常一样蹒跚地迎出来。为了做“禾了”，家里把它宰杀了，汤水煮粥犒劳了家里的大水牛，肉被摆在了桌上。

我一边啃着大鹅腿，一边号啕大哭。父亲一边取笑我，一边端着一只土黄色的搪瓷大碗，神气活现地踱到库房，像一位精神抖擞的将军检阅列兵那样，逐一敲击着那一排封得严严实实的大谷缸，聆听着那瓷实的闷响，又意犹未尽地按倒序逐一敲击了一遍，像演奏着一曲优美的乐章。而后虔诚地把那只大碗捧到嘴边，碗沿紧贴着嘴唇，一抹一转，嘴巴一张一吸，咕噜一声，满碗的新米粥，就被喝掉了一大半。那娴熟的动作，那满足的神情，令我崇拜得五体投地。

此后的岁月，我曾无数次地模仿父亲这个喝粥的动作，感悟父亲对丰收的那份喜悦、那份满足，却始终领略不到那份荡气回肠。

作者简介：冯毅，偏爱小说，喜欢用小说来表达眼中的花花世界。

一次交公购粮的经历

冯　毅

交公购粮，简称“交公粮”，即是农民上缴粮食给国家，自2005年12月29日被废除后，已成为历史，但这却是数代人的记忆。我就有亲身经历过交公粮的体验。

1986年的秋季，我刚成为高州县顿梭中学的初中生，大哥及两个姐姐随着打工潮相继出去打工，我就成为家里的劳动力了，放学后，放牛、挑水煮饭、上山砍柴这些还是边玩边干的事，每学期一周的农忙假，那些才是肩膀开花的活，挑百多斤的连着湿泥土的秧苗、担百多斤的稻谷、打禾机等。我干重活，父亲从不心疼，因为他经常跟我说：不辛苦些，你哪会认真读书？母亲倒跟我说过父亲时常在她面前称赞我：这臭小子有点力量了。

这一年寒假都放了，而家里的公粮迟迟未交，是因为我父亲一直没空，凭母亲和我的力量是做不了这事的。分田到户后，父亲做些小买卖，主要是贩卖猪苗，俗称“猪花”，和广西玉林的人做，常常一去几天。我人生赚的第一笔“钱”，就是四年级时刚学会骑自行车，父亲让我拉两只小猪苗去大坡胶场给广西的猪贩子，赚了运费2块钱！

离过年越来越近，大队干部来我家催了几次，说全大队就剩我家的公粮还没交。那天中午父亲终于回来了，一回来就跟母亲说，下午带上我去交公粮。母亲早已用麻包袋装好公粮在家里，有十几包，每包都有一百多斤。2点多，约好的拖拉机来了，有两个邻居来帮忙把公购粮装上了车。我喘着粗气上了拖拉机，父子夹着司机往团结农场粮仓出发。

那时的路还是砂石泥路，沿路经过很多橡胶林，弯弯曲曲的。拖拉机抖得厉害，震到我的小屁股都开了花。适逢那几天下了雨，路滑，在军田大岭旁的斜坡，拖拉机陷进了坑里。我和父亲下来帮忙推车，拖拉机有时往前几米，有时又往后滑，父亲不忘提醒我，如果拖拉机一直往后滑，叫我就往外侧跑开，命比拖拉机重要。泥泞还是被我们父子及司机征服了，我气喘吁吁地再次爬上拖拉机，午饭提供的能量，也消耗得差不多了。

五六公里的路程，这铁牛硬是走了两个多小时，我们到团结场收公粮的仓库，已是5点多。收粮员有点不耐烦，看是怕耽误他下班，一看见我们父子，就对我父亲说："你怎么带个小孩子来？这么多谷，什么时候搬得完？要不明天你们再来吧。"父亲连忙说："放心，我儿子读初一了，有力。"

因场地的限制，我们只能先把公粮从拖拉机搬下地面，又一包一包从地上拖行十来米，再搬上有一个约一米多高的台阶的仓库。搬下车容易，后面的活才累人，我的肚子早已咕噜咕噜在叫了。因父亲要跟收粮员核数，所以一千多斤、十几包稻谷，大部分都是我搬上台阶的。开始的几包，我是放肩膀托上去的，但太慢，想起物理课本上的惯性及杠杆原理。我背对台阶，两手抓住麻包袋的两个角，扯上膝盖的同时，身体往左后方转，双手顺势往左后方用力，嚯的一声，稻谷轻轻松松就被我甩到台阶上了。有了这个方法，后面的就简单了。

回来的路上，我已四肢无力，又被拖拉机震散了架，肚子咕咕响得比拖拉机的声音还大。回到家里已暮色四合，华灯初上。看到有能吃的就使劲地往嘴里塞，饱吃一顿后，我才感到自豪，为自己能帮父母分担辛劳而自豪。

现在，农民交公购粮早已成了历史，相反，国家推行的"精准扶贫"政策已让我国农村的贫困人口逐年减少，最终的目标是消除全部贫困人口，全民小康，这个目标只是个近在咫尺的小目标。实现中华民族伟大复兴的"中国梦"，也将不是梦。

倔脾气的母亲

冯　毅

我母亲是一个普通的农妇，但她却是我的大树，几十年的母子情缘，如想用一篇短文来准确描述她的形象、性情，我做不到。母亲从以前在生产队，到后来分田到户，以及持家，都是个多面能手，如今八十岁了，尽管身体不佳，她总是认为我们还可以在她的树底下乘凉。

母亲的倔脾气，老家里邻里皆知，这几年跟着我在外面漂，强势的性格丝毫未改。一直以来，她都坚持给我们做饭，去年疫情之前，每天她都亲自去市场买菜，她说我的手指间的缝隙太大，花钱大手大脚，不会省钱。疫情期间，我不给她去市场买菜，她很不习惯，我买了菜回来，她会认真“检查”，如发现我漏买了什么，如葱、大蒜、酱油之类，她会有点兴奋，撵我去上班，说等会她再去买。看着她的兴奋样子，我只能交代她戴好口罩，快去快回。

我的性情或多或少也遗传了母亲的性格，所以母亲和我也会时有些小冲突，每次拌完嘴，我都会被妻子数落一番。所谓冲突，其实就是些鸡毛蒜皮的事，比如有时候我只是随口说句今晚的菜太咸了，她就会发脾气，经常说的一句话是：“我早知道你想赶我回乡下的了，不是看在你俩孩子还小，你抬轿子我都不想来你这里!”呵呵。吵完架，她就生闷气，我也有哄她的办法，我会跟她说：我是你儿子，我说你什么都不是往心里去的，你如果觉得不舒服，就骂回头，老母是可以骂儿子的。这样一说，她的气就散了。

说母亲，得说说婆媳关系。大嫂是二十世纪八十年代中嫁给大哥的，是个性情温和的人，跟谁都合得来，这不仅是邻里旁人的评价，也是父亲、大姐、二姐及我的看法。但刚升级为家婆的母亲，却不这么想，她还是想在儿媳妇面前树立“权威”的，故初期对大嫂总有点喜欢挑刺的意味。大嫂毕竟是个好人，对家公家婆孝顺，慢慢地，母亲对大嫂的看法完全改观了。到我结婚后，妻子是湖南人，这些年母亲跟我们在一起，母亲又得面临新的婆媳关系。有时候母亲跟我“投诉”妻子，但基本上都是被我反驳回去的，然后她气冲冲地说：“你就只会护着你老婆！”母亲可能不懂大道理，但她知道儿子夫妻关系融洽的重要性，所以被我怼了几次之后，她也不再提不和谐的话题，相反，她会细心观察我妻子的饮食爱好，比如，她看出我妻子喜欢吃土豆，就经常买回来，辣椒更是常备在冰箱。

母亲一辈子的爱，都放在我们这些后辈的身上。她常说，加上我的两个小孩，她带大了十个孩子，包括我兄妹四人、三个侄儿及我大姐的一个女儿。母亲对我的两个孩子更是宠爱有加，有时候因我们夫妻对孩子严格了，她会很激动，好像我们打骂孩子是打骂她一样。但母亲明白读书的重要性，如果孩子某次考试成绩不好，被我衣架侍候的时候，她会不吭声，事后再跟她的孙儿讲道理，说的话比较朴实：“你不认真读书，考不上好的大学，将来只能去工地打工。”

母亲身患多病，高血压、高血糖等，糖尿病引起的脚部发热、麻痹，让她每晚痛苦不已。我带她去过高州、佛山、深圳等地的医院看过，但结论都是这病根治不了，只能长期吃药来缓解。

母亲有时会伤感地跟我说起死亡，说人终归要走那条路，熬不了几年的了，我就鼓励她乐观些，让她为自己定个目标：至少要看到她最小的孙女孙子考上大学。看着母亲伛偻的身躯，真希望时光能慢些走。

作者简介：杨旭华，笔名杨柳风，茂名市作家协会会员、高州市作家协会会员，小学语文教师，喜欢文学、书法。曾发表散文《一把竹梯》《闲话插秧》《我的父亲》《笔》，诗歌《岁月》《老屋》等。

我的父亲

杨旭华

我的父亲今年 78 岁了，没有驼背，也没有老态龙钟的样子，他总是精神抖擞，永远像一名即将踏上战场的战士。

爷爷奶奶生有八个子女，四男四女，父亲是老大，因此读完高小之后就不得不辍学回家帮忙干农活了。听邻居五婆祖说，父亲 12 岁的时候，爷爷就做了两把微型的犁和耙，在农忙的季节让他赶着大水牛去犁田耙地了，因此从小锻炼了一副好身板。

父亲的高小学历在当时也算是个知识分子了，他勤奋好学，喜欢钻研。比如医药书，这源于他小时候村里一个破落户把家里祖传的医书当作垃圾一样倒到垃圾堆里，刚好被父亲看见便全部拾回家了。这些书有二十多本，全都是线装的，分为心、肝、肺、肾、小儿、妇科等十多部。父亲一有空就钻进书房钻研这些医药书。我记得我们姐弟从小到现在都很少去医院看医生，什么伤寒啊感冒啊摔伤啊全部都是父亲医好的。父亲最拿手的是骨科，村里谁摔伤了都会第一个想到父亲，找上门来，父亲便详细问清楚病因，然后走进书房，开出药方，交给来人，交代注意事项，来人千恩万谢的给父亲递上十块八块的钱作为报酬，父亲都一一婉拒。有时我便问他为什么不收钱，父亲回答说："钱再多也用得完，唯有行善积德，对子孙后代的好处才是无穷无尽的。"

父亲做任何事都是精神抖擞、勇往直前的，从来没见过他垂头丧气或者怨天尤人。用习总书记的话"撸起袖子加油干"来形容父亲一点儿都不为过。2000 年，因为市场转型要交十万块押金的缘故，父母结束了十多年的广州菜贩生活，回到家乡种起稻谷和经济作物——香蕉来。我们南方多台风，为防止香蕉树被台风吹倒，就必须要安装香蕉桩（我们的香蕉桩一般使用水竹），而安装香蕉桩就必须要在香蕉树头旁边钻孔，那个时候有人专门用机器钻香蕉孔的，3 毛钱一个。但是父亲不舍得，就自己用铁锹挖。夏日的香蕉地，既潮湿又闷热，才挖一两个香蕉桩孔早就汗流浃背，全身衣服都湿透了。这个时候，父亲就把上衣脱下来，挂在香蕉树上晾，又开始干起来。就这样，今天挖二三十个，明天挖三四十个，他用“愚公移山”的精神，硬生生地把一千多棵香蕉桩孔钻完了。钻完香蕉桩孔，还要安装固定香蕉桩，把香蕉和香蕉桩绑定在一起。至于施肥，除虫，标结果日期，套香蕉保护膜、香蕉袋，砍香蕉拉去收购，这些工作量更是惊人。但是，我眼中的父亲从来没有垂头丧气和抱怨过。默默耕耘，用汗水点亮了我们的生活。

父亲不但刻苦耐劳，为人和蔼，还非常有正义感。随着改革开放的春风吹遍了神州大地，人们的生活水平都有了很大的提高，一些村干部的思想也出现了一点问题。比如村里的干部在出租出让集体土地的过程中时有违规行为。而长期订阅《南方农村报》《茂名日报》的父亲，对国家农村方面的法律法规是非常了解的，就义正词严地指出了他们的错误，让他们心悦诚服并改正了错误，因此我们村子的各项建设也取得了很好的成绩。

父亲除了干活，还有一个兴趣就是喜欢看新闻联播，从电视上看着祖国繁荣昌盛，看着人民的生活越来越好，他总是笑容满面，自豪感满满的，快乐溢于言表。妈妈经常调侃他：“看你那高兴的样子，谁当领导你还不是一个农民？”父亲认真地回敬母亲：“你怎么能这样说呢？好领导才能带领祖国走向富强，只有好领导才能带领人民走向幸福。习近平就是一个这样的好领导！你懂什么？”每当这个时候，母亲就赔着笑脸，不敢再说什么了。

今天，我也人到中年了，然而父亲的正义、勤劳、善良、不悲观，不抱怨，永不言败的精神就像习总书记“撸起袖子加油干”的话语一样，深深地印在我的脑海里，永远鞭策着我奋勇向前。

作者简介：劳小颖，又名红梅，茂名市作家协会会员、茂名市教育杂志社特约通讯员、茂名市教育作家协会会员。曾在多家刊物、报纸发表过论文、诗歌、散文、小小说。

温柔了一场相遇

劳小颖

一个星期前，跟高凉文友荔木子老师交流写作心得时，无意中透露不日将和爱人去高州办事的消息，没想到荔木子是个有心人，悄悄记住了，这天一大早，就发微信问："到高州没?""到哪里了?""几点完事?""带你们去粤龙山走走!"热情的高州荔木子，让我开始期待我的半日高州游。

办完事，已接近下午 4 点，未曾谋面的文友荔木子先生已经等候多时，会面后便带我们直奔离高州城区约五公里的粤龙山去。

沿途，两排站立整齐的异木棉，花开正艳，一束束紫红色、粉色的花儿洋洋洒洒簇拥枝头，仿如两道亮丽的彩虹，悠闲地悬浮于湛蓝的天空，这一幅安静的油墨画瞬间撖动了我的"少女心"。我迫不及待打开车窗，悠悠清香，扑鼻而来；夕阳的金光温柔地照在身上，素心暖暖；一阵初冬的凉风拂过，树上片片花瓣纷纷飘落如低低絮语。呀！是一群花蝴蝶飞起来了吗?

不一会儿，我们就置身于粤龙山风景区的花海中，这是园艺师们以三角梅为主题塑造的"花花"世界：一处处、一树树、一盆盆、一圈圈、一环环、一簇簇，疏密有致，重重叠叠，形态各异，像超凡脱俗的少女，婀娜多姿。红的像火，粉的像霞，白的像雪，黄的似金，绿的如玉……特别是白中带绿的，更是清幽淡雅，美不胜收。

晚霞给各色的花瓣抹上了一层浅浅的金色，或浓妆艳抹，或清新淡雅，或朱唇轻启，或明眸善睐，各具风韵，绰约多姿。

一阵晚风吹过，三角梅跳起了优美的芭蕾舞。成群结队的蝴蝶在花丛中随风舞剑、轻快弹琴，把一缕缕对秋的思念挥洒在初冬的凉风里。这一大片色彩艳丽的三角梅，是九天仙女把彩缎撕碎撒向人间了吗？

“呀！怎么同一棵树能长出不同颜色的花呀，而且一朵比一朵娇艳！”我惊叹。“这有什么大惊小怪的，那是采用了嫁接技术，前期调控好开花的时间便可。”先生解释，这五彩三角梅是园艺人的技艺，是自然与人类共同创造的美好。

花海中忽见几对年轻腻歪的小情侣，在花丛中嬉笑着相依拍照，我的目光不经意停留了几秒，心底泛起丝丝羡慕。荔木子老师似乎洞察了我心思，微微笑着对我和先生说：“给你们拍张亲密照留念吧。”我脸微红，转移视线，脱口而出：“不用啦，老夫老妻了。”面对交流不多第一次见面的荔木子老师，我有点害羞，怎好意思在他面前跟先生秀恩爱呢？然后，我顺手把一朵花别到发夹上，故意被他们甩在后面，偷偷玩起自拍来。

“三角梅，也叫叶子花。这些大大的花瓣其实是它的叶子，中间这三小朵看似花蕊的才是真花。”先生还在向我科普。我细细一看，果然发现三角梅是由三片苞叶组成的，苞片中间有三根小小柱子，柱子的顶端开着小花朵，像一颗颗闪亮的星星，楚楚动人。这不正是张若虚的“含蕊红三叶，临风艳一城”吗？

绕过粤龙山广场，一个长相俊美的紫发男子半跪在地面上，正对着几棵有点蔫的三角梅吹泡泡。“一个大帅哥干着幼儿园小朋友的事情，这也太幼稚无聊了吧。”我心中嘀咕着。这时，一个小男孩跑过来：“哥哥，你都在这里吹半天了，咱们回家吧。”男子不语，依然专心致志吹泡泡。我问：“这是你哥哥？”“嗯。他说这里几棵花有点蔫了，要吹活它们。我哥哥患有智力障碍。”小男孩的话如一道惊雷，我为刚才的想法感到羞愧难当，这名被我取笑“幼稚无聊”的男子原来是一名纯真善良的天使啊！

羞愧之间，不觉华灯初上，灯火阑珊。荔木子老师还贴心地为我们准备了高州特产，我们依依不舍告别好心高州，道别热情好客的高凉人，踏上归途。一路上，我都在期待与高州的下一场美好相遇。

chapter

03 诗歌

作者简介：庄家银，笔名高凉之子，茂名市作家协会主席团成员、高州市作家协会副主席。

重回乡村（组诗）

庄家银

油　婆

油婆
一位五保户
住在村尾
她瘦瘦的身子
如一棵霜打的蕉树
她为什么叫油婆
我一直未弄懂
据说
没有人看到
她生前买过猪肉

门前
一高一矮的
两棵木瓜树
就是她的儿女
那个干瘪瘪的年代
那悬挂在树上的红木瓜

是村中的一抹亮色
孩童梦中甜甜的渴望

还有人说
油婆过世后
还回来过
不知是放心不下
那间破屋
还是那两棵木瓜树

油婆的坟
就在庙山
选在一个向阳的地方
坟堆很大很大
远远看去
像一只倒扣的碗

扁　担

我曾担心
那根汗渍的扁担
很易折断
父亲却爽朗地说
扁担越挑越柔
越柔越韧
一旦柔韧
挑起担子
会越挑越轻
所以
压在父亲肩头的扁担
沉重重

他却健步而飞

扁担在
家就在
农人的扁担
农家的大梁

锄　头

锄口
越锄越亮
也越锄越短

父亲的身躯
越老越硬朗
也越来越矮

仿佛
被岁月慢慢
截短

农人啊
我父亲一样的农人
一辈子
就是这样
慢慢地把自己
埋入泥土去的

村井（一）

那一口村井

在村南的稻田中
虽然浅浅的
但早年
井水一直充沛
甚至溢出井口

后来
村民用上了自来水
这口井
早已被遗忘
荒废

今年清明回乡
重觅村井
发现它已干涸
一张井口
望着天空发呆
让我瞬间崩溃
自己仿佛又一次
成了一个断奶的孩子
无语
泪流

村井（二）

村头的古井
不知什么时候枯了
如一个空空的行囊
早已被故乡遗落

古井

在夜里
也不是空的
它装满了月光和蛙声

古井
在记忆里被渐渐淡忘
但游子却未曾放下
这个沉重的行囊
一路走来
这装载满满的乡愁
一直把羸弱的身躯
压得气喘吁吁

乡　路

小时候
乡路是一条脐带
把瘦小的我哺育得强壮

长大后
乡路是一条粗绳
扯动着母亲放不下的担忧

后来啊
乡路是一条长虫
常常把梦中的我咬醒

而现在
乡路是一根韧线
把我被秋风吹破的乡愁缝补

一粒稻谷

一粒稻谷
从田野走来
散发着泥土的芳香
一粒稻谷
在太阳的热爱中
镀上了温暖的光芒
一粒稻谷
在父亲的眼神里
读懂了彼此的感恩

一粒稻谷
重回土地
已是我父亲的一生
一粒稻谷
镶入我的乡愁
在静夜里隐隐作痛
一粒稻谷
植入我的诗行
让心永远摇曳一株绿色

老　牛

在农田里耕作
老牛看得懂父亲的眼神
听得懂父亲的声音
这样默契的互动
使劳作事半功倍
父亲与老牛

一双亲密无间的兄弟

老牛
四季的轮回
从不停下脚步
你印在大地上
坚实的脚印
就是闪光的文字
记录了日子的艰辛
写满了农人的悲欢

老牛的一生
都在咀嚼着
土地与农人命运
这个沉重的话题

一百年

梁　兵

早餐的时候
那颗粮食
让我穿越了一百年
一百年不短
足以囊括
一条顽强的生命
一百年不长
只从衣衫褴褛
到换上光鲜的衣裳
时间的隧道里
一百年的历史
是那缝隙里的瞬间
这瞬间里却布满着想象
每时每刻每分
铺出胜利与危险
伟大的民族与他的领袖
站立在这百年里
启动五千年的智慧与坚强
作沧海桑田的故事
绘大海星辰的诗篇
世纪的风云
世纪的雨
世纪的冬天

世纪的春
在这百年大变局的世纪
举目就可看到
一列复兴号列车
前行在古老的土地上
追风
八横八纵
放笛
滨海高原

组　诗

赖松万

春　水

雾水思考了一整夜
最后在黎明前决堤而下
没有声息地，走进微凉的田野
山岗，长着橡胶树和狗尾草
二月就凝结在一颗露珠中
带着微笑，带着春风

一条溪，那头是低头吃草的水牛
甩着尾巴，细数立春的时辰
这头是浣衣的大石头
铺着干净朴素的衣服，和活跃的水声
谁能给我这样的清晨
我看不见水的影踪
只有阿妈
她手捧一朵浅绿
在水边

插　秧

牛拉着犁耙
拉着上一造的阳光，远远近近的蛙鸣
抹平岁月走过的路，高高低低

就如田边的溪水淙淙
二十四朵花次第开放
只源于一颗种子在温暖中膨胀，探出头来

一头扎进你的怀抱里
其余的都不管
日子随便交给惊蛰或谷雨
只顾将农人走过高高低低的路
一一抹平

瓦

我熟悉的天空，一片青灰色的瓦
落入旧日梦的声息

翻阅一本书，翻阅一页素雅的竹叶
翻过屋后烟雨滋润的山
翻过那口燕子展翅划过的池塘
翻不过一页一页的青瓦
和黄昏里透出的袅袅炊烟

将一把火塞进灶膛
延续五千年不变的渴望，劳作，生息
把烟火安放在瓦片下
上面是天下面是地

一道光

赖松万

1

一道光，来自瓦面的屋顶
鸽子站姿优雅，挑晒羽毛
屋子里是锅碗瓢盆
我躺在长凳上，细数光与尘

时光。手提扫帚从村巷走过
打扫灰尘，扬起发散的光
透过木窗棂，在清风中吱呀作响
轻柔摇曳，入木三分

阿婆划一根火柴，点亮
一把干稻草，带着阳光的气息
染黄她的银发
一如屋外的南瓜花

就这样，蔓延。

2

阳光在稻苗的叶面或根部

蛙鸣是三月的欢快或寂然
畅饮水牛仰脖的分量
一道光
逐步压弯稻穗的腰身

打开一粒光的内核
就是打开谷壳检验米的硬度
打不开的是手掌的粗糙纹路
阿妈在田埂上孑然前行
朴素的衣衫，花白的发
清瘦的游走在记忆边缘
只有村道上的石子依然扎脚
就如隔壁黄狗的眼神。

3

摇动风柜的风叶
人为地制造一场分离
那是暮归的路上，阿妈走在前面
我走在后面
任由狗儿如何呼唤
一道光在山野之间低徊

捧丰满的谷粒沉思
人生不过是秋收冬藏
处暑踮起脚尖，一滴雨来临
再高的高度，高不过一堵泥砖围墙
远处，或近处，草木葱荣
你走了，在没有光与影的空间里
只有脚步声，声声回响

看得见的光，在人间。

4

拾级而上。
让一切归于黑白，只留下
斑驳的青苔

村口的大石在围墙以上的地方
溪流以外的田野，都是光的流淌
所有的成长不过是一场张望
到最后，终究凝成屋檐上
一滴水
留一道光，写下落款。

时光的流水没过腰际

黎　丹

岁月一茬一茬，枯了又荣
在荔林深处，鸣蝉渐噪
一只大雁划过天际
地上留下越来越长的影子
它曾经毕露的锋芒
早已丢失在年月的深渊

出门的时候
又一次忘记了时间和钥匙
这更加引发了我的焦虑和哮喘
那些遍布日子的警世良言啊
此刻钻进骨头、脑髓
尘世的日子是多么的举步维艰

黎明一直存在，我暗夜的疼痛
牵涉到一个粤西村庄
我孩童时的牛粪、蚕桑、芒花以及歌谣
我曾经躲在阳桃树上的惊吓与泪水
一起在夏日的鸣蝉中融为一体

是的，时光的流水刚好没过腰际
而我对生活仍然一无所知
仍然不懂顺应天命

理想迎风瓦解，石头变得圆滑
所有的雄心壮志一一泯灭
泯灭在那条曾经灼灼燃烧的河流
如同一粒小小的尘埃，激不起半丝涟漪

大地继续延伸
湛蓝的天空，依旧飘逸无尽的蓝
将存在的意义解说得恰到好处
一阵乡风，掠过山坡大片大片的浓绿
而这一把岁月的杀猪刀
收割着我日渐发白的胡须，锋刃过处
映照出沿途阵阵的仆仆风尘

岁月开始从坡顶上滚下来
时间已经过半
殊途同归的宿命，越来越没有悬念
我知道，大地将会包容一切
万物将会重生
看着眼前一个个拾级而上的身影
我拈花浅笑，默而不语

一大片一大片的地稔

黎　丹

冬日的斜阳窥探着原上一片地稔
我看见文友居壬那发紫的嘴唇
被泡酒洗涤过的舌头一伸一缩

野地里，一大片一大片的地稔
被作家的双手小心收割
一颗颗跻身在透明的酒罐中
可以想象，它曾经的鲜艳和丰硕
年轻时该是多么的大红大紫

酒罐中粒粒饱满的地稔
该如何享受这冬日的惬意
比如餐桌上的焗鹅，暗红的汁液
大象那飘荡在门帘后的笑声
这样一群饱满的地稔
就像野地上打滚的孩子
他们的乡音从风中穿透
他们围在作家居壬的身旁
捧着糖果，一遍遍地颂唱：
苔花如米小，也学牡丹开……

每一个脸蛋，地稔般的饱满和朴素
把课余的生活安排得充实别致

他们像城里的孩子，毫无保留地
将手机内外的王者全部斩杀

原上的地稔，藤蔓干枯
地平线悄悄隐藏了夕阳
风声越来越大，把四野打扫得干干净净
一只毛鸡窜入草丛深处
感受日子的温暖、祥和和安康

餐桌上，陈列太多的面庞和空荡的杯盏
关于酒坛的三分之二，这群地稔散发的
厚重和醇香，她们泡浸下的岁月浮沉
还有谁，在反复地
回味日子的安详，以及丰收的喜悦

柬埔寨风情（组诗）

谢　志

牛　车

吱呀——吱呀——
一串歪歪扭扭的音符
颠簸在贫瘠的土地
纯真的村姑
将乡间的古朴
牵入时尚
那件格子衫的颜色
就像她脸上泛起的红晕

吱呀——吱呀——
弯弯曲曲的辙痕
从祖辈的梦
一直延伸到
有霞光撒满的天边

乡　舞

古铜色的身手
古铜色的脸庞
似极雷州半岛的颜色
憨厚的笑容

伴着铜鼓的韵律
赤足起舞
听不出抑扬顿挫
也没带起一缕尘埃

姐妹庙

都说姐妹庙很灵
能护佑平安富贵
进拜的人都来了
谁知异国的佛会变脸
三支香拜了四个方向
不知道灵不灵
佛说普度众生
可在庙旁我却看见
有一群丐者
游荡在佛的庇护之外

小吴哥遗址

千年的风
摇不动石窟的厚重
路过的大雁
从没在这里停歇

法兰西人的蝴蝶梦
让时光骤然回转
惊叹巨石堆砌的奇迹

媲美中国长城

追逐王者的余威
攀上苍茫的莲花宝塔
享受了一回天堂的尊贵
炫目得不忍回眸人间

角落里的僧人

如一尊雕像
凝望着苍穹
没有眨眼
远方也没有诗
只有千年一韵的经声
游荡在空灵的殿宇
试图抚平战争的忧伤
没有人相信报应
可冥冥之中
总有盛衰轮回

塔普伦遗址

寻到梁朝伟诉说心思的树洞
偷听《花样年华》的甜言蜜语
那一壁厚唇细腰的宫女
朱莉说是她的前世

掩埋在雨林的城堡
缠绕着藤蔓
千条万条攀墙过壁

或许是寂寞得实在无聊
才陷落在不想让人知道的
雨夜，那滚动的叹息
千年后才听到回响
陷落的还在陷落
撒一地幽蓝色的梦
不忍惊醒

巴戎寺石窗

在洒满秋色的季节
我们约会在古老的吴歌
挥手不是再见
只是告诉你
这里有最美的瞬间

徘徊在裸着胸口的石阶上
有人在守候一个千年的情缘
那个弯着手指的姿势
画出永恒的微笑
年复一年
终于等来
那一抹嫣红婀娜

高棉的微笑

从前世到今生
我虔诚了一千里的距离
来朝拜你的微笑
曾怀疑西哈的表情
是巧合了你的基因

千古不化的石头
凝固着一张张笑脸
落满的斑斑点点
不知道是不是

战火与贫穷的见证
感谢荫蔽你的丛林吧
将你的眼泪和屈辱埋葬
一直微笑到今天
蜚声世界

作者简介：张海燕，笔名白云悠悠，高州市作家协会会员，喜欢琴棋书画诗酒花和柴米油盐酱醋茶。

小重山·诗友化州初春行

张海燕

细雨丝丝洗宿尘。
茶园山隐隐，水潾潾。
归来双燕语黄昏。橘花影，寂寞一帘春。

剑舞俏佳人。茶庭芳草绿，杳无痕。
举杯畅饮倍精神。罗江水，依旧荡悠云。

鸡笼顶之恋

张海燕

我的心遗忘了千年的情愫
曾经在大漠中拥有
又如风沙般悄然逝去
仰起头颅星月般向往的那个地方
鸡笼顶，正是人间四月天
花丛拥簇了春季最后一个晴朗的日子

清凉的山风温柔地徐徐拂起
吹皱了山谷那条浅浅的溪流
然后，在这里停下，播撒
花海的香味，又从杜鹃树上
懒懒地摇下两片花瓣
轻轻装饰了我春困的梦

作者简介：梁珍枚，在父亲的影响下喜欢上了诗词。

行香子·题画家狄少英山水画《林泉雅韵》

梁珍枚

未见飞花，有雾天涯，望崖边、三五人家。迎阳送晚，任物枯华，品阁中书，窖中酒，盏中茶。

松间漱玉，人间妙曲，远红尘、钓水流霞，笔无俗染，墨胜丹砂。画一心清，一风静，一兰槎。

作者简介：李悠，笔名他山客，高州市作家协会会员。有灵感时喜欢写一些文字，自娱自乐。

观　画

李　悠

一张白纸的对折
分成了上下两个部分
上格的天
本有一只凶猛的鹰在飞翔
现在
鹰已经飞走了
只留下一片空白
但是
谁也不敢占领它的战场
下格的地
不见有泥土
更加见不到一丝活的气息
听说泥土被挖走了
因为深不见底
太过危险
所以不敢表达出来

整幅画
还有第三部分
作者不敢画了

天空上面住着神仙与上帝
他不敢打扰
怕惊动了神灵
还有大地之下
谁都清楚
就是阴森的地狱
也不敢去碰触

整幅画
中间只有一道深刻的折痕
很多人说
这就是生活

作者简介：苏旭，笔名猫哆哩，曾用名秋雁，高州市作家协会会员、茂名市诗词楹联学会理事。

诗四首

苏　旭

高州缅茄冤

迷离冤案雾遮眸，
婢女凤薇焉会偷？
棒打嘶声身已殁，
天窥拷问泪长流。
逢春破土种芽见，
倚夏吮霜枝叶稠。
时过境迁千古恨，
客临茄苑暗生愁。

游高州观山

高凉胜景数观山，
叠翠峰峦鉴水环。
曲径清幽连古刹，
佛堂金碧见仙颜。
游人叩拜祈恩泽，
和尚参禅脱俗关。
传说飞升何处去？
悠悠迷幻惑凡间。

高州仙人洞

云海迷蒙绕岭环，
峰峦叠翠缀仙山。
杜鹃花放春光艳，
禾雀枝啼娇俏颜。
碧绿草原心境旷，
凉风竹海韵音潺。
尤欣瀑布回天响，
脱俗心灵在此间。

高州笔架山

笔架天成胜境开，
青峰叠翠迓迎来。
名山探秘多骚客，
助力高城夺首魁。

诗二首

张春丽

白　露

白露起，梧桐落
突然想去看看你
茶话这个叫“相思”的时节

我没有等风
暴风雨却不请自来
白露节，天地苍苍

停下脚步，我只能写诗
写白露，写暴风雨
写云树之思

直至你出现
我说，我想去见你
你说，我来了
看，还带着彩虹

无　题

风起时
我正读着一首诗
乌云已压了下来

雨从乌云里倾泻而下
从乌云里落下来的雨
闪着晶亮的光

阳台，窗台
水花开满了一池
用手托起一朵

趁着未碎落
趁着有风有雨有诗
我把你又想了一遍

我所遇见的春天

车红梅

春天的门槛

春天的第一缕阳光
与田野的草尖对峙
遥遥无期的风
忽如一夜春至
它用力摇醒一园花事
在婀娜多姿的花蕊上
凝成一集春天的诗
一枝嫩芽　悄悄然而冒出
复苏的种子
轻叩大地门扉
我用麻雀的鸣叫
唤醒沉睡的灵魂
那长长的岁月
像一只轻盈的风筝
它驶出季节的船
一路高歌
抵达春天的领地

春　雨

二月　春与你相逢
就像星星遇到了月亮
你的滴答　伴着春天的响雷
雨　是你叩响了春天的心扉
踏着春雨的步伐
文字也变得轻盈无比
春色更加无垠
从心出发的旖旎里
像藤缠树　渲染着整个天空
偶尔　你的眼睛里
滴下的一串串泪
那是落红的梦想
二月　盛在如水的记忆里

夕　阳

一不小心　你坠下地平线
红艳艳的心
荡漾在乡间小道
冒芽的花苞在霞光中
把隐藏了一季的愿望
抖出了春天
夕阳下　静听花开的声音沁人心脾
一只鸟　翱翔在自由的国度
在夕阳里　马不停蹄
光阴　倚着黄昏的墙
你洒着金色的光
目睹时间的钟

静静地流淌
二月　你活泼的样子
映出了春天的可爱
一群姑娘　靠着傍晚的肩膀
约上云霞
一朵朵游走在季节的边缘
总有一天
我们相信天空的力量
把病毒甩掉
轻松走在熟悉的小路
夕阳公公醉醺醺的脸蛋
像翩翩起舞的公鸡
二月　摘下厚厚的口罩
俯身拾起春天的理想
用一贯的忠诚
播种那一望无际的田野
站在岁月的青草地
努力找回久违的自己

狗尾草

你轻倚岁月　低头沉默
一支狗尾草
习惯了与土地对话
没有蝴蝶的惊扰
没有鸟儿的喧哗
自由自在
对着白云　你毕恭毕敬
风　来或不来
你都在　伫立之下
细诉衷肠

春天　燕子从头顶掠过
麻雀在天空飞翔
蚂蚁在树洞徜徉
蝈蝈回归了大地
它们　一个个
不忘用力摇撼狗尾草
顺便一展身姿和歌喉
九尾草的辫　长长的
我用尖尖的手指
抚摸它如花的模样
阳光洒满草地
我看见咩咩的小牛
在啃食它肥嫩的尾巴
欣欣然
我伸开厚实的掌心
把狗尾草轻轻握住
抬头仰望　天空之上
一粒春天的思想
闪闪发亮

醉美粤龙山（散文诗）

车红梅

一拨拨游人，踏着寒冬的脚步，扯着风，走在粤龙山庄弯弯曲曲的山路上。

一簇簇美艳绝伦的杜鹃花，红的，黄的，白的，粉的，姹紫嫣红，美不胜收。

扑面而来的杜鹃，花瓣层层叠叠，她画出美妙的彩色，极像姑娘的笑脸。

翠绿的树叶，在肥肥厚厚的阳光下泛着彩色的光。繁花似锦中，有着数不清的花骨朵。

波光潋滟的湖水，载着一季的希望，在湖中荡荡漾漾，又悠悠然然。

洁白的石板路，干净而厚重，每一块砖，都是一处独特的风景；每一条路，都是星光大道。

粤龙山庄，极目远眺，峰峰相连，山山相依，山中有春，树中有冬，一季一季，游人如织。

花园里，花铺满地，朵朵杜鹃，花落人间，一幅幅彩色的地毯，犹如浓彩斑斓的水墨画。

漫步花园，温暖的阳光穿梭于微隙的气息。恍如见南山，采菊东篱下。时光，慵懒而舒坦。

芬芳馥郁的气息，弥漫在粤龙山庄，把天地间盈满，那一道纤尘不染的花海，呢喃着诗行，充盈而飘逸。

暖暖的阳光，铺满山岗，滴落指缝间，远远近近的花香，洒在发梢上眉尖里。

清风拂过，花儿随风摇曳；杜鹃花像一位含羞答答的少女，含情脉脉地与岁月对视。

一树一树的阳光，挂满整个粤龙山。闪闪发亮的日子，因花而耀。

粤龙山庄，就像一本精美无比的画册，要一页页翻开，认真欣赏，才能感受其中的美妙。

冬天，粤龙山上，这里有山有水，有鱼有草，有一望无垠的花海。

春天，你到粤龙山，这里有春天的乐园和勃勃向上的生机。

白天，你到粤龙山来，有迷人的晨曦和醉美的夕阳。

夜晚，你到粤龙山庄，璀璨夺目的烟花，亮了星空和眼眸，醉了蝈蝈和蟋蟀。

热情无比的杜鹃，红得鲜艳，绽得豪情满怀。玲珑烈艳的心，倾听着叶子与风的对话。

杜鹃花，你一尘不染的优雅姿态。映红了粤龙山，你行吟歌唱般温婉的美丽，如酒般香醇。

山一程，水一程，秋一季，夏一季，粤龙山，一个世外桃源，人间乐园。

烟雨朦胧间，春夏秋冬，岁月如烟。粤龙山庄，有读不尽的花事，和写不完的诗行。

节假日，不如来一场率性的出行，与杜鹃花邂逅一场夕阳，并认真地拥有说走就走的快乐。

在阳光明媚的日子里，把忧郁抚平，把自己扔进大自然，愁苦的藤上，也能盛放令人赏心悦目的花朵。

冬日，我徜徉于杏花村（散文诗）

黎志强

冬日，披一袭暖阳，我徜徉于如梦似幻的杏花村。

我徜徉于幽静雅致的杏花村，如痴如醉。我看见：小桥婉约，流水低吟，庭院玲珑，曲径通幽。令人如梦到江南：感悟烟雨之空灵，泯灭世俗之奢望，抖落心灵之浊尘。

我徜徉于古色古香的杏花村，如醉如痴。我看见：古巷迂回，骑墙高耸，黛瓦斑驳，篱笆郁葱。令人如梦到徽州：吸黄山婺源建筑之精华，纳徽人儒雅恬淡之高远，陶然生命恢宏之洒脱。

我徜徉于田畴纵横的杏花村。如痴如醉。我看见：菜花嫣黄，橘子碧青，青瓜嫩绿，游人嬉笑。令人如梦到桃源：蜂飞蝶舞戏草丛，绿树青桑映斜阳，美池修竹老少乐。

我徜徉于残垣断壁的知青园，寻找老三届泛黄尘封的岁月；我徜徉于碧波荡漾的秀英河，寻找莫五姑浪漫的爱情；我徜徉于回形的陈济棠故居，寻找南天王惊人的传奇；我徜徉于婆娑摇曳的桂园母树前，寻找储良龙眼的前世今生；我徜徉于残絮飘飞的稻香亭，寻找风吹稻花遍地香的幸福味道……

我徜徉于杏花村，只为把她婀娜多姿的身影和卓尔不群的风姿，珍藏在我心底最柔软的角落，只为挖掘她在振兴乡村中所折射出来的那一抹最艳丽、最耀眼的色彩：望得见山，看得见水，留得住乡愁。

那一天，没有喝酒，我却醉倒了：醉倒在杏花村，用蛙声竹影牧歌交织的乡愁里；醉倒在杏花村，用时光碎片编辑的陈迹往事里；醉倒在杏花村，沐春风而自华的诗情画意里。

作者简介：蔡洪良，曾用笔名洪浪、阿良。文学爱好者，诗歌的忠实仰望者，偶有作品散见各种刊物。

从你纯真的手

蔡洪良

这是一种莫名的感动
从你纯真的手
开始看到源于掌心的
我生命的河流

河流伸延
如巨大的网
川流不息的日子
朵朵浪花是你给我的欢畅

桑叶黄了
燕子向南

你纯真的手掌
流泻出明亮的阳光
温柔的水波
繁衍一汪菁菁水草

透过厚厚的烟尘
即使没有任何指引

从你纯真的指纹
也可看见
今生的流向

听夜（散文诗）

丁雪珍

踏着夜色归来，已是子夜时分，村落早已酣然入梦。卸去一天的匆忙，轻倚窗前，目之所及，皆漆黑一片。夜风丝丝缕缕，轻敲心窗。

夜空下，蟋蟀在弹琴，甲虫在歌唱，蝈蝈儿在拉二胡，风儿和着弦……如一支自由组合的乐队，尽情上演。这乐声细而不噪，轻而有力，混而不浊，时而急速，时而舒缓，时而动荡，时而安稳……像行军，乌云压顶；似布阵，进攻防守；如应战，沉着冷峻；同战场，残酷无情；若琐事，平淡无奇……一曲终结，另一曲粉色上演。

这是天籁之音，大自然最真实的声音！这声音仿佛让我看见——若每个人都能“纯天然”，不钩心斗角，不你争我夺，生活便平静如镜般安然！但世事又岂能如此让人安静，有时如滚滚波涛的海，深不可测，要不善良被践踏，要不道德被绑架，要不辛劳被漠视……生活本是一首首组诗，都播种着远方的希望，但最终都敌不过最骨感的现实！本无棱角的生活也被磨炼得四面金刚，要不连自己都保护不了，又何谈笑看风云过。夜，语重心长道，这就叫历练；乐队，铿锵有力地宣告，这就是人生！

夜在蔓延。乐队仍在继续，愿与夜厮守，坦露自我；一旦天泛鱼肚白，又不得不整装上阵，去面对更多未知与陌生。这不是矫情，这不是无病呻吟，这只是生活百态中的小小缩影：寻寻觅觅，浮浮沉沉，悲悲戚戚，欢欢喜喜，恩恩怨怨，得得失失。记得莫言曾道：来是偶然，去是必然，尽其当然，顺其自然。人生匆匆数十载，既然来了，何不学会这“人生四然”?!

夜风吹送，轻柔如丝，吻过发尖，滑过指间，偷偷将心结窃走，悄悄将窗虚掩。

作者简介：邓锦熙，高州市作家协会会员，曾在《国际商报》《江门日报》《高州文艺》等发表小说、诗歌、散文等作品 30 多篇（首）。

钓　鱼

邓锦熙

一根短短的竹竿
一条长长的线头
一弯细细的银钩
一块小小的饵料
构成钓者全部的武器
而那闭合自如的樱桃小嘴
吞吐间便是决定生死的魔咒

饵钩随风滑向水底
钓者如梦放飞希冀
在那深不可测的迷宫
人和鱼进行剑拔弩张的僵持
波涛汹涌迷雾重重
谁也说不清谁捏着谁的秘密
谁又给谁布下波谲的诡异
只有深沉不语的流水
看得清碎波下胜败的结局

攻与防　进与退
诱惑与谋杀欺骗与揭露

便在这看似温情平静的镜底
摆开惊心动魄的杀戮
败者拉起空荡荡的失落
胜者祭出血淋淋的逃脱
那些沉浮间贪图蝇利的兵卒
便在摇头摆尾中成为沦陷的战俘

人和鱼的较量天天在延续
只是有时我也糊涂——
是你钓起了鱼儿的身躯还是
鱼儿偷玩了你的孤独?
是你捞到了舒心咧嘴的快乐还是
鱼儿遭受了撕心裂肺的痛楚?

诗二首

杨旭华

岁　月

岁月在云里
被微风吹散了
岁月在地上
被大雨冲刷了
岁月在雪里
被太阳晒融了
岁月在脸上
被皱纹掩埋了

老　屋

鱼鳞般的瓦片
铺成了无数条五线谱
瓦顶的块块红砖
绘着跳跃的音符
斑斑驳驳的木门
破了洞的窗棂
伴着呜呜的寒风
爷爷的叹息
奶奶的呢喃
相互交织
演奏着岁月之歌

诗二首

宁与其

郁金香

喇叭花在歌唱
尽情妖娆地舒展
你抿嘴而笑
总是欲说还休的样子
你多情斑斓的色调
炫目撩人
但抵不过你的内心啊

我爱你
淡然恬笑的模样
谁像你
如此这般
在别人的世界里
顺其自然

向日葵

夕阳的余晖淡去
你张开的羽翼
在烈日的暴晒后变得疲惫
而温柔
如同冬天的软热毯

你枕着晚霞
终于
陷入沉睡

早晨的微光扑来
你挤满心事的籽
在温暖的笼罩下变得生动
而明媚
如同久逢甘霖的枯木
你迎着微风
终于
笑靥如花

爱写诗的小螃蟹

莫　然

清晨
我在沙滩上
沙滩上
还有一只小螃蟹
它正在写诗
一行诗，赞美大海
另一行诗，赞美蓝天
还有一行诗，很长很深
赞美母亲

诗二首

张玉婵

思　念

秋色一天比一天厚
在我看不到的远方
你是否还在稻田里挥镰抢收
汗水一滴滴滚落在谷穗上
还是在玉米地里手脚不停
不知疲倦地采撷甜蜜的金黄

秋味一天比一天酽
在我嗅不到的远方
你是否正在院里采撷小白菊
襟袖上沾满了生活的芬芳
还是又在厨房里忙活了呢
我似乎隐隐闻到了芋头饭香

秋气一天比一天寒
在我触不到的远方
你是否还是舍不得穿上
那件我给你新买的衣裳
你的双手是否还像以往那般
裂着口子又满是冰凉

秋声一天比一天飒

在我听不到的远方
你是否看到鸟儿欢叫着归巢
独自在茫茫暮色里黯然神伤
还是无言地坐在桂花树下
听晚风拂过树梢簌簌作响

今夜到我梦里来吧
让我看一看你清瘦的脸庞
让我嗅一嗅你馨香的气息
让我暖一暖你冰冷的双手
让我听一听你心底的离殇
哪怕午夜梦回
只见床前一地清冷的月光

月　光

我挣扎着从梦中醒来
眼角还挂着冰冷的泪行
皎洁的月光从窗棂悄然落下
静静地陪伴在我的身旁

孩提时，娘总爱搂着好动的我，
一脸温柔地教我唱月光光照地堂
如水的月光融合着娘和我的歌声
在晚风里微微荡漾

年少时，娘曾背着感冒发烧的我
步履艰难地走在去乡间诊所的路上
清凉的月光照着崎岖的山路
娘的身影被拉得好长好长

出嫁后，娘总爱拉着难得回家的我
漫无边际地闲聊各种琐碎家常
银色的月光扯着娘和我的欢笑
在广阔的夜空里四处飞翔

如今啊，孤单的我只能抱膝坐在床头
一遍遍地回味昔日的幸福时光
每当思念的潮水漫上心头
我就会抬头看看天上的月亮

诗三首

朱水坚

明　亮

你一笑
我心里的太阳马上升起了

相对论

你总是很忙
却对一个人一直有空

诗　人

当我遇见你
我便成了诗人

组　诗

梁华恩

秋风·醉

晚风吹动着柳树的秀发
应节的灯笼悬挂在空中，偶尔
舞动人生
如诗如画的情景
使桥上的人儿已陶醉其中
秋风给赏景的人儿送上了一丝凉意
路灯的暖色调却温暖了每一个人的
心

中秋·夜

今夜，天上挂着的是月饼
月亮都躲在诗里
团圆
藏在下一个中秋的承诺里
思念
刻在月光影射下的影子里

秋雨·声

雨水击响了寂静的傍晚
连绵不断的大雨

给我因近视而模糊的视线再添几分模糊
雨水冲走了被遗忘在球场上的拖鞋
填补了被岁月冲刷出的痕迹

在秋雨的伴奏下，我捧起一本书
原想在知识的海洋中遨游
醒来才发现
却是去了一趟梦中漂流

宿舍后，田地上，杂声一片
分不清是蛙声、虫鸣声，还是雨水声
蕴藏在这熟悉的声音中
是我童年的往事

从时间指尖飘过的往事
不想再提，除非
你问我

晨之光

陈　跃

我喜这朦朦胧胧的早晨，远胜那无尽无止的黑夜
远山仿佛是未及醒来的灵魂，透露出未明的烟蕴
月儿伴着丁丁点点的冷星半悬着
向着大地努力挤出一丝仅存的光

我喜这朦朦胧胧的早晨，远胜那无尽无止的黑夜
白天的面具早已摘下，夜色早已掩盖了一切虚幻和假
所有的争斗渐渐已平息
大自然的万物生长仿佛停顿

我喜这朦朦胧胧的早晨，远胜那无尽无止的黑夜
大地正在醒来，
山坡上的野草、森林的大树、溪中的清流
撕去暗夜的幕布
正在排练一曲大自然的合奏
山坡下的小村子，
炊烟、老黄牛、石板桥、故屋，老人家
清新的乡村晨早古画徐徐铺展开来

在这迷蒙的黑夜中
一束光突围而出
黑暗与晨光转瞬在变化

善与恶，黑与白，真与假，爱与恨，是与非即将显现
而我
我喜这朦朦胧胧的早晨，远胜那无尽无止的黑夜……

最美的你

陈　铮

曾要假想你从没有出现过，
即使，
一片云飘过也会有它的高度，
何况，
你比一片云更能指引我。

曾要假想你从没有出现过，
即使，
一阵风吹过也会有它的温度，
何况，
你比一阵风更能温暖我。

曾要假想你从没有出现过，
即使，
一片花瓣跌落也会有它的声音，
何况，
你比花瓣落入心房更重。

曾要假想你从没有出现过，
即使，
一片雪花消融也会有它的时间，
何况，
你比雪花结晶的时光更长。

曾要假想你从没有出现过，
即使，
一缕阳光照过也会有它的影子，
何况，
你比阳光更灿烂照耀着我。

曾要假想你从没有出现过，
即使，
一缕月光抚过也会有它的温柔。
何况，
你比月光更柔情滋润着我。

在这个秋风吹起的昏黄，
也许，
能忘记自己的初衷，
却无法淡忘生命里，
涌现过的那幕风云，
飘荡过的那片雪花
照射过的那缕日月，
如同相遇最美的你。

作者简介：胡汉军，曾用笔名碧山。普通的山村教师，文学爱好者，工作之余偶尔记录些心灵杂感。

父爱无声

胡汉军

父亲·镰刀

古老的墙凹凸不平
风干了的泥砖
尚存着田野里淡淡的忧伤

一把镰刀锈迹斑斑
插在狭小的墙孔
孤独不语
无尽的磨难
使它从未有机会
把腰伸直

浓烟熏黑了的墙壁
注定是它的归宿

而它却从来不向生活
低头

父亲·斗笠

斗笠盖田的故事
一直流传山乡
风雨的反复冲刷
洗淡了斗笠的肤色
却磨不掉您的本色
如今山里的梯田
已成为朋友圈里的主角
默默为我遮风挡雨的斗笠
被迫隐藏幕后
而它的故事
却换成了另一种剧本
在大山里世代演绎

父亲·斧头

墙角里的斧头
静静地待着
虎虎生风时的铮铮发亮
早已被时光机带去远方
曾经
一把劈柴的斧头
就是父亲的命根
一把斧头
劈开了一家的活路
劈开了我的梦想我的追求
劈亮了我的灵魂我的人生
也劈钝了父亲的青春
劈白了父亲的头发

劈弯了父亲的腰背
而如今墙角里的斧头
已渐渐被遗忘与世无争
只有每天的一缕晨曦
依然时常来与它做伴

作者简介：吴征远，高州市作家协会会员，全国校园诗歌大奖赛获得者，首届全国中学语文教师作文大赛获奖者，作品散见于《茂名日报》《茂名晚报》《高州文艺》等。

寂寞的二维码

吴征远

每一个寂寞的夜晚
都有一张孑立的二维码
默不作声地生长
晨露的沾恩是盼望
朝阳的眷顾是期待
只是生活最喜山重水复
你遇见的
不是意料的鲜花芳草
而是期待之外的荊棘浓雾

那么
何必痴守露珠的背信弃义
何必寻觅经年不遇的星光
不如感恩春日
温暖抚慰
猎猎飞翔的燕子
不如品味广袤的天地
尽情铺越
时光曼舞的隧道

即使是守着枯萎化为泥土
无由地倾垂
即使是做个永恒寂寞的
没有圈子的二维码
生生不灭的轮回中
也会等待你
千年一遇的点赞！

作者简介：邓梅坚，笔名韵琪，热爱文学，犹喜读古诗词。现为茂名市诗词楹联学会理事。在网络平台发表过多篇古体诗和现代诗。

闲情小品

邓梅坚

思

浮云日影移，
眉月弄新姿。
双燕归来早，
东篱未赴期。

夜 坐

静对窗前月，
闲抛枕上书。
天涯漂泊客，
随处寄幽居。

酌

青莲美酒浮三白，
陆羽清茶品半杯。
陶令南山寻梦去，

辋川东野待君回。

独行寻友不遇

小道清幽人罕至，
荒凉古墓鸟鸣迟。
遥呼山友殊相遇，
树影婆娑笑我痴。

临江仙

潮拍云边古墓，追思昔日英豪。苍穹寥廓任帆遨。落霞随影舞，渔网逐天高。

秦汉灰飞烟灭，沧桑低叹寒袍。浮游生死去难逃。当时岩石处，犹见雪花滔。

暮与夜

莫　莫

暮

有多久
没有在山野中徜徉了
这一天
我寂寂地绕过一垄水田
等待薄暮倾满
等待夜幕降临

我的悲欣隐忍的心
此刻
它正荒芜
到处都是沟壑
到处都是风烟
我的无枝可栖的梦
此刻
它正荆棘横生
到处都是野草
到处都是麦芒

让我像一只玄色的飞鸟吧
飞过那远远的山脊

眺望
那纵横尘世的阡陌尽头
荒草枯了又重生

夜

有多久
没有在田野点燃篝火了
这一夜
那尘埃翻滚的光影
似变幻莫测的人间
那熊熊燃烧的火焰
许我暗红的心扉
我的喑哑的歌声

是无边的夜色蔓延
夜里没有星光
歌里没有风月
却挂着万箭穿心的甜蜜
此刻
一如既往地隐于人潮
以幻灭
绚烂地呼吸
以沉醉
深嗅夜的凋零

作者简介：吕肇庆，网名不期而遇，曾任工程师、石油化工厂厂长，退休后间习诗词，略抒家国情怀，也聊以自慰。

念奴娇·致武汉

吕肇庆

中华腹地，抱江流浩浩，楚天通阔。岁月轮回风雨洗，尔在苍茫中屹。九省通衢，武昌首义，第一桥横越。地灵人杰，递书多少伟页！

天有不测风云，新冠骤起，闻悉张惶彻。黄鹤龟蛇惊不动，拼杀决心如铁。断腕封城，宁为天下，挥洒英雄血。旌旗高举，遂将昭世传捷！

诗二首

张甲旭

天　色

因为透彻
思念被一次次清空
洗成天的湛蓝

那一路风雨
了无痕迹
鹰却泣血追寻

风吻干泪的时候
光炽痛眼睛
只有声音啼落闪电

秋的夜霖

秋天落下的残败
让雨将夜灌满
梦留下霓虹潮湿的眼睛
和灵魂一起失眠

作者简介：华洪月，高州市作家协会会员、茂名市作家协会会员。近两年来，有大量作品发表于“高凉文学”公众号，有作品刊发于《茂名日报》《茂名晚报》《河南经济报》等报刊。

梦醒了

华洪月

神秘的黑夜来了
月儿却忙着去玩
星星诱惑了我
思念向我奔跑而来

最渴望看到你的笑脸
我的奔放变成了温柔
想你的时候与茶为伴
让那清香甘醇沁润心脾

在静谧中把所有的记忆翻新
别样的幸福已植入心田
黑夜里的梦逐渐肥了
梦里的我美美哒

星星疲倦地睡了
风儿忧伤地离去
路灯仍然坚守岗位
美丽地绽放着迷人的光彩

梦再好也会稍纵即逝
明亮的孤独肆意妄为
我们为了生活必须要负重前行
但是诗情画意也不可冷落

组　诗

林汉娥

心　声

我伫立在高高的楼上雨水
在脚下不停地滑落我
听到我的心和雨点
一起溅落溅落
在黑暗的旋涡中
恐惧在
向我吞噬我
听到肌肉在
呐喊
血液在
咆哮
灵魂在
岁月里回响

许　愿

我愿做
迦叶菩萨
手上那朵
让人微笑的鲜花
或者那朵
圣洁的雪莲

开在雪山之巅
来换取
佛祖赐我
一盏不灭的心灯
让我
永不坠深渊

收　获

在年头
播种希望
在年尾
收获失望
外表丰满
心内空空如也
我的喜悦
消失在
苍茫大地
当悲哀
来临的时候收获
却在我身边
咕哝了一声
伸了一下懒腰
然后竟然跳起了
人生的欢乐之舞

梦　想

盼
江河倒流
日不落

生命
可以重来
盼
让我回到
小酒窝
长睫毛
笑声响
温柔娇
那个少女情怀
总是诗的年代

作者简介：傅肖琼，女，高州市作家协会会员，文学爱好者。

我骄傲，我是中国人

傅肖琼

黄土高坡　黄河流水
长城内外　水墨江南
生我养我的祖国啊
地大物博
物产富饶

我骄傲，我是中国人

这里有指南针、印刷术的灿烂辉煌
这里有圆周率、地动仪的威震八方
在中华民族的浩瀚史册上
孔夫子，司马迁，李自成，孙中山
一个个光辉灿烂的名字
还有那流芳百世的历史传承
那一篇篇振奋人心的动人诗词

我骄傲，我是中国人

我那黄河一样粗犷的声音
响彻在联合国大厦的上空
呐喊在奥林匹克的赛场

迎风招展的五星红旗
飘扬在喜马拉雅山在南极
在九天揽月的外空

我骄傲，我是中国人

当万方朝拜当巨龙腾飞
我要不忘初心
继续前行
我骄傲，我是中国人

作者简介：刘焕佳，高州市作家协会会员，文学爱好者。

我不记得悲伤的她

刘焕佳

夜一如既往地退潮
星星一如既往地被潮汐带走
荒野一如既往吞没野马
他们一如既往地笑你

我们依偎在一起
听他们笑你有多奇怪啊
是我卖掉了一切
离他们远去
消费着我的秋天
欺骗了所有的夜晚
做飞往明日的梦

关于你，求你原谅
我把你的悲伤给卖了
换来旋舞于梦之海空的飞鸟
飞鸟啊，飞鸟啊，飞啊，飞啊
不要再回首，不要再爱我
让我孤独如雪
笑她的天真，笑她的理想

我站在海边的礁石上唱响了我的美梦
漫天飞舞着金灿灿的沙金
待我结束昨日
我就忘却
悲伤的她
赎回尊严
升起红帆
迎着朝阳
向着未来的未来启航

作者简介：苏潼，高州市作家协会会员，笔名若立 gnotus。

影　子

苏　潼

空旷的街道
似是会造出风的影子
月亮移动
夜里的光便跟随

我始终是孤失在月台的行李
火车一趟趟来往
便迷失在呼啸而过的鸣笛中
谁会离开？
谁会需要我等待？
似终身在原地跋涉
寻找一个寄存的影子

我拥有云、风和天空
还有一首首孤鸣的诗
黄昏会照亮半截的我
那半是留下失联的信号
想要报复性的销声匿迹
可宇宙次序不会颠倒
我停下脚步
等人来纪念

月色八千里
我流浪其中
终身拉扯
随风去
也迎风止

母亲的牵挂

邓坤耀

当我的　初音
冲破乡村寂静的　夜空
如晨曦般透着光润
您牵挂了十月的心
终于　用泪笔
把幸福写在
笑脸上

当我　在您的背上
蹬腿唱出饥饿的　反调
牵挂　便让您收起锄头
三步并一步　从田间跑回
村边的相思树下　瞬间
奶酥　便荡香了
袅袅炊烟

当我满脸童嬉
光着脚丫
跑过那片滚烫的沙滩
走过那一道
左摇右摆的木桥
远处家中的母亲
您便用牵挂

烤透了红薯
奏响晚餐的
交响乐

当岁月的风
吹响了绿春筑梦奔跑的步声
吹红了初夏壮志满怀的心荔
吹染了金秋收获胜利的果实
吹溢了寒冬惊艳无尘的梅香
一不小心我的
两鬓也被吹得
霜霞漫天

当牵挂
学会千里传音
彼此的笑语欢声便
常回响在手机的视频里
当牵挂被铸成铁马
彼此便在坦途上
看着天边的七彩晚霞
扬鞭放歌

荔红艳影

邓坤耀

一艳芳华　两千载，
外袭红衣　内凝脂。
乘秦而来，不似秦俑已作古，
却似树树绿仙　展颜珠。
荔花哺蜂　鸟蝶舞，
荔红溢芳　客自来。
看高凉大地根子山色秀，
鉴水欢歌　映村楼，
漫山遍野　千园荔林滴翠，
硕果满枝　尽妖娆，
红妆一抹
醉斜阳。

浮山腰，白云绕，
仁医潘仙　大道昭，
保家国，卫南越，传承好心
巾帼英雄　冼太
扬天骄。

大唐荔乡，贡园史彰，
奋蹄扬鞭　催马急，
十里一驿站，千里贡荔传。
荔啊！您是煽情的金丹。

勃发了高力士的　乡念，
也让贵妃　一醉经年。
荔啊！您又是一首首
如火的赞诗。
日啖荔枝　甜入梦，
笑醒红尘　杜与苏。

荔啊，我爱您！
您拥有最响亮的新名字——中华红，
把荔乡人民火红的　青春
铸成强国之歌，
振兴了乡村，秀美了古郡，
亮红了南国。
您婀娜着多姿的艳影，
飘扬四海五洲，
传颂着　红红的
中国梦。

作者简介：冼琦（冼贵坚），艺名舍得，文学创作业余爱好者。

诗二首

舍　得

乡　恋

乡恋似条船
心湖荡不停
愁绪溢船里
思断了弦
眺望那烟水
梦落花间
惆怅相思引
漫诗笺

窗外月挂帘
孤月映悴颜
故乡的大雁
在脑空盘旋
浓醇的乡酒
醉在心田
梦里回乡
醒隔天边

漂泊繁华
割不断思念

霓虹舞翩翩
催心凌乱
岁月匆匆
带不走依恋
袅袅炊烟
梦萦魂牵

乡　愁

一夜秋雨敲窗
敲打着我的心头
仿佛远方故乡的村口
苍苍白发在挥手

乡画心上挂
难解相思扣
忧弦弹奏泪满眸
好咸啊腌制的乡愁

苍天也怅惘
纷纷的泪流
搁浅天涯的孤帆
扬起归航梦里头

谁人懂我相思瘦
李白举起一壶酒
余光中递上诗一首
更令我愁上加愁

诗四首

舍　得

思念故乡

家乡山歌轻轻哼唱
树梢一钩弯月
屋顶撒满星光
故乡的画微风荡漾
山脚小草青黄
山尖白云飘荡

那些年少
都随风远航
美好洒落在路上
是不是离开了春天
归来时落叶满窗
牵念故乡

童年的梦常落枕上
依稀岁月还早
恍然梦染秋霜
故乡的路太远太长
总是向它奔来
总是挥别泪伤

那些青春

寄语写给了夕阳
是不是想起了家
想起了眺望的远方……

炊烟的味道

一口浓烈的乡愁
灌进了漂泊的他乡
远远地嗅着
让归家的脚步插上了翅膀

故乡的泥土
是谁亲手装进了行囊
飘不散的炊烟
总是映红母亲的脸庞

那是怎样的味道
让人在梦里都口水流长
傍晚那袅袅的呼唤
慰解了归人的愁肠

一张老照片

舍得
一张老照片
定格谐美的黑白
往事转巷街头
撩起你额前的刘海

你红晕泛涩的微笑
勾勒出情窦初开

中山路骑楼街道上
一瓶汽水解渴了你我的情爱……
几许满腹抱怨的时光
已是间隙的回忆
我苦思冥想作的情诗
追赶不上你越走越高的鞋底
曾经上演过的故事
那段记忆我抹不去
岁月吹灭我寻你的灯火
终归找不到你的下落
回忆是一道墙
想念的距离是你走不出的眼眶
我提着物是人非的行囊
依然画着我们年轻的模样

岁月痕迹

印有工农兵的杯子
盛满了光阴和故事
再次被我翻出
她咧开嘴笑出了诗
一个久别重逢的老友
吻过我的唇后充满爱意
她凑了上来
我听到了喃喃的细语
排在我面前的紫砂
肚子里有了稍许怨气
我用手去触摸他们
他们缩着身子
躲进夕阳的余晖里

作者简介：许广生，文学爱好者。

犁

许广生

独坐墙边
日出日落，春来春去
差点连自己的名字都忘了
认识我的人还多吗
我叫犁
锈迹斑斑的犁

牛是我最好的伙伴
那段岁月
我代替了石犁
勤劳勇敢的我们
征战世界
快意田间
成就了一个叫中国的农耕文明大国
现在我又被机械的新铁犁代替了
我和我的牛兄弟
退隐在历史的深处
欢喜地闻着中国处处飘着的饭香

作者简介：涂国柱，资深旅游人，高州市作家协会会员，文学爱好者，偶尔写些现代诗，曾在《清远日报》《茂名日报》留有笔墨，旨在陶冶情操。

摘星星的英雄

涂国柱

摘星星的英雄
“欢迎回家”
“欢迎英雄”
满满刷屏的八个字
响彻全国
在东风着陆场上
搭载航天英雄的神舟十三
安全着陆
为期 183 天的在轨飞行
画上了圆满的句号
点亮太空的同时
创造了纪录
随着三位航天员的安全出舱

摘星星的妈妈
刷爆网络
在女儿探望刚出舱的妈妈时
在与妈妈拥吻的时候
她真的收获到了
妈妈摘下的“星星”

演绎着母女情深
四月十六日
一个平常的周末
因为神舟的归乡
成了举国同庆日子
英雄的凯旋
牵挂着无数国人的心
396 公里的太空行程
以每秒 132 米的速度
历经 2300 度烈火炙烤
神舟舱却安然无恙
精准回家

摘星星的英雄
你们用六个月的时间
验证了失重的状态下的科研
体验太空漫步
开设“天宫课堂”太空授课
启用手动遥操作交会对接
机械臂辅助舱段转位
完成再生生保系统的测试
空间物资补给和在轨维修
为天空梯队的长期驻留
建设太空之家
不遗余力

摘星星的英雄
为你们的点赞
为祖国点赞
正是你们亲身的经历和探寻
践行了中国的蓝天梦

因为你们的英勇壮举
问天和梦天实验舱
将再次升天
把科技之家
搬到空间站去

摘星星的英雄
你们是国人的骄傲
是全人类的骄傲
你们以一己之躯
征服太空
因为你们的付出与贡献
因为航天人孜孜不倦的索求
问鼎苍穹
指日可待

作者简介：根源，原名卢根柱，茂名市书画家协会副主席。有作品多次获奖和被选入多间中学的辅助教材。

诗二首

根　源

何时踩断天涯

每天都这样踮脚远眺
每天都在追逐地平线外的美景
这一生
究竟心在何处
只有行走在沙漠里的驼铃才知道
脚步轻松的时候
自然会吹起愉快的口哨
生活沉重逼出来的五线谱斑斑驳驳
常常写满忧郁的眼底
念亲人在家里的点点滴滴
恨不得此刻踩断天涯

我不是在端午节才想起屈原的

我不是在端午节才想起屈原的
楚国很遥远
遥远到只剩下记忆中的残砖败瓦
汨罗江曲曲折折
一天一天拐进了我的心灵腹地

昼夜不停地吟唱楚辞离骚

我不是在端午节才想起屈原的

仰天长啸捶胸顿足
遗恨怀才不遇
泪流千行
哀民生之多艰
他的形象啊
像天上的云朵常常从我的头顶飘过

我不是在端午节才想起屈原的

行吟阡陌
痛哭荒野
精骛八极
求索修远
他每一个举动都时时刻刻触动我的神经

我不是在端午节才想起屈原的

作者简介：梁更，文学、音乐、体育爱好者，高州市作家协会会员。

我的阳台

梁　更

我是乡下的孩子
到了大城市
住在高楼上，仍然
想到那陪伴着我长大的大水牛
于是，我的阳台
长着牵牛花，每当
月色朦胧时，我总是
见到那时候的那水牛，从
那织女星的方向，款款地
向我而来，然后
我轻轻地唤起了
那时候我叫牛的乳名
这时天地之间，会
响起了“哞”的一声长啸，把
我的乡愁也唤了出来

青鸟衔着60万吨的甜蜜展翅高飞

吴　冲

谁遇到了青鸟，谁
就遇到了幸福，这
不是童话
不是神话
不是大话
看，整个茂名大地，那只
青鸟衔着60万吨的甜蜜展翅高飞，正在
把茂名的幸福指数迅速飙升，还
把世界的最美爱情故事，添上了
来自茂名“我爱荔”活动的鲜甜情节
白马王子送给爱情的不再是玫瑰，而是
长在茂名荔树上60万吨的红色祝福，和
有情人心里甜甜化不开的荔枝浓情
每一颗荔枝，都有
诗和远方的心，和
奋斗和收获的笑
荔农说“这是卖荔枝最有幸福感的一年”

2021年5月14日

注：青鸟，幸福的象征。茂名有60万吨的荔枝年产量。

高州之秋

吴　冲

秋风，轻轻地
摘掉了缅茄树的叶子
秋月，静静地
抚摸着观山的面容
秋波，缓缓地
慰藉了回水庵里的寂寞
秋声，悄悄地
弄响了九街十二巷的生命气息
手持油纸伞的姑娘，打开了
厚重的大木门，只是
寂寞深巷无故人，在
豆蔻梢头，盛开着万千惆怅
青瓦长忆旧时雨，只是
故人的脚步声却没有再响起
千年乐义巷的青石板上，缺了
一个甩水袖、穿木屐的长发姑娘的踏响
中山大街的骑楼下，少了
一个骑白马、穿白衣的翩翩少年的穿行
后街的那扇格子窗里，没有人
再唱“阿哥担柴上街卖，阿嫂出街着花鞋”的童谣
高第巷子里继续续写着金榜题名的故事，只是
故事里的才子佳人早已隐匿在故纸堆里
在鉴江码头旁边的竹栏街上卖竹器的村姑，在

那烟雾袅袅的巷陌，找不到了
那个曾经对她喜欢的船长
菠萝埗巷堂前的波罗蜜大树，已
结满了甜蜜的硕果，只是
我们的爱情还很青涩
在秋天里，我
一个人唱了一场粤剧独角戏，那
忧伤阵阵的曲调，让
秋天打了一个寒噤
旧时光里的风俗，还在
小巷子的深处生根，不知
是谁家的千年“古粽粑”还在留香
那时候的烛光，还在亮着
等着那个游子逆流而回，只是
鉴江上，已看不见了
那艘挂着红帆的河船
北直街上的半壁斜阳
把“酒”字旗再度发酵，只是
当年酩酊大醉的大汉们，不知道
在哪个地方做长长的美梦了
时光雨，岁月风，润育了
高凉绵绵不绝的乡愁
潘茂名的一口仙气，把那浮山
装在云海里飘荡的石船上
粉塔顶上的一弯残月，把往事
悬挂在半空，让人
读懂了一部高州府的历史
冼太庙的香火，已
烟熏出中秋月饼的香味，我
那些高州的祖先们，已
品尝到恒久不变的亲情味道

听到了爱的回声
东门岭，开启了
太阳之门
笔架山，写出了
文明榜样
一个白发青衫老人
微笑地、自信地在城央的潘州公园，在
那红叶纷纷飘落的望月亭上，用
一把老二胡
拉出了千年的小韵味
拉响了时代的大幸福
一群群如鸟出笼的小朋友，叽叽喳喳地
从九街十二巷里走了出来，把
最美高州的秋天，添上了
最耀眼的新时代主题颜色

奔跑吧新垌（歌词）

吴 冲

三官山顶祥云飘
安山河里鱼成双
百年古村留乡愁
风华正茂开新窗
迎东风，逢盛世
新垌拥抱新风尚
新垌好，新垌美
新垌呈献新气象
天地人和，百业兴旺
共同奋斗，把彼此人生照亮
新垌茶香醉游子
百样水果甜四方
荔枝红，黄皮黄
甘榄青，茶油香
善治乡村乐安康
乡村振兴，美丽了我们的家乡

大路坡上山歌响
青山绿水谱华章
生态农业展宏图
前程万里爱农桑
去陋习，除穷根
人民有梦有力量

人欢笑，山起舞
扬帆起航当自强
万物成画，山花盛放
科技赋能，为山村奋力扶帮
这边飞来吉祥鸟
那里飞出金凤凰
塘鱼肥，牛儿壮
雄鸡唱，燕飞翔
文明新垌喜洋洋
乡村振兴，富强了我们的家乡

奔跑吧新垌
追逐辉煌
跨越彩虹
在这片多情的土地上
奔向幸福的远方

组　诗

吴　冲

和平之殇

子弹太快
死亡匆匆
报平安的信刚好盖邮戳

启示录

杀死人的不是武器，是
披着人皮的狼

仁慈与死亡

莱蒙托夫在决斗时，他
只对天开了一枪，天
不会死，他
却死了

妇女和儿童，是
大过天的，然而她们
却在那些战争中相继死亡

永　生

远去的人
不再回来，只在
某一天枪声全无的时候
和平鸽，带来了
他永生的消息

岁月的沧桑

我那时候简单得像个五岁的小女孩
爱上你之后，我已
历尽了岁月的沧桑

大打折扣

我咽下了最后的一口气，从此
这世上爱你的人，都
大打折扣

在洗手间里不一定是洗手

我在洗手间里
以泪洗面，把失恋的悲伤
搓出了血

方　向

世事再乱
我心不乱，只因你是

我爱的方向

情诗的光

每到十五的那天，月亮
总会被我的情诗照亮

这就是爱情

你的名字，在
啃掉了我最后的时光

爱的占领

我的一生，全被你
那个子不高的影子
完全覆盖

距　离

爱过就是人生，包括
那次你用距离，去
杀死我的过程

春天的爱情

在浪漫的时候
绽放俏模样
在甜蜜的时候
散发迷魂香

甲骨文情诗

岁月把我思念你的皮肉都啃光了
只剩下想你的骨头，还有
给你写了一首又一首的甲骨文情诗

爱情密码

在垂死的时候大喊了一声
在心内呼叫了一生的名字，这是
谁都分辨不了的“爱情密码”

女人花

世界上永不会凋谢的花，就是
你在那一天，对我
回眸的一笑

后 记

高州市作家协会主办的“高凉文学”公众号于2020年初开办，坚持每天推送3至5篇作品，至今已推送小说、散文、诗歌等原创作品近3700篇（首），当中涌现出一批优秀作品，部分还在地级以上公开发行的纸媒上发表。《南方日报》地方版《高州视窗》从推送的作品中选稿，《故事会》编辑通过“高凉文学”联系作者索稿，儿童文学编辑高度评价“雏鹰展翅”栏目推送的学生作品。现在，公众号读者覆盖23个省区的120个城市，海外多个国家的高州籍人士关注“高凉文学”作品，并有读者来稿。

“高凉文学”公众号的创办激发了作家和文学爱好者的创作热情，新老作者争先恐后，笔耕不止，在公众号这个平台各显身手，争奇斗艳，点赞留言，共同提高。公众号的稿件也因此源源不断。一批文学新人在成长，他们纷纷加入作协，我们的队伍不断壮大且生机勃勃。

作家与文学爱好者热爱文学，怀揣文学理想，用文学的方式表达亲身感知到的时代潮汐和人情冷暖。他们把文学当成精神支柱和心灵家园，无论是以乡村题材为主的散文，还是以现实题材为主的小说或者风格各异的诗歌作品，生活的本真气息扑面而来。

因此，我们又有了选编作品结集出版的想法，旨在总结交流，鼓励与肯定作家尤其是文学爱好者的创作，来增强他们的写作信心，为他们的成长和提升铺路搭桥、张帆助力。

这是高州市作协第三次选编作品结集出版。第一次于2014年选编新世纪头14年的作品，名为《高州作家新世纪作品选》（上下册60万字，中国文联出版社出版）；第二次《高州作家作品选》选编2015—2019年的作品（35万字，四川民族出版社出版）。此际作“后记”之时，我们的书稿已排版二校清样，并送出版社审核待号付印。

我们期待作家与文学爱好者植根于高凉这片文化底蕴深厚的沃土，用文学记录时代，讲好高州故事，创作出更多更好而又充满正能量的激情文字，为繁荣高州文学创作、为创建国家级历史文化名城贡献力量。

感谢中共高州市委宣传部和高州市文联的关心与支持！

感谢张慧谋主席为本书作序！

感谢“高凉文学”编委为人作嫁衣！

感谢作家们的响应与赐稿！

感谢为该书组稿与编辑出版付出辛勤劳动的作家们！

编者

壬寅年初冬于羊城跑马地花园